河出文庫

ギケイキ②

奈落への飛翔

町田康

河出書房新社

目次

ギケイキ②　奈落への飛翔

四

いまの国道一号線の原東町《はらひがしちょう》交差点のちょっと先で兄に追いついた。しばらくすると死にかけの部下が尻から血を垂れ流して追いついてきたので、私は兄の陣から三百メートルほど離れたところに陣を設営した。したところ兄はすぐこれに気がついてくれた。私はそうやって三百メートルほど離れたところに陣を張りながら、早業《はやわざ》を使い兄のすぐ横手に行って話を聞いた。兄に対して早業を使うのはさすがに緊張した。兄は脇手の者に問うていた。

「あの、あそこに陣取ってる人たち居るじゃない？　あれ、誰なんすかね。白旗あげて、白い印をつけてる、ってことは源氏に違いないんだけど、はっきりしないすね。木曾《きそ》の連中はまだ木曾にとどまってるはずだし、甲斐《かい》源氏は第二陣で、ここには居ないはずだよね。つうことは誰なんだろう。なんかあやしいよね。全員、尻から血ぃ垂らしてるし。集団痔？　ちょっと悪いけどさあ、誰か見てきてくんない？」

兄にそう言われて、私が参りましょう。と言って堀弥太郎《ほりのやたろう》、という人物が私の陣に来て言った。

「すみません。この陣は白旗、そいで白印を掲示しておられます。白旗・白印ちゅやあ、もちろん源氏のお印、ちゅうことは、この陣の御大将は源氏のお方、ちゅうことになりますが、いったいどこの誰さんか。おまえ、ちょっと行って聞いてこいと鎌倉殿に言われて罷《まか》り越しました。ちゅうわけでここの大将さんの通り名、ほいでまたご本名をお聞かせ願えないでしょうか」

言われて進み出た私を見て堀弥太郎はどう思っただろうか。凄い、と思ったに決まっている。というのはだってそうだろう。年の頃は二十かそれくらい。顔が色白なところへさして漆黒の鬚《ひげ》を生やかしているから顔が白黒みたいなことになっている。恰好はというと、高価な赤い錦地の直垂《ひたたれ》のうえに、紫ステッチのグラデーションが素晴らしく、裾の鋲《びょう》も凝りまくった安く見積もっても六百万はするだろう鎧を長めに着て、兜《かぶと》もはっきり言って八百万くらいは軽くしそうなのをずぼっと深くかむり、だからバランスから考えても当然、太刀《たち》は黄金造り、矢も蝦夷《えぞ》産の鷲の羽を使った最高級品、弓もそう。馬も奥州産の真っ黒で巨大な馬だし、それに載せる馬載品も黄金をふんだんに使った、誂《あつら》え取り寄せ別作りの、馬と合わせて億いくでしょうね、って感じで、どうみても大将軍、の風格を漂わせまくりたくっていたからである。

そのどう見ても大将軍の私が堀弥太郎の前に、大将軍なのでそこいらの二十の兄ちゃんのようにチョラチョラせず、大将軍らしく静々と馬を歩ませて近寄り、そして大将軍の口調で言った。堀弥太郎は馬に乗ったままこれを聞いた。

「私のことを鎌倉殿は既に御存知のはずです。その頃の私の名は牛若《うしわか》。一時は鞍馬山《くらまやま》におり、現政権に抵抗しておりましたが、警戒が厳しくなって活動ができなくなって奥州に逃れておりましたところ、この度の挙兵の話を聞き、居ても立っても居られなくなり、二十四時間走りづめに走ってようやっとここまで参りました。どうかお目通りを願います、と、このように鎌倉殿にお伝え願いたい」

言い終わらぬうちに私の身分を知った堀弥太郎は、あわわ、と言って馬から飛び降りて平伏した。そこで私も直話をやめ、佐藤三郎継信《さとうさぶろうつぐのぶ》を担当官とし、挨拶をさせた。話がついた後、堀弥太郎は私の陣を出て暫《しばら》くは馬に乗らずに曳いて歩き、百メートルばかり行って初めて馬に乗った。私に敬意を払ってのことで、あの頃、貴人の前で馬に乗るのは非常に失礼なことだった。いまではそんなことはない。というか馬に乗る人自体がいなくなった。

私が早業やその他の諜報活動を通じて知っている頼朝さんは他人の前で殆《ほとん》ど感情を表さない人で、たまに怒ることはあったが、それとて、あくまでも政治的な演出で実際に感情的になっている訳ではなかった。けれどもこのときは違っていて報告を聞いた頼朝さんは喜色を露わにし、「わーい。すぐに呼んできてください」と堀弥太郎に命じた。

それでさっき帰ったばかりの堀弥太郎がまた、百メートル手前で馬を下りてやってきて、「非常にこう乗ったり下りたりで疲れるのですが、まあ、それはよいとして、鎌倉殿が、すぐに会いたい、と仰っておられますのでぜひいらしてください」と言って、私も源氏の正統として公式に認められたのが嬉しく、取りあえず最側近の、佐藤三郎継信、佐藤四郎忠信《しろうただのぶ》、伊勢三郎義盛《いせのさぶろうよしもり》、計三名のみを連れて頼朝さんの陣へ行った。

いまの人に陣とかいってもイメージが湧かないかも知れない。このときの頼朝さんの陣がどんな具合だったかというと、巨大な幔幕《まんまく》、といってもなかなか実際の大きさをイメージできないか、まあ、なかの広さがそうねぇ、百畳くらいあるのかな、それくらい大きな幔幕を百八十張ほど張り巡らして、そのなかに数え切れないほどの関東八カ国の大名小名が居並んでいた。そして将軍格の人たちは、煌《きら》びやかに武装してねえ、敷皮といって獣の皮を剝いで作ったカーペットの上に座っていた。すごい光景。一所にこんなたくさんのつわものが集まっているところを私はそのとき初めて見た。

そして一角に畳が敷いてあった。

これすなわち大将軍であり貴人である兵衛佐《ひょうえのすけ》殿のご座所である。

ところが頼朝さんは将軍たちと同じく敷皮の上に座っていた。近所から鯉を焼くような匂いが漂ってきていた。

私は敷皮の上に座って将軍たちと談笑する頼朝さんの姿に胸を打たれた。秀衡《ひでひら》君のところで都育ちの貴人である頼朝さんに獣皮の上に座る習慣はない。私ですら秀衡君のところで獣皮の上に座らされることはなかった。だから頼朝さんは本当のことを言うと、獣皮の上ではなく、畳の上に座りたかったはず。にもかかわらず頼朝さんが獣皮の上に座っていたのはなぜか。

居並ぶ関東の大名小名に気を遣っていたからである。

というといンまの人は、え、なんで？　頼朝さんは源氏の正統で武家の棟梁じゃねぇの？　そんな気を遣う必要なんてないじゃん。と思うだろう。ところがそうじゃない、あの頃、っていうか、その後もずっとそうだったけれども、頼朝さんの立場は安定的なものではなかった。

というのは、みんながこうやって参陣しているのは、口では昔からの恩義・恩顧とかいろんなことを言っているが、実際は違って、そうすることによって自らの権利を守ることができると思うからで、もし自分の権利が侵害されるとわかったら理念とか理想とかは一切なく簡単に背《そむ》く。

それは直接的に頼朝さんに背くこともあるだろうが、可能性がもっとも高いのは陣中での争いで、例えば秩父《ちちぶ》の御連中と上総介広常《かずさのすけひろつね》が喧嘩になり、どっちの言い分が正しいか間違っているか、頼朝さんに決めて貰おう、ということになった場合、頼朝さんはどうしようもない。広常の味方をすれば秩父の奴らが背くし、秩父の党類の味方をすれば激怒した広常が敵方につく。

そうなると他の人たちも、あわわ、こっちに乗った方が得じゃね？　ということになって、一瞬で形勢が逆転する。

なので、そうした事態に陥ることを少しでも避けるため頼朝さんは、いやー、私は都育ちの貴種ですが、いつもあなた方の立場に立ってものを考えているし、同じフィーリングを共有してるんですよー、みたいな感じで、獣皮の上に座っているのだ。

そして京育ちであるのにもかかわらず、わざと粗野な関東弁を喋ってみたりする。それが不自然な関東弁であることを頼朝さんはもちろん知っている。しかし、そうやって不自由な関東弁を懸命に操る頼朝さんを関東の人たちが好ましく思うことをよく知っていたからで、いま風に言うと好感度のアップを狙って努力していたのである。

と考えると、私が来た・参陣した、という報せを聞いて頼朝さんがムチャクチャ喜んだ、というその理由がよくわかる。

というのはそりゃそうでしょう、棟梁として君臨はしているけれども、それを支えている力のバランスはいつ崩れるかわからず、その、ようやっとまとまっている集団を率いて朝廷にそむくわけだから、不安にならない方がどうかしている。

それへさして身内の、しかもこんないい感じの私が参陣したのだから頼朝さんにしたらこんな嬉しいことはないはずである。

という訳で、全体的にいい感じで迎え入れられた私は、でも調子に乗ってはいけないと思い、兜を脱いで扈従《こしょう》する少年に持たせた。

本当のことを言おうか。実は私は普段からこの少年の菊門を犯しまくっていた。そのこと自体は別に問題ではないのだが、ひとつ問題があったのは。この少年がきわめて不細工であった、という点で、初めて会った兄に、「え、マジ？　こいつ、こんな不細工な少年の菊門犯してんの？」と思われるのが恥ずかしかった。

そして私の配下の者はみな、あまりにも激しく馬を走らせたため、みな尻から血を垂れ流しており、それを見れば、「そんなになるまで激しいプレイをしたの」と思われるのは必至だった。

けれども、くわしく話している時間はないので、なるべく好印象を与えようとして幕の入り口の辺に謙虚な感じで立って目尻を下げて口角をあげていると、頼朝さんは立ち上がって、自分は畳の上へ座り、自分が座っていた敷皮を指さし、「どうぞ、どうぞ」と言った。

その一事を以てして私は頼朝さんに、強力な味方、と思われていることを悟った。

なぜかというと私が来た途端、頼朝さんは畳の上に座った、つまり、関東八カ国の大名たちに遠慮するのをやめ、そして自分が座っていた敷皮、ということは一番の上席、に座るようにすすめたからで、やはり実の兄弟というものは信頼度において他人とはぜんぜん違うのだなあ、と私は感激したのだった。

でもそれは逆から言うと、それだけ心配・不安があったということで私はこのときはどんなことがあっても頼朝さんを助けよう。そのためだったら自分が滅んだってよい。それが最終的には源氏一族の繁栄に繋がる、と心の底から思っていた。そして、「どうぞ、どうぞ」という頼朝さんに、「いや、僕なんか、こんな上座に座る資格ありませんから。広常さんとかに座って貰ってください」と本気で言った。

けれども頼朝さんが何度も、どうぞ、どうぞ。というのであまり遠慮するのも逆に悪いと思い、また、これは頼朝さんの諸大名に対する牽制または示威かも知れぬとも思ったので、ついに敷皮に座った。

座って頼朝さんを見た。早業の際は、声に向けて感覚を研ぎ澄ましていたので顔をまともに見るのは初めてだった。そして思った。

顔、でかっ。

えええええ？　なんすか、これ。

そう思うほどに顔が大きかった。けれども兄弟の初めての対面で、「顔、でかいですねえ」とか言ったら怒られるかも知れないので神妙な顔で畳に座る頼朝さんの顔を見上げていると、その巨大な顔面に涙がこぼれていた。そしてすぐに、その巨大な顔面がぼやけて見えなくなった。私もまた涙を流してしまっていたのである。

自分でも不思議だった。なんでこんなに心が動くのだろうか。これが兄弟の情愛、肉親の情愛というものなのだろうか。でも他の兄弟と会ったときはこんな風にはならなかった。やはり背負っているものの大きさが違うからだろうか。それとも顔の大きさ？

そんなことをきれぎれに思いながら涕泣《ていきゅう》した。頼朝さんも泣きじゃくった。居並ぶ武士たちもみなもらい泣きしていた。

ひとしきり泣いた後、ときおり、ヒック、とか、ウップ、とか言いながら頼朝さんは私に顔を近づけ私にだけ聞こえる声で言った。

「父、左馬頭《さまのかみ》殿があなってから、君の行方がわからなくってねぇ。私は悲しかった。でもねぇ、僕も殺されるところだったんだよ、実際の話が。池の禅尼《いけぜんに》さんの取りなしで命だけは助けて貰ったものの、伊豆てな馬鹿げたところに流罪になって、もちろん僕もいろいろ活動しようと思ったんだけれども北条時政《ほうじょうときまさ》とか伊東祐親《いとうすけちか》とかに監視されて思うように動けなくてね。顔がでかい、とかまったく根拠のない悪口を言われても反論できなかったし。だから、君が奥州に行った、というのはなんとなく知っていたんだけれども、そういう訳で手紙も出せなかったというわけだ。手紙とかもう全部、開封されて調べられてたからね。しかしまあ、それは非常に申し訳のないことだ。にもかかわらず僕が挙兵したと聞いたらこうしてすぐにやってきてくれた、というのはやはり兄弟で、僕はうれしくてならない」

「あ、マジすか」

「マジです。そいでさあ、見てくださいよ。この軍勢。すごいでしょ。こんなこと、こんな大事、勢いで始めてしまったんですわ。だけどね、大勢、集まって心強いように見えるけど、結局のところみんな他人でしょ。だから僕も弱みを見せられない。隙を見せられないっつか」

「あ、そうなんですか。だってなかには信頼できる人もいるでしょう」

「まあね。でも殆どは元々が平家の側にいた人たちだからね。いまは勝ち馬に乗ってるけど、状況が変われば簡単に寝返るからね」

「私は大軍を率いたことがないのでわからないのですが、そんなもんなんですかね」

「そんなもんなんだよ。だから僕はいまも実際に悩んでるんだよ」

「なにを悩んでるんですか」

「いや、知ってるかなあ」

「なにをですか」

「いま、平家の追討軍がこっちに向かってるってことだよ」

と、問われ、もちろん私はその情報は摑んでいたが、敢えて知らない振りをして、

「あ、そうなんですか」と答えた。

「そうなんだよ。もうすぐ来るんじゃないかな。これには僕は勝つと思う。いまはこっちの方が勢いあるし、甲斐の連中や木曾の連中とも連携しているからね」

「じゃあ、いいじゃないですか」

「それはいいんだけど、問題はその後で、それで勝ったとして、君ならどうする？」

「私ですか。私でしたら、そうですね。そのまま勝ちに乗じて京都近くまで進軍し、院を確保したうえで敵を殲滅します」

「うん。いいね。僕だってそうしたい」

「じゃあ、そうすればいいじゃありませんか」

「ところが無理なんだよ。っていうのは、もし僕自身が京都に行ってご覧なさい。関東はガラ空きですよ。まだ僕に随《したが》ってない佐竹《さたけ》とかがこれを見逃すはずがありませんからね。私は忽《たちま》ちにして根拠地を失います」

「じゃあ、あなたは関東に残って誰か別の者を行かせればいいじゃないですか」

「まあ、そうなんだけれど、そうしたらそうしたで、そいつが平家と或いは院勢力と結びついてこっちに叛旗を翻してこないという保証はどこにもない訳だからね」

「けどさっきはみんなもらい泣きしてたじゃないですか。みんなあなたに信服してるんじゃないんですか」

「ああ、そうだよ。みんな熱い奴らだ。けれどもねぇ、あいつらがもっとも大事にしているものは別にある」

「なんすか」

「自己の利益だ。そしてそれは奴らのなかで熱い心と矛盾しないで同居している。奴らは熱い心を持ったまま表情ひとつ変えずに敵を殺すことができるんだ。僕が彼らの利益を最大限に保証している間は命懸けで僕のために働く。けれども、それ以上のものを与える者が現れれば今度はその者のために命懸けで僕を殺しにくる。そしてそれは彼らにとっては間違いなく正義、誰にも恥じることのない正しい行動なんだよ」

「なるほどね。恐ろしいですね」

「恐ろしいです。でも、いま君がこうしてやってきてくれた。僕は亡き父が僕の前に現れたような気がする。僕はさほどに君の出現を喜び歓迎している。僕が本当に心の底から信頼できるのは、この大軍のなかで君ひとりだ」

そう言われて私は身震いした。なぜなら、この頼朝さんの言葉は、「君を今回の戦争の大将軍に任命する」と言ったのと同じだったからである。

そして頼朝さんはそれまでは声を潜めていたのに、今度はみなに聞こえるように声を高くして言った。

「僕たちの先祖の八幡太郎義家《よしいえ》さんが、あの後三年戦争の際、朝廷の支持も得られないまま、沼の館という城砦を攻めて苦戦、ほとんど全滅させられて苦しみたくりまくった。もうあかぬ、と思った義家さんは厨川《くりやがわ》の川端に下りて京都の方角に向かって伏し、『南無八幡大菩薩様。私たちを見捨てないでください。これまでと同じように私たちを護ってください。この苦境から私たちを救い出し、先代からの私たちの願いを叶えてください』と祈った。そうしたところ、凄いなあ、八幡大菩薩は願いを叶えてくださったんだろうねぇ、京都で刑部少輔《ぎょうぶのしょう》という官職に就いていた義家さんの弟、義《よし》光《みつ》さんが義家さんを助けようと、上司に無断で、ということは官職を擲《なげう》ち、総勢二百騎で京都を出発、最終的には三千に膨れあがった軍勢を率いて参戦、ついには家衡《いえひら》・武衡《たけひら》連合軍を打ち破ったということがあった。そのとき義家さんは死ぬほど嬉しかっただろう。僕はいまそれと同じくらい、いや、それ以上に嬉しく思ってる。なので今後はもうなんて言うんでしょう、二人ですっげぇ力合わせて、亡き父の恨みを晴らしたいと思うんだけど、どうだろうか。もし、そうしてくれたらこんな嬉しいことはないんだけど」

　言って頼朝さんはまた涙を流した。これを聞いた周囲の武士たちはさっきよりももっと泣いていた。泣きすぎて頭が狂ったみたいになって衣服を引きちぎったり、地面を掻きむしる者もいた。

そのとき私はというと、プロパガンダうまいなあ、と思っていた。しかし、と同時に、兄も関東の連中をまとめるのには苦労しているのだ、とも思うと、やはり涙がこぼれた。

私は黙って頷きつつ頼朝さんの手を取った。私は頼朝さんの心中を察し、みなに聞こえるように大声で言った。

「仰る通りで小さいときにお目にかかったのでしょうね。あなた様が配所にお下りになったとき私は山科《やましな》におりました。七歳から十六歳までは鞍馬で学問をしていましたが、いろいろあって京都にいられなくなって藤原《ふじわらの》秀衡殿を頼って奥州に参りました。そこにいればそれなりに安泰だったかも知れません。でも、今回のことを聞いて居ても立ってもなくなり、秀衡殿がとめるのを振り切って急いでやって参りました。伴の者が全員、尻から血を流しているのはそのため、すなわちあまりにも激しく馬を走らせたためです。いまこうしてお目通りを許され、まるで亡き左馬頭殿にご対面しているような心持ちです。既に私は心は亡き父に、身は兄上、あなた様に捧げていますす。なんでも命令してください。絶対に服従します」

私がそう言った瞬間、兄弟の盟約が成立した。貴種×2。私が頼朝さんに代わって武士団に睨みをきかしてやる。裏切りは私が許さないから頼朝さんは安心してください。そう思って私は兄の巨顔を見上げていた。あのときはそう思っていた。あのときは本当にそう思っていた。ところがあんなことになった。

対面の直後に富士川で戦闘した。結果は。そう、大勝。その後、いったん鎌倉に戻り、いろいろあって寿永三年、頼朝さんの代官として京都に向かい、後白河院と仲が悪くなった義仲《よしなか》さん、そう、あのなにを言っているかわからない木曽の義仲さんと戦闘、勝利して入京、その後はもうずっと戦争で、味方にいろんな不備があり苦戦の連続だったが、もちろん六韜《りくとう》を知っている私が負けるわけはなく一ノ谷の戦闘に勝利し、その功によって検非違使《けびいし》の官職と従五位下の位階を賜り、元暦二年二月、また出陣、屋島での戦闘に勝ち、そして三月、壇ノ浦の闘いで私は平家を西海に沈めた。

このことを私はここで語らない。なぜなら語ると結果的に自慢になってしまうから。自分がいかに輝かしい勝利者であるか。自分がいかに楽しい人生を送っているか。そんなことを写真や短文で頻《しき》りにアッピールする奴。それは悲しい奴である。確かに私は悲しい奴で、これは悲しい物語だが、私はそこまで悲しい奴ではない。というか私自身はけっこう楽しかったし、こうして語っているいまもマア楽しい。だから語らない。知りたい人は平家物語とか読めばよい。虚実取り混ぜておもしろおかしく書いてある。大河ドラマとかにもなっているし。

という訳で自慢になるので詳しくは語らないがとにかく卓抜した、もはや天才というしかない優れた、私の前ではナポレオンとかあんなものは子供でしかない優れた戦術家である私は戦闘に勝ち続け、殺害せず逮捕することができた宗盛《むねもり》親子とその他約三十人の捕虜を引き連れ、また回収した神鏡神璽《しんじ》を携えて京都に凱旋した。

京都で院を初めとする貴族連中の喝采を浴びたのは感慨深かった。というのはだってそうだろう、かつては指名手配犯、隠れ家を転々とし、夜しか外出できなかった私が白昼堂々、都大路を行軍したのだ。私は、勝った、と思っていた。

そして院と帝に拝謁、院にも帝にも絶讃された。ことに後白河院にはムチャクチャに誉められた。私の報告に院はいちいち喜んでゲラゲラ笑い、最後の方は喜びすぎて気のおかしい人のようになっていた。

そして五月になって、私は前内大臣平宗盛・清宗《きよむね》父子を連れて鎌倉に向かった。目的はふたつ。ひとつは頼朝さんに戦勝の報告をすること。ひとつは頼朝さんに宗盛らの処分についての指示を仰ぐことだった。あと京都や畿内の情勢についていくつか報せるべきこともあった。

このとき私は頼朝さんは私を褒めてくれると信じていた。というのはそらそうだ、もちろん私ひとりで平家との戦争に勝ったとは言わないが、もし私が一方の大将軍でなく、例えば大将軍が、あの、ちょっと残念な範頼《のりより》君ひとりだったらどうなっていただろうか。言わぬが花でしょう。

もちろん、あの名前を口にするだけでムカつく梶原景時《かじわらのかげとき》が二月くらいから頼朝さんにメールを送っていることは知っていた。内容はもちろん私の悪口。それがどんなだったかというと、

「一ノ谷の戦闘の際、児玉庄の三郎高家が中将・平重衡《しげひら》を生け捕りにしました。大物幹部です。そこでこれを範頼殿に届けました。ところがこれを知った判官《ほうがん》殿が文句を言いました。なんと言ったかと言いますと。『みんな知ってるとおり範頼君は形だけの大将です。っていうかバカです。あんな人のところに届けたらダメでしょうね。本当の将軍は私なんだから私に届けんとあかんのに高家はなに考えてるんでしょうね。ちょっと痛い目に遭うてもらわんとあかんようやね』と言いました。そして言っただけでなく、本当に高家にカチコミをかけようとしました。私と土肥次郎《どひのじろう》とで必死にとめました。それでようやっと同士討ちが避けられました。私と土肥がとめなかったら大変なことになっていたと思います」

といった手紙だった。或いは、

「判官殿は、『平家を滅ぼした後は逢坂《おうさか》の関から東は頼朝さんが、西は私がお預りするということになるでしょうね。おほほん』と言ってました。恐ろしいことです。あり得ないことです。でも彼は本気みたいです」

といった手紙。

というのは悪口、っていうか、もうはっきり嘘なのだけれども梶原景時の嫌なところは、そうして一方的な悪口を書くだけではなく、ときに相手を褒めて、いかにも自分は客観中立です、みたいな立場を取りつつ、最終的には悪口を言う、みたいな手口を使う。例えば。

「判官殿は天才的な戦術家です。一ノ谷はムチャクチャ攻めにくい城塞で、敵の防備態勢は完璧でした。そのうえ、こちらの兵力は敵の半分以下でした。あなたにこんなことを言うのは釈迦に説法ですが、城を攻略するためには最低でも相手方の倍の兵力が必要、というのが通説です。そのうえ私たちはあのあたりの地理に不案内で、誰がどう考えても勝てる戦争ではありませんでした。それを判官殿は、少数の騎兵を率いて鵯越《ひよどりごえ》という、ここを馬で駆け下りようと思う人がいたとしたらその人は完全なキチガイでしょう、みたいな断崖を駆け下りて敵陣に攻め込みました。敵にしたらまったく予期しないことで、慌てふためいた敵は混乱に陥り、我が軍が勝利したのです。紙一重の天才、としか言いようがありません」

と書き、また、

「あの人は海戦は未経験なはずで私たちはみんな、ダメだろう、と思っていました。ところが屋島ではどうだったでしょうか。凄かったです。あの日は大風が吹いて常識で考えて出航できる状態ではありませんでした。なので私は、日を改めましょう、と進言しました。ところが、いましかない、と言って聞かぬのです。私はこれだから素人は困る、と思い、断固、反対をいたしました。ところが強情というか貴公子の我儘というか、『うるさいっ。僕は行くと決めたら行くっ』といって強引に出航してしまいました。たったの五艘で。せいぜい五十騎かそこいらで。私たちは全員、あーあ。沈むな。と思って見送りました。ところがです。なんということでしょうか。その五十騎で屋島の城砦に襲いかかり、平家数萬の軍勢を蹴散らしたのです。鬼神としか言いようがありません」

と書いて、そして、

「私の見たところ壇ノ浦でもそんな感じでした。判官殿は日本一、いや、世界一の大将軍です。はっきりいって一緒に闘った東国の、そして西国の武士は全員、例外なく彼を尊敬しまくりたくっています。泣きながら拝んでいる奴さえいるのです」

と持ち上げたうえで、

「というのも彼が下の者にも優しく、みんなの身の上を案じ、贔屓《ひいき》をせず公平公正な扱いをするからなのですが、なんのためにそんなことをするのでしょうか。他の人は気がついていませんがこの梶原は知ってしまいました。なぜか。はっきり言いましょうか。言いましょう。野心です。野望です。判官殿の目指すはただひとつ。西日本総《そう》追捕使《ついぶし》となってあなたと東西で並び立つことなのです。そうしたうえで院庁との結びつきを強め、その権威を背景に最終的には、奥州の秀衡さんと協同して北と西からあなたを圧迫しよう、と考えているみたいなのです。私はそう感じました。そのために彼は武士の人気を得ようとしているのです。優しくしているのです。俗に言うポピュリズムというやつです。そしていまのところそれは成功していて、彼の人気は凄いです。多くの武士が、『頼朝さんもいいけどやっぱ義経さんだよね。だって、頼朝ってさあ、顔、でかくね？』と言って判官殿を支持しています。あなたはもはや西国では呼び捨てです。やばいと思います。早いうちに芽を摘んでおかないといまはよいとしても将来、大変なことになるかも知れません」

といったようなことを書くのだ。

さて、ではなぜ梶原景時はそんなことをしたのか、というと勿論、私と敵対していたからで、もうなんていうか私と梶原はもうまったく人として合わなかった。私がぶらぶら歩いていると前から梶原が来る。そのまま行くとぶつかるので右によけた瞬間、梶原が左に避け、あっ、と言って、左に避けると、まったく同じタイミングで梶原も、あっ、と言って右に避ける。みたいなことから始まって、その後は悉《ことごと》く意見が合わない。私が、暑いと思って窓を開けると梶原が、虫が入ってくる、と言って閉める。気合いを入れて、「さあ、行こう」と言った瞬間、「あっ、ちょっと待って。鍵、忘れた」と言う。お湯を注いで三分経った、ちょうどそのとき電話を掛けてくる。私が犬だとすると梶原は猿。私が鰻だとすると梶原は梅干。私がミニスカートだとすると梶原は臑毛《すねげ》。存在として合わない。

といっても、それは梶原に限ったことではなくて、多くの関東の武士がそうだった。というのは当たり前の話で、六韜をマスターしている私の戦略を士官学校すら出ていない無学な北関東のヤンキーが理解できるわけがない。なのでほとんどの者は私の指示に疑問を抱いていたはず。だからこそ私は重要な局面においては少数の信頼できる者のみを率いて闘い、結果を出した。結果を出せば自《おの》ずと信頼が生まれる。最初は不満顔で、えええええええ？　とか言っていた者も、命令に従えば成績を残すことができる、成績を残せば莫大な報酬を貰えるということがわかれば喜んでついてくる。そうするとますます結果を残すことができる。そうするとますます信頼が生まれる。みんなが自分のやっていることに自信を持つようになる。そのことによってまた結果が生まれる。ますます信頼が高まる。自慢になるからあまり言いたくないが、言わないとわからないので言うとそのようにして私は勝ったのだ。ところが。

一部にこの流れに乗りきれない者がおり、その筆頭が梶原だった。

そうなる理由は明白で、一言で言うと、自らを尊しとして恃《たの》む心、自尊・自負、傲《おご》り驕る心だった。

そしてそうなれるのは己を知らず相手を知らぬからで、副官として赴任してきた梶原は私のことを初手から柔弱な貴公子と決めつけていた。「京都に生まれお寺で学問をしていろんな人に庇護されて育ってきたこの人は戦争のことをなにも知らない、いわばお飾りの大将。よって実際の指揮は自分が執《と》るもの」と思い込んでいたのだ。ところがいざ戦争が始まってみると、私はムチャクチャ指揮を執る。そしてその戦術は戦争のプロを自任する梶原の理解を超えていた。そこで梶原は、「絶対に失敗するからやめろ」と言う。偉そうに。上から。けれども私はそんなものは聞きゃあしない、やろうと思ったことは断固やる。っていうか、そもそも大将だし。そして、成功する。勝つ。

これが梶原にはおもしろくない。

というのは、そりゃそうだ。絶対に失敗するからやめろ、と言ったことをやって成功するのだから梶原からしたら赤っ恥もいいところだ。

けれども全体的な観点から言うと、戦争に勝った方がいいわけだから結果オーライとしてこれを認め、よいところを学んで自分を高めていけばよい。ところが梶原にはそれができなかった。なぜできなかったかというと、それを認めてしまえばこれまで培ってきた自分の知識や経験を全否定することになるから。え？　それで戦争に勝てるんだったらこれまでの自分の人生ってなんだったの？　ってことになるから。

そこで梶原がどうしたかっていうと、これをなかったことにしようとした。具体的には、あのときはたまたま雨が降っていたから、とか、あのときはあの地方が記録的な飢饉だったから、とか、あのときはエルゲスがバミュヒューラーしてn/fの値が一時的にあがったから。といった珍論をこねくり回して私の功績を否定しようとした。

しかし結果が重なるとそれも次第に通用しなくなってくる。

そこで梶原は、「俺は認めない」と言い始めた。誰がなんと言っても俺的にはダメ、と強弁したのである。

といっても勝ちは勝ちで、そんな意見に同調していると貰える恩賞も貰えなくなるので、いくら梶原が、「ありゃあ、ダメだよ。あんなものはクソだよ」と罵っても、誰も本気で取り合わなくなっていった。

それで最終的に梶原がとった作戦が鎌倉への告げ口作戦、頼朝さんに、あることないこと、というか、ないことないことを書き連ねた手紙を送り、私の印象を悪くする、という拙劣なことを始めたのである。

とそれだけ聞くと梶原はまるっきりのバカのように聞こえるが、実は梶原は関東の武士にしては教養がある男だった。なにを言っているかわかったし、文字も書けたし、歌的なものを詠むこともできた。まあ、本物の歌詠みからしたらかなり笑ける感じだけれども。

しかしまあ逆にそれがよくなかったのだと思う。というのはなんでもそうだけれども、生半可にいろんなことを知っていると、それが邪魔をして本当のことが頭に入ってこない。そんなだったら逆に、他の関東の武士のようになにも知らない、まっさらな状態であった方がよかった。

ところが梶原は中途半端な知識・教養を身につけていて、それが邪魔をして悉く正しい私の指示・命令に悉く反発し、事後もそんな風なロビー活動を行っていたというわけだ。

とはいうもののあの頼朝さんである。そんな梶原ごときの嘘や情報操作を信じる訳がない、と私は高をくくっていた。けれども頼朝さんの心はこの時点で既に決まっていた。と思う。後で聞いた話によると、このとき頼朝さんは、「梶原が嘘を言うわけはないが……」と前置きをしたうえで、「しかし、訴訟というものは完全であらなければならない。一方の言い分だけを聞いて処分したとしたら、それは不完全な訴訟で、後々、文句を言われないとも限らない。なのでここは九郎《くろう》を呼んで、僕の目の前で梶原と論争させ、証拠・証人などあればこれも提出させて、そのうえで処分を決める必要がある」

と言ったらしい。

ところが人々が、

「ああ、よかった、よかった。そもそも判官殿は無実なのだからそうして裁判になるのならば罪に問われないでしょう」

「でも、感情的にこじれちゃってますからねぇ。法と証拠に基づく争いではなく、ドロドロの罵り合いになるような気がします。そうなると……」

「やっぱ、梶原が有利ですかねぇ」

なンど噂しているのを聞き、もしかして九郎、有利？　と思い始めた。そしてその後、法廷での論争だと不利と悟った梶原が、神々に自分は嘘は言っていない、もし言っていたら滅ぼして貰っても構わない、と誓った文章、すなわち起請文《きしようもん》を提出した、と聞いて、これ幸いと、

「そこまでするのであれば法廷は開かなくてよいだろう。九郎とは面会しない。鎌倉に一歩たりとも入れるな」と命じたという。

そういったことを総合して私は頼朝さんの心は最初から決まっていたのだなあ、と思ったのだ。

どういうことかというと、まず、とにかく頼朝さんは私を有罪にしたかった。で、最初、頼朝さんは裁判で私を有罪に持っていける、と考えていた。ところが諸人の噂を聞き、無茶を言っているのは梶原の方で私は無実、と知り、これに有罪判決を出せば世論の批判を浴びると考えた。

そこで。これは完全に私の推測だけれども、梶原が起請文を出したのは頼朝さんに言われてのことだと思う。

「おまえがもし嘘を言っていないというのなら起請文を出せ」

「え、そこまでしないと駄目ですか」

「え、出せないの？ ってことは僕に嘘を言ってたってことかな」

「そんなことはありません」

「じゃあ、出せよ」

「わかりました。出します」

みたいなやり取りがあり、梶原が起請文まで出した。よって梶原の言っていることは真実。もし嘘だったら梶原は頼朝ばかりか神々までをも騙したことになり、悪いのは梶原で、梶原は神々によって裁かれる、という理屈をつけたのではないか。

つまり、ちょっと前から私が邪魔になってきた頼朝さんは、ついうっかり私に対する不満をぶちまけた梶原を、「あ。こいつ。ちょうどいいや」と利用し、その結果、梶原は冥顕《みようけん》の罰を間違いなく受ける、というとんでもない立場に追い詰められたというわけだ。はは、おもろ。

と、しかし私は笑ってはいられなかった。というのは梶原みたいな奴はどうとでもなるが、頼朝さんがはっきりと私の敵になるというのは辛すぎたからだ。

私はその辛い気持ちを嘘いつわりなく正直に言うことにした。私は鎌倉に来るな、と伝えられたとき、みんなに聞こえるように言った。

「いっやー、つらいっすわ」

「つらいですか」

「つらいです。だってそうでしょう。もちろん私の活動の根本には先祖の恥辱をなかったことにする、父祖の恨みを晴らす、というのがあった。でもね、死ぬ気で、この瞬間、討ち死にしてもいいと思いつつ戦争をしたのは、少しでも従二位頼朝卿に気に入ってもらおう、喜んでもらおう、と思ったから。これは嘘じゃない」

「あ、そうだったんですか」

「そうだったんです。それで私はどうですか。結果、出しませんでしたか？」

「メチャメチャ出しましたよね」

「だしょだしょだしょ。だから鎌倉、行ったらそれなりの評価はしてもらえると思ってた。ところが実際のとこどうですか？　会ってももらえない。これじゃあ、死ぬ気で闘った意味がない」

「確かにきっついすよね」

「きっついっす。こんなだったら現場で梶原を処刑しておけばよかった。彼は将軍である私の命令に何度も叛《そむ》いて軍紀を乱したからね。問題はなかったはず。でも、それも可哀想かな、と思ってしまって殺せなかった。あーあ、あのとき殺しておけばこんなことにならなかったのになあ。悲しいことだ」

しかしそんなことを言ってどうにかなっただろうか。どうにもならなかった。見上げた空に汚らしい鳥が飛びまくっていた。

そして虚しい苦しい腰越《こしごえ》で私は早業を使わなかったかというと。

使って、そして知った。

頼朝さんの私に対する恐怖を知った。

座敷に座る頼朝さんの周りに二十重の人の輪ができていた。

頼朝さんのぐるりを二十の、武装した人の輪が取り囲んでいたのである。

誰かが、「いくらなんでもここまでしなくてもいいのではないでしょうか」と言うのに頼朝さんがヒステリックな声で、

「ばかっ。おまえは九郎がどんな男だか知らないのか。僕はいまこの瞬間、この畳の隙間から九郎が出てきて、『兄さん、こんにちは』と言ってへらっと笑っても、まったく驚かない。九郎っていうのはそういう男なのだぞ」

と言うのが聞こえた。

頼朝さんは私が早業を使うことを知っていたのだ。そして怯えていた。私は出ていって、誤解を解きたかった。兄さん、そんなことはありません。私の早業も、私の六

韜も、それはすべてあなたのためのものです。と言いたかった。

けれどもできなかった。なぜなら、「うわあ、やっぱり畳の隙間から出てきたあ。こっわー」となることが、そして戦闘になり、兄の麾下《きか》の将兵多数を殺傷することになり、その結果、ますます兄をおそれさせることになるのが予測されたから。

なので私は気配を消したままなにも言わず汚らしい鳥が飛び回る腰越に帰った。

千羽？　いやさ、万羽。鳥がその数を増していた。

なんでこうなるのだろうか。私は足元の砂を掴んで鳥、目がけて投げた。そのとき風が吹いて砂はみな私の顔にかかった。

うべえ。

私は涙を流し、唾を吐き、最後、咳き込んだ。

私は涙を流し、唾を吐き、最後、咳き込んだ。

頼朝さんはついに私を誅戮《ちゅうりく》する腹を固めた。

頼朝さんは最初、川越重頼《かわごえのしげより》を呼んで言った。呼ばれたとき川越重頼は茶漬けを食べていた。使者が来たとき川越重頼は異様な胸騒ぎを覚えた、と後日、言っていたらしい。

「ああ、太郎ちゃん。ちーす」

「なんの御用でしょうか」

「実は九郎のことなんだがね」

「ああ、義経さん。許してあげることにしたんですか」

「ちげーよ。僕もいろいろ考えたのだが、やはりあいつをこのままにしておくのはどう考えてもまずい」

「まずいですか」

「ああ、まずいね」

「そうでもないと思うんですが、どのあたりがまずいっすかね」

「あいつは院庁に近すぎる。べったりといっても過言ではない。そしてその院庁の権威を背景にして西国諸国に大きな影響力を持ち始めている。いまのうちに潰しておかないと将来に禍根を残す」

「なるほど。わかりました。けど、あの、私……、では、ちょっと、あの都合が悪いのかなっていう感じが一部にあるという部分がどうしても否めないという部分が一部にあるのかなって感じがしないでもないわけでなくはないんですけどね」

「婉曲的な表現が積み重なりすぎてなにを言っているのか全然わからない」

「いや、あのですね、命令。これはもう、もうなんていうか、もうはっきり言って絶対です。絶対服従です。背くことはありません。ただですね、お忘れかも知れませんが、私の娘が判官殿の許《もと》に参ってますでしょ。ということは判官殿は私の聟《むこ》ということになりまして、この聟を殺すというのは、私自身非常につらいことでして、かつまた人道的な見地から考えてやはりまずいのではないかな、とこう思うんですね。だから絶対というわけではないんですけど、できれば誰か他の者にお命じになっていただければこんな嬉しいことはないと、こう思う訳なんです」

「あ、なるほど。そうでしたね。君の娘は九郎の妻でしたよね。しかも薦めたのは僕だ。そうか。なるほど。娘婿を殺せと命じた、となれば僕自身が非人道的と非難されるおそれもあるよね。わっかりました。じゃあ、別の人に頼もう。じゃあ、もう帰っていいけど、せっかく来たんだから酒でも飲んで帰りなさい。別室に用意させるから」

「ああざす」

という訳で川越重頼は別室で酒を飲み、泥酔して帰っていった。

次に頼朝さんは剛直で武勇に秀でた畠山重忠《はたけやまのしげただ》を呼んだ。彼なら難なく私を殺すことができるだろう、と考えたからだった。ところがこれが失敗だった。なぜなら畠山重忠は相手が誰であろうと阿《おもね》ることなく自ら信じるところを申し述べる、アホほど正直な男だったからだ。

頼朝さんは川越太郎に言ったのと同じような文脈で私の野望について説明をし、それからこう言った。

「ということで最初は太郎ちゃんに頼んだんだけど身内だからまずいってことになって、でもどう考えても明らかに秩序を破壊しようとしている九郎をこのままほっとく訳にはいかんでしょ。だもんで、あなた、腰越まで行ってやっちゃってほしい訳よ。もちろんただで行けとは僕も言いませんよ。もし引き受けてくれるんだったら、すごいっすよ、伊豆をあなたに差し上げましょう。っていうか、驚かないでくださいよ。いまならなんと伊豆だけではなく、これに駿河《するが》もつけましょう。腰越まで行って戦争をするわけではない、九郎一人をちょっと殺すだけで伊豆駿河の二カ国があなたの領国となるんですよ。あり得ないでしょう、普通」

そう言って頼朝さんは畠山重忠の顔を見た。畠山重忠は眉一つ動かさず黙っている。頼朝さんは訝った。

「あれ？　リアクション薄いな。普通だったらここで、えええええええっ？　とか、うぎゃあああああっ、とか、マジっすか？　とか言うんだけどな。おい、畠山君。君は伊豆駿河二カ国でも不足なのか。いったいどれほど強欲なんだ」

これにいたって畠山は初めて口を開いた。畠山は頼朝さんが座っている畳の縁《へり》を見ながら絞り出すような声で言った。

「命令には背けません」

「あ、じゃあ、お願いね」

「しかし」

「しかし？」

「八幡大菩薩の御誓いにも、『他国より自国を護ろう。他人より身内兄弟を護ろう』ってありますよね」

「あるね」

「つまりどういうことかと申しますと、他人と兄弟親戚とでは比べるまでもなく兄弟親戚の方が大事ということです。そしてこれを今回のケースに当てはめれば、他人というのは梶原、兄弟というのは判官殿のことです。っていうのはそらそうでしょう、梶原との主従関係なんてものは所詮は一時的な契約に過ぎません。その梶原の言い分を真に受けて御一門の判官殿を処分するなどというのはもっての外です。そりゃあ多少むかつくところもおありでしょうが、そこは日頃の忠節とこれまでの功績、そしてなんといってもご兄弟の縁に免じてご寛恕なされて九州地方を代官させ、目通りなされた際に手前にくださると仰った伊豆駿河両国をこれまでの苦労に対するご褒美としてお与えになって、京都に駐留してもらえば京都以西は完全に鎮まります。鎌倉にとってこれが唯一の安全保障政策です。間違いありません」

　という畠山重忠の言葉には説得力があった。なぜかというと頼朝さんが自分に呉れると言った伊豆駿河を義経に与えよ、と言っており、この発言が私利私欲からではなく、本当に頼朝さんのため、源家のため、ひいてはみんなの利益のためになされた発言であるということが、頼朝さんはじめ、その場にいた全員に伝わったからである。

畠山は言うことを言うと、「そいじゃ」と席を立って酒も飲まずに帰っていった。その後ろ影を見送りながら頼朝さんは傍らの者に、「雨、降りそうですね」と言った。しかし、ぜんぜん雨が降るような気配はなかったので傍らの者は困惑し、「ええ、ええ」と曖昧に答えた。

それで説得されたのか、されなかったのか。或いは全体的に義経寄りの世論を気にしてか、その後、私の処分は暫くの間、保留になった。

けれども頼朝さんの私に対する疑念と恐怖は払拭されることがなかったのだろう、なお面会は許されず、そこで私はあらゆる神々に誓った起請文を何通も提出したがやはり許されない。

私は完全に追い詰まっていた。立ったり座ったりして、水をがぶがぶ飲み、車海老を取り寄せてコキールのようなものを拵《こしら》え、みなに振る舞った。みんなは嫌がったが私が言うから仕方なく食べ、嘔吐したりしていた。

みなが嘔吐する姿を見た私は、自分はいったいなにをやっているのだろう、と思った。かつての颯爽とした貴公子であった私はどこにいったのか。こんなことでは駄目だ。私はこれまで、たったひとりであらゆる苦難を乗り越えてきた。この局面だってきっと乗り越えてみせる。

俄《にわか》に発心した私は墨と硯《すずり》と筆と料紙を持って早業を使い、江ノ島の洞窟に行った。江ノ島の洞窟の最奥部で私は火を灯し、墨をすって筆を執った。ルールルルルル。私は洞窟に籠もって筆を走らせた。その私の横顔はまるで黒粒のようであったのか。


寺の縁先に座り込み、私は庭を眺めていた。鳩が池の滝の口のところで水を浴びていた。トットトッ、と横飛びに飛ぶ。私は鳩をもっと見たい気持ちになり、鳩に意識を集中した。すると、私の視線に気がついた鳩がパタパタパタと飛んで逃げた。鳩は目が合うと飛んで逃げる。殺されると思うから。私は見ていたいだけなのに。そして鳩が居なくなった滝の口に水が流れていた。水だけが流れていた。空には雲が流れていた。雲はいまも流れている。私も流れている。どこへ。わからない。そんなこと知るかっ、と言ってその後すぐに、汁粉っ、と言って笑った顔を造る。そういえば十年前に、造顔マッサージ、ってやったな、と思う。やってないのに。「おおっ、佐藤か。なにやらかしとるんだ、こんな縁側で」と言ってみる。佐藤も居らないのに。縁先に座っているのは私なのに。

そうすると、階《きざはし》の先に雑人が通りかかる。私は雑人に佐藤を呼んでくるように命じた。佐藤がやってくる。私はいったん部屋に入ってデスクのうえの書き終えた状をとってきて佐藤に手渡し、大江広元《おおえのひろもと》のところに届けるように命じた。佐藤は承って庭を横切っていった。木の枝に鳩がとまって首を傾げて佐藤の後ろ影を見送っていた。先ほどの鳩だ。

私が佐藤に手渡したのは、そう、あの江ノ島の洞窟で書き上げた書状、通称・腰越状。それがどんなものだったか。以下に記す。

左衛門少尉源義経が恐れながら申し上げたいことはただひとつ、罪なくしてお叱りを賜り、血の涙を流して悲しんでいるということです。っていうのはだってそうでしょう、私は鎌倉殿の代理人として、平家追討の宣旨《せんじ》を奉じて朝敵である平家を西海に滅ぼし、先祖代々の武門の家の末裔のひとりとして永年の恨みを晴らしました。ということは本来であれば褒美を貰って当たり前です。ところがなんということでしょう、訳のわからないキチガイとしか思えない告げ口をされ、陰口を言われて、すべての勲功はチャラとなり、そのうえ嫌われて会っても貰えないのです。泣くでしょ、普通。で、なぜこんなことになってしまったか、と考えるに、よく効く薬は苦く、有意義な助言はこれをなかなか素直に受け入れがたいということです。この原則が働いてちょっと考えられない嘘がまかり通ってしまったのです。その結果、私は鎌倉殿にお目にかかって本当のことを言う機会を奪われ、日ばかりが過ぎていっているのです。もしこのまま直接会うことができなければ、私たち兄弟の宿世《すくせ》の縁はマジで永遠に断ち切られてしまいます。そんなことになったら死にます。

っていうか、それも運命ってことなのでしょうか。だとしたらげっさ悲しいことです。私のこの悲しい気持ち・本当の気持ちを理解して私の立場に立って意見を言ってくれるのは亡くなったお父さんくらいでしょう。こんな惨めな状態になった私に、よしよし気の毒なことになったな、と慰めてくれるのも亡き父しかいません。けれどもいまも言うようにお父さんは死んでしまってこの世にいらっしゃいません。ということは、私の哀しみ、私の真意を理解してくれる人はこの世にただのひとりもおらない、ということなのです。そのこと自体が私はめっさ悲しいです。いまさらこんなことを言うのは繰り言めいて申し訳ないのですが、私は生まれてすぐに、父が戦死、逃亡・流浪の身の上となり、母に抱かれて、奈良県吉野《よしの》郡吉野町の龍門の牧というところに逃げてからずっと、一日たりとも安らかな気持ちで過ごしたことがありませんでした。それは、なんの楽しみもない、ただ単に死なずに生きている、みたいな日々でした。厭でした。そしてそんな日々が続くうち、次第に捜査の網が絞られて、京都近辺にいることすらできなくなりました。官憲に捕まる感じになってきたんです。それでしょうがないから地方に逃げました。といって一箇所にずっとおりますると、すぐに追及の手が伸びてきましたから、あちこち逃げ回り、とんでもない田舎やあり得ない山奥とかに住んだこともあります。その間は、その土地土地の土民や百姓の方々にお世話になってました。情けなかったです。

なので今回の戦いに参加できたことは無茶苦茶うれしかったんです。上洛してとりあえずあのなにを言っているのかまったくわからない木曾の義仲を滅ぼした後、本番はここからや、というのであるときは私は、もう絶対落ちたら死ぬな、みたいな断崖絶壁を馬で駆け下りてました。そんなことがなぜできたのか。敵を殲滅するためだったら命はいらないと思っていたからです。（そのとき自分と自分の身内のことばかり考えていたのは誰だったかな?）またあるときは海底に沈むことを恐れず暴風雨のなか果てしない大海原に漕ぎ出で、あやうく鯨の餌になりかけたこともありました。（このとき私の意見にいちいち反論して邪魔ばかりしていた人がいたのですが、名前を思い出せません）それだけではなく兜を枕とし鎧を布団となして二十四時間戦い続けたその根本の動機は、ただただ私たちの先祖を滅ぼした敵を殲滅することによって死んでいった方々の魂を慰めるという私たち一族全員の永年の願いを叶えたかったからに過ぎません。

そればかりでなく、私がなんのために五位尉《ごいのじょう》に任ぜられ、これをお受けしたかご存知ですか？　私が個人の栄達を望んだと思ってませんか？　もしそうだとしたらそれは大間違いですよ。私は個人の栄達などまったく望んでいません。ではなぜ任官したのか。それはひとえに、私がそうした名誉ある地位に就くことによって源家の面目を施したい、と思ったからです。義経個人の出世なんてどうでもいいんです。そういう訳で私は五位を賜ったのですが、でも（だからと言うべきでしょうか?）、いま私は果てしない絶望と憂悶の淵に沈んでおります。追い詰まっているのです。

となるとこの辛い気持ちをわかってもらおうと思ったら神様と仏様を頼るしかありません。そこで諸寺諸社の護符の裏を使って、自分は微塵も野心を抱いていない、と、国中の神々、冥界の仏様たちを呼んで誓い、これを破ったら血を吐いて小便をちびりながら死ぬ、と誓った文書を数通作成してお送りいたしました。にもかかわらず私は許して貰えませんでした。

私たちの国は神の国です。神様は礼に背いたことはお認めになりません。なので絶対に嘘は言ってません。そこでお願いいたします。広元さん、あなた以外に頼る人がないのです。ただただ、広元さん、あなたのお慈悲にお縋《すが》り申し上げます。機会を窺って鎌倉殿に、どうやら義経に異心はないようですよ、といって貰えないでしょうか。私の誠実な気持ちを伝えていただけないでしょうか。身勝手な言い草だ、とお思いですか?　いいえ、そんなことはありません。もし私の真意が正確に伝わって罪が許されたら、それはあなたが徳を積んだということになって、もちろん神様がそれを見ていらっしゃいますから、その徳によってあなたの家は子々孫々にいたるまでますます栄えることでしょう。そしてその結果、私もまたこの耐えがたい苦しみから解放され、死ぬまで安らかに暮らすことができるのです。長文申し訳ありません。私の気持ちはとうてい言葉で書き尽くすことができません。いろんなことを省略してしまったような気がしますがこのへんでやめておきます。お手数をお掛けして申し訳ありませんがどうかよろしくお願いします。

元暦二年五月九日

左衛門少尉　源義経

因幡前司《いなばのぜんじ》殿へ

以上が私が書いた書状である。少しばかり混乱しているがそれも含めて当時の私の気持ちをそのまま記してあるように思う。悲痛な切迫感がある。そしてその悲痛な切迫感は当時の人々にも伝わって一定の効果をあげた。どういうことかというと、鎌倉で義経同情論が巻き起こったということで、これを読んだ人は基本泣いた。女房連中などは泣きすぎてズクズクになっていた。武者も声を放って泣いた。そういう状況につられてなんと頼朝さんも泣いていたみたいだった。こういうとき泣くって、まあ、あの人らしいちゅやあらしいのだけれども。

という訳で、腰越で私を誅殺する、という計画はいったん棚上げされた。けれども対面がかなうまでにはいたらず、私は腰越に留めおかれた。そうこうするうちに夏が過ぎ、秋も半ばになって京都の院庁から使者が来た。私がいないと畿内が落ち着かないため、疾《と》くこれを戻せ、と言ってきたのである。これで頼朝さんの機嫌がまた一気に悪くなった。やっぱしおまえは院とつるんでんねやんけ、という訳である。もちろん院はそうなることをわかってこんなことを言ってくる。しかしながら院からそう言ってきた以上、私をこれ以上、腰越に留めおくわけにもいかず、京都に戻って代官すべし、ということになって、私は京都に戻された。「なんかもう朝晩寒いくらいですよね」「ほんまですね」なんてみんな言っていた。そして私が京都に戻った後も梶原は讒言《ざんげん》を続け、その頃には腰越状の感動も薄れていたため、頼朝さんはまた私の殺害を計画しはじめていて、私はすごく嫌だった。

庭から縁にいたる階《きざはし》に雀が群がっていた。庭に梅の古木があって、そこには雀は群がっていなかった。そして次の瞬間、雀がぱっと飛んで逃げた。庭を横切って若い武者が階に向かって歩いてきたからであった。若い武者は、なんで雀は逃げるのだろうか、と思った。

なんで雀は逃げるのだろうか。私につかまえられると思うからだろうか。私は雀なンぞを捕まえる気はまったくないのだがな。或いは、一応、念には念を入れて逃げておく、ということなのだろうか。やれやれ、念の入ったことだ。

そんなことを思いながら武者は振り返った。武者の後ろには一人の僧が立っていた。細身の白いパンツの上に黒いガウンを羽織った悪僧であった。頭には白いスカーフを巻いていた。武者は悪僧に、「ちょっと待ってくださいね。いま呼びますので」と言うと、階を上り縁に立つと座敷に向かって、「すんませーん、すんませーん。誰かいませんか」と叫んだ。

しかし返事がない。「あっれー、おっかしいなあ。いつもなればここにおらっしゃるはずなのだけれどもなあ。なんでいてはらないのだろう」

という武者の声を頼朝さんは奥の部屋で聞いていた。頼朝さんは傍らにいた者に言った。

「源太《げんだ》が参ったようですね。ここに来るように言いなさい。ここで会いますので」

「了解っす」

といってその者は行き、暫くして武者とそして僧を伴って戻ってきた。

「いらっしゃいましてございます」

「ああ、そら結構。ご苦労さんでしたな、景季《かげすえ》君」

「いえいえ、なんちゅうことないんですが、あの、ひとつ伺ってもよろしいでしょうか」

「ああ、なんでも聞き給え」

「なんで、今日に限って表の見参所ではなく、この奥の部屋なんでしょうかね」

聞かれて頼朝さんは奇妙な、まるで牛がうどんを食べているような顔をしたが、なんでも聞け、と言った以上、答えぬ訳にもいかぬと思ったのだろう、小声で言った。

「あたりまえでしょうが。どこで九郎が聞いているかわからないからね。表の見参所でなんて話せるわけないでしょ」

と、頼朝さんが言うのを聞いて僧は表情を曇らせた。なんとなくそうではないか、と思っていたことが、いよいよその通りであるということがはっきりしてきたからである。

その僧の方を振り返って、「こちらが……」と、若い武者すなわち梶原景季は言い、それから今度は頼朝さんの方に向き直って言った。

「二階堂にお住まいの土佐坊正尊《とさのぼうしょうぞん》さんです」

と紹介されて僧、すなわち土佐坊正尊は陰気な声で言った。

「どうも初めまして。正尊です。お召しにより参上つかまつりました」

「いやいやいやいや、どもどもどもども。頼朝です。ま、あの、堅苦しい挨拶は抜きにして、一杯いきましょう。景季君、あなたに命じてありましたが宴会の準備は調ってますか」

「ばっちりです」

「じゃあ、始めちゃいましょう」

　ということで宴会が始まって、そういうことにはきわめてマメな景季の、細かいところまで気を遣った接待により、最初のうちは陰気に固まっていた正尊の頬にも赤みが差し、「僕はいま屁をこいたかもしれない。すびばせんね」程度のことを言うくらいには気楽な感じになった。その正尊の顔色を見て、先ほどから勧めるばかりで殆ど飲んでいない頼朝さんが言った。

「ところでねぇ、正尊さん。僕は困ってるんだよ」

「それはどういうことでございましょうや」

　とそう言って正尊は合掌した。

「実は九郎のことなんだよ」

　それを聞いた正尊の眉毛がビクビクッと動いた。頼朝さんはそれに気がついたが構わず話を続けた。

「なんていうかねぇ、調子乗りっていうのかねぇ。勿論、今回の合戦での彼の活躍はめざましい。けれどもひとつ忘れているのはそれも僕の威光があって初めてできたことで、それがなきゃあ全軍がひとつにまとまって戦うなんてことはできなかったはずなんだけれども、あいつはそれを全部自分の力だと勘違いしちゃって、みんなを怒らせてしまったんだよ。なんてことすんのかねぇ、って僕なんか思うんだけどね」

「ああ、それは私も聞きました。景時さんなど非常に気を悪くされてるんですってね」

「そうなのよ。あ、飲んでる？　遠慮しないで飲んでね。まままままま、いやいやいやいや、ままままま。そいでね、それだけじゃないいっつのは、院が義経のこと気に入っちゃってねぇ。ものすごい贔屓してるわけ。ま、僕も京都育ちだけど、僕なんかよりずっと京都長いからね、そういうのすっごいうれしいんじゃゃね？　それをよいことに僕に向かって横に車押してくるんですよ。あり得ないっしょ。だもんで、和田義《わだのよし》盛《もり》とかね、畠山重忠とかに誅戮するように言ったんだけど、いろんな訳のわからない理屈言っていかない。川越重頼も、親戚だから、かなんか言って逃げくさるし、そうこうするうちに九郎は京都に戻ってしまって、僕、ホント困惑してね、そこで、です」

　そう言って頼朝さんは言葉を切り正尊の方を見た。正尊はなにも言わず、ただ頼朝さんを見ている。頼朝さんは続けて言った。

「はっきり言ってもうあなたしかいない。特にあなたは京都の地形・情勢にも詳しい。単刀直入に言います。上洛して九郎を討ち取ってください。もし引き受けてくださるのであれば、安房、アンド上総をあなたに差し上げます。いえいえいえ、成功報酬じゃありません。引き受けてくれたらその瞬間に差し上げます。どうです。やってくれますよね」

と、頼朝さんに目を見て言われた正尊は持っていた盃をそっと置き、視線を落として静かな声で言った。

「なるほど。やはりそういうことでしたか。半ばはそうではないか、と思っておりましたが、されど私は出家の身。その私をお召し、ということは、『法華経を説き聞かせよ』『仏教の肝要のところを教えよ』など仰るのではないか、と半ばでは思っておりました。しかしそうではなく、僧である私に、『御一門を亡きものにせよ』と仰る。悲しいことでございます」

正尊がそういうのを聞いて景季は思わず正尊の顔を見た。頼朝さんに向かってなんという大胆なことを言うのだろう、それじゃあ真正面からの頼朝さん批判ではないか、と思ったからである。しかし正尊は視線を落としたまま、深刻そうな悲しげな表情を変えずにいる。

なぜ正尊はそんな真正面から頼朝さんを批判するようなことを言ったのだろうか。そこには正尊なりの計算が働いていた。というのはまず正尊は上洛して私を殺しに行くのが嫌だった。なんとなれば私は天才的な戦術家で、そんな私に戦争を仕掛けて勝てる訳がない、と思ったからである。また、全体的に私に同情的な世論に気を遣った、というのもあるだろう。というのは畠山も川越太郎も同じことだった。そこで川越は身内ということで逃げ、畠山は誰も反論できない正論を述べることによってこれを断った。もちろんその正論の背景には畠山の軍事力があったわけだが。そして正尊は、というと宗教家であることを理由に断ろうとした。見るからに出家らしい態度・物腰で、いかにも宗教者らしいことを言って、宗教的な見地から実の弟を誅殺するのは好ましくないし、自分は適任ではない、という印象を頼朝さんに与えようとしたのである。

さあ、どれほどの印象を与えることができたかな。

悲しげな表情のまま床を見つめて唇を噛んでいた正尊はそろそろと顔を上げて頼朝さんを見て思わず、「ひっ」と声をあげた。

先ほどまでニコニコ笑っていた頼朝さんの顔色が変わっていたからである。

しまったあっ、ぜんぜん通用しなかった。しかも、ぬかったわ。恐怖で少しだけだが小便をちびってしまった。鎌倉殿の御所で小便をちびるというのはどれほどの罪になるのだろうか。やはり斬首だろうか。悲しいことだ。

と、今度は演技ではなく本気で悲しい正尊に頼朝さんが言った。

「なるほど。そういうことを言うってことはどういうことなんでしょうね。九郎と心をひとつにしているということですかね。そうだとしたらまずあなたから誅戮しなければならない。景季君、そこの刀を持ってきてください」

「いえいえいえいえいえ、ちゃいます、ちゃいます」

と、言いながら正尊はせわしなく考えを巡らせて急激な方針転換を行った。上司と上司が敵対関係になった場合、どちらにもつくということはできないし、どちらにもつかないということもできない。必ずどちらか一方につかなければならない。それは賭けだが、少なくとも勝率は五割、どちらにもつかなければ勝率はゼロなのだ。ならばこの場合は頼朝につくより他ない。よし、私は命令を受けよう。正尊はそのように瞬間で方針を変えて言った。

「なにを仰ってますのでしょうか。私、さっぱりわかりません。私が命令に背くわけがないじゃないですかあ。いま言ったのは冗談じゃないですか。いやいや、えっと、じゃなくて、一応、ほら、判官殿は尊敬するあなた様の弟君でしょ。だから私の立場としては、一応ね、儀礼上、ああいうことを言っておかないと、ほら、世間がね、世間の口がね、そういうのあるじゃないですか。だから一応、形だけでも言っておかないとまずいんですよ。あと、すみません。ここに酒、こぼしました。あ、大丈夫です大丈夫です。私の、はい、衣の袖で拭いときますから、ええ。誅殺いきます。いつ行きましょ？　なんでしたらこの足でいきまひょか」

と言う正尊の顔を見ながら景季は、ようこれだけ百八十度態度変えられるなあ、と呆れて眺めていた。その景季に頼朝さんが言った。

「やっぱ、この人しかいないよね、景季君」

「御意」

「さっき言ったあれ、持ってきてくれる?」

「了解っす」

承った景季が納戸から持ってきたのは、三十六センチくらいの湾曲した刀身に長めの柄《つか》のついた手鉾《てぼこ》という武具で、柄には銀の金具が巻いてあり、螺鈿《らでん》の飾りもあって、ムチャクチャに高そうな、買ったら八百万円くらいしそうな名品だった。

「これっすよね」

「うん。それそれ、それをね、土佐坊ちゃんの膝の上に置いたげなさい」

急に豪奢な手鉾を膝の上に置かれて正尊は戸惑った。

「こ、これは……」

「それは、奈良の千手院という名刀工に特別に命じて鍛えさせた幻の逸品です。こんなものは二度と手に入らないので重代の家宝として大事に蔵《しま》っておいたのですが、あなたに差し上げます」

「え?　いいんですか?」

「ああ、いいとも」

「でも、なんでそんな貴重なものを私にくださるのですか」

「それはね、私が敵を討つ際、まずは柄の長い武器を使うのが吉例・嘉例となっているからでね、ってのは、ほれ、先年、私が和泉判官兼隆《いずみのはんがんかねたか》の邸宅を襲撃した際も、加藤《かとう》次景廉《じかげかど》に長刀《なぎなた》を持たしたんだよね。そしたら、驚くほどスムーズに事が運んだ。その例にならってあなたもこの手鉾を持って出撃して、そいでその手鉾に弟の首を刺して鎌倉に持ってきてほしいのさ」

と頼朝さんが生々しいことを言い、正尊はまた小便をちびりそうになった。しかし今度は堪えた。そのとき正尊は、私は同じ過ちを二度繰り返すほど馬鹿ではない、と思っていた。

「あと、具体的な話をしたいんだけど実際のところ、人数ってどれくらい必要でしょうね、景季君。君の感覚で言うとどれくらいですか」

頼朝さんはそう言って薄目を開けて梶原景季を見た。そのとき風が吹いて、ざあああああっ、という音が聞こえた。こういうときにちゃんと答えるかどうか。それを問われている。景季はそう思って答えた。

「そうですねぇ。木曾義仲のときは相手が二千騎でこっちが二万五千とかそんくらいでしたよねぇ、確か。でも、義仲と判官殿はやっぱ違うんで、そっすねぇ、二十万騎くらいでいくべきなんでしょうかねぇ。でもそうすっとコスト的に厳しいんで、やっぱ三万くらいでいいんじゃないですかねぇ」

「むむーん。そんくらいですかね。わっかりました。そしたら景季君、君が責任者になって安房、それから上総に動員かけて兵隊を集めてください。そういうことで大丈夫ですか、正尊さん。どうしたんですか。なに唸ってンですか」

「あ、私、唸ってました？　すびばせんで」

と言って正尊は弱気な感じで笑った。これにいたって正尊は自分が頼朝さんに嵌《は》められたことに気がついたのである。どういうことかというと、はっきり言って私は強い。たとえ二十万騎を率いて攻め上ったところでぼんさんの正尊が私に勝てるわけがない。そしてあの頼朝さんがそれに気がつかないわけがない。なのになぜ頼朝さんは正尊に私の誅殺を命じたのか。

それははっきり言って私を追い詰めるためである。つまり私を滅ぼすという名目で正尊を派遣する。当然のことながら私はこれを返り討ちにする。となると私は頼朝さんに刃向かった、反逆した、敵対したことになる。そうなって初めて頼朝さんは大声で、「ほーら、言わぬこっちゃない。やっぱり九郎は僕に反逆しましたよ、皆さん。こんなことが許されるんでしょうか。いかがですか、皆さん」とアピる。そうなると私に同情的だった鎌倉の人民大衆も、まあ、軍事衝突が起きたのであれば反乱と認めざるを得ないね、という流れに傾く。その時点で初めて勝てる軍隊を派遣して私を本格的に誅戮する、という段取りを頼朝さんは考えていた。

つまり正尊は、嚙ませ犬、という訳で、人数の話になって漸《ようや》くそれに気がついた正尊は思わず唸ってしまったのである。

うううううっ。しもうた。はめられたわ。

と、後悔してもしかし遅いのは、断ったら私としめしあわせているのか、と言われる。というかいま断ったら、「おまえは僕をなめているのか。だったらその手鉾で首斬ったろか」ってことになるに決まっているからであった。

正尊はまた忙しく頭を働かせて言った。

「あいや、その儀はご無用に願いとう存じます」

「どういうこっちゃいな」

「ど正面からの戦争をするつもりはありませんので」

「ならばなんとする」

「少人数でテロを仕掛けようと思います」

という正尊の考えは至極尤《もつと》もで、正面から戦争を仕掛けて勝てる確率が低いのであれば、戦争ではない手段、すなわちテロがもっとも有効に決まっている。

もちろんそれとて成功するとは限らないが、正面からの戦争に比べればよほど確率が高い。なにしろ不意を衝いて私一人を殺せばよいのだから。

それも簡単なことではないがこの時点で実は正尊、腹を決めていた。

死ぬと決めていたのである。

死んだら死ぬ。なにもなくなる。けれどもこうなってしまった以上、死ぬより他に道はない。そして俺の死はけっして犬死にではない。なぜなら鎌倉殿は俺に恩賞としてではなく事前に安房上総を賜ったからだ。俺が死んでもその二カ国は子孫に残すことができる。

土佐坊正尊はそこまで腹を決めたのである。さらに正尊が正面切っての戦争ではなくテロでいくと決めたのには、その方が勝算があるというのとは別にもうひとつの計算が働いていた。

というのは報酬の問題である。安房上総の二国から兵を動員して戦争をするとなれば当然、兵士の給与や食糧は主にその二国の収入で賄うことになり、それはそれで大変だが、しかし、それよりなにより大変なのは報酬で、負けて死ねばその心配はないが、万が一、勝ってしまった場合、武士は成功報酬を要求してくる。その際、賜った安房上総の土地を切り分けて与えることになるが、そもそも安房上総というのは公的な税金の掛かる土地が多く無税地が少なくて実入りが少ない。それを切り分けるのだから自分の取り分は極端に少なくなる。その点においてもテロでいくべき、と正尊は計算したのであった。

「なるほどテロか。それもいいかも知れないね」

と言って頼朝さんは横を向き、それなら安房と上総いらんよね、と言おうかな、と思ったが、さすがにそれを言うと正尊もやる気をなくすだろう、と思い直し、顔を正尊の方に向けて言った。

「あなたは何人くらい動員するつもりですか」

「百人くらいですね」

「ああ、まあ、それくらい居れば大丈夫でしょう。じゃあ、まあ、よろしくお願いします。今日は飲んでってくださいね」

頼朝さんはそう言って席を立ち、正尊はその場に残って梶原やなんかと一杯飲んで、少し踊って、その日は二階堂の家に帰っていった。


二階堂の邸宅に帰った正尊がまずなにをやったか。とりあえず小者を呼び、「着替えをもて」と命じた。ちびった小便は少量で帰る途中でもはや乾いていたが、なんとなく気色が悪かったからである。

「了解です。寝間着ですね」

「いや。まだ仕事するからこれと同じセットでいいよ」

「かしこまりました。すぐに持ってきます」

と返事をして着替えを持ってきた小者はしかし内心で、おかしいな、と思っていた。なぜなら正尊が帰ってきてすぐに着替えるということはかつてなかったからである。そしてこの小者はきわめて率直な心根の持ち主であった。そこで着替えを手伝いつつ正尊に率直な疑問をぶつけた。

「なんで着替えるんですか」

「はあ？」

「いえね、いつもだったら出掛ける前に着替えるじゃないですかあ？　っていうか、出掛ける前に着替えたじゃないですかあ。それなのにまた着替えるんですか」

「それはまあ、気分だよね。気分的な問題だよ」

「ふーん。どんな気分ですか。あっ、なんとなく小便くさいですよ。なぜ小便臭いのですか。犬に小便をかけられたのですか」

どこまでも率直に聞いてこられるのが面倒くさくなった正尊は思わず率直に、「俺が小便をちびったんだよ」と答えてしまった。

しかし小者は果てしなく率直であった。

「なんで小便ちびったんですか」

正尊は怒ることすら面倒くさくなって言った。

「鎌倉殿に判官殿を誅戮しろ。って言われて思わずちびっちゃったんだよ」

「なるほど。そうだったんですね。それはちびりますね。私はすべてを理解しました。他に用はございませんか」

「ねぇ」

「じゃあ、さがります。失礼します」

そう言って退出する小者を正尊は、どこまで率直な奴なんだ、と半ば呆れながら見ていたが、やがて首を振り、さっき頼朝さんの前でしたようにキャラを切り替えるような感じで、さっ、と言って気持ちを切り替え、デスクの前に座って筆を執った。

こうしたことはスピード感が大事で、明日の午前中のうちに家の子・郎党らに計画を発表し、できるだけ早いうちに進発する必要があり、そのための準備書類を今夜のうちに作成しておこうと考えてのことである。

「ええっと、まずは、日程から逆算するのが一番ええかな」

そう考えた正尊は紙に、一、日程と書き、ええっと、これは暦の感じで言うと、くわっ、明日ですか。あ、なるほどそれを逃すとなると、かー、来月になってまうねぇ。ほんだらやっぱし、明日ですかねえ。準備間に合うかなあ。なんて思案していると、「御免」と声を掛けるものがあったので、「誰じぇえ？」と誰何《すいか》すると、一族の主だった者だったので書類を隠し、「入れ」と言うと、「御免」と言いながら何人かが入ってきた。顔の色が変わっていた。

正尊は再度キャラを変えて言った。

「何事です、騒々しい。なんや切迫したような様子じゃが、なにかあったのかいな」

「なにかじゃないですよ。あなた、判官殿を攻めるんですか?」

言われて正尊は、しまった、と思った。あの率直な小者の率直な部分が面倒くさくて率直に喋ってしまったが、あの率直な小者は率直に聞くだけではなく、話す部分においても率直なので、聞いたことを率直にそこらへんにいたものに喋ってしまったのだ。ということはもはや家中のものがこれを知っているということで、ということは。とにかく噂が市中に広まらぬうちに事を起こすほかない、ということだ。と、また素早く考えを切り替えた正尊は言った。

「ああ、その通りです。いまから作戦計画を発表、ただちに実行に移しますので家の者全員を南庭に集めてください」

「わっかりました」

正尊の計画と気持ちとキャラクターがめまぐるしく切り替わっていった。

「というわけで明日は鎌倉殿にとっての吉日判官殿にとっての悪日になりますんで、出発は明日の正午となります。みなさん、それまでに準備してくださいね。さっきも説明したとおり、すでに領国を貰っておりますので残った奥さんや子供の生活についてはまったく問題ありません。くれぐれも安心して勲功をあげてください。そいじゃ、よろしくお願いします」

表の間に、そして南庭に集まった凡そ壱百人の武士や法師や下人だちは幹部の説明を聞き、隣り合った者とそれぞれに私語を交わしていた。

「どんなもんでしょうね」

「さあ、どんなもんでしょうかね」

「まあ、もう既に安房と上総を貰っちゃってるわけですからね。ここは一段、せいだい手柄を立ててできるだけ土地を貰った方がいいんじゃないですかね」

「けど、それも命があって初めて貰えるわけでしょう。命がなくなったら貰えませんよ。やっぱり、辞退して行かない方が得策じゃないですかねえ」

「おまえはほんま理屈言いやなあ。けど、妻子には土地を残せるわけでしょ。僕の家には相伝の土地がないからこれを機会に土地を得たいですねぇ、やっぱし」

「死んでもかい？」

「っていうか、さっきから死ぬこと負けること前提の議論になってないですか？　もしかしたら勝つかも知れないじゃないですか」

「ま、そういうことですよね」

「あんたもそう思う？」

「思いますね。負けたときの損失を恐れ過ぎて容易に得られる利益を逃すのはもったいなさ過ぎます」

「ですよねぇ。それにこれを機会に正尊さんが出世したら引っ張られて僕らも上がりますからね。もしかしたら官位とか貰える可能性だってゼロではない」

「だったとしたら最高ですよね」

「でも死ぬしなー」

と議論は循環して結論がなかなか出ないのは人の考えが様々だからだろう。


という訳で元暦二年十月八日多分十二時三十分頃、正尊と仲間たちは私を殺すため京都に向けて進発した。というと取るものも取りあえず出発したように聞こえるが、なかなか。正尊とてアホではない。というか反対に賢い。こんな大人数が普通の恰好でブラブラ入洛したら目立って仕方ない、というので白い布を百反取り寄せて浄衣《じょうえ》、すなわち神事のときに着る白い服に仕立てて全員がこれを着用のうえ、武士は烏帽子《えぼし》に法師は頭巾に幣《ぬさ》をぶら下げ、馬の尾と鬣《たてがみ》にも幣をつけて神に奉納する神馬に拵えた。鎧や腹巻はケースに入れて筵《むしろ》でくるみ注連縄《しめなわ》で縛って熊野の初穂物、という札を掲げた。すなわち熊野詣の形を作ったのである。

「うひょっひょっひょっ。これなら怪しまれまへんな」

「ほんまほんま。けどなんで鎌倉から熊野に行くのに京都通るんでしょうね。ムチャクチャ遠回りじゃないですか」

「そうですね。道を間違えた、ってことじゃないですか」

「ンな、あほな」

みたいなことを言いながら総勢九十三騎が鎌倉を出発して東海道を西に向かった。

その日は神奈川県小田原市の酒匂《さかわ》というところに泊まった。この地域の最高ランクの神社の経営を任されていたのは梶原景時だった。そこで予《あらかじ》め息子の景季を待機させ、神域を完璧に浄めたうえで、黒栗毛、白葦毛の二頭の馬を曳きだし、銀の装飾を施した鞍を置いて捧げ物とした。正尊はこれにも幣をつけて神々しい感じにした。

それからは昼夜兼行、ほとんど休憩もせず急ぎ西へ向かって、出発して九日目には近郊に着いてしまった。しかもまだ日が高い。

「こんな明るいうちに大人数で入京したら目立ちます。とりあえずどこかで時間を潰しましょう」

「ほだ、せっかく京都きたんやから木屋町あたりで女の子呼んでぱあーっといきまおか」

「どあほっ」

みたいな馬鹿げたことをおそらく言っただろう一行は山科は四宮河原《しのみやがわら》、袖くらべなんてところで時間を潰し、暗くなってから充分に準備の上やってきたのではなく、「うわあ、なんか急に京都行きたなったわ」みたいな演技をしつつ三手に別れ、まずは五十六騎、残りは少しずつ時間をずらして洛中に入り、かねて手配の六条坊門油小路《あぶらのこうじ》の宿所を目指した。

正尊たちは祇園大路《ぎおんおおおじ》を西に進んで鴨川を渡り、東洞院《ひがしのとういん》通りを左に曲がって進んだ。六条坊門油小路の宿所に行こうとしているのだからなにも間違ったことはしていない。したところ向こうから一人の男が歩いてきた。

「誰か来ますね。大丈夫ですかね」

「マジすか。あ、大丈夫ですね」

「なんで大丈夫なんですか」

「あの男の顔をご覧なさい。ニヤニヤ笑ってアホみたいな顔してます」

「ほんまですねぇ。アホみたいな、じゃなくアホですよ。はっきり言って」

と言われても仕方ないのは男が正味のとこアホみたいにニヤニヤ笑っていたからである。

ということはこの男はアホだったのか。いや、アホではなかった。では男はなぜアホみたいにニヤニヤ笑っていたのか。それはいまから付き合っている女のところに行くからであった。男は六条室町の屋敷を出て六条大路を東行、東洞院通りを左折して三条京極《きようごく》にある女の家に向かうところで、これから女とするであろう気色のよいことをあれこれと想像し、ついアホみたいにヘラヘラして五条東洞院あたりでとまっている、ちょうどそのとき正尊の一行と出くわしたのである。

という訳で男はアホではなかった。そしてなんという偶然であろう、男は信濃《しなの》の住人、江田源三《えだのげんぞう》という名前で、ははは、私の家来であった。そう、男が出てきた六条室町の屋敷というのは私の邸宅、六条室町亭であったのである。

けれども人家の塀がうち続く暗いところで出くわしたので江田源三は初めはマジで熊野詣の一行だと思った。

「あっほーん。熊野詣か。けっこうなこっちゃね」

江田源三は純粋にそう思った。普通ならそれで終わっただろう。しかしながらこの江田源三というのが極度に物見高い、すなわち、好奇心の旺盛な人物で、続けて、「いったいどこの参詣グループなんだろうか。そこをどうしても見極めたいものだ。そのためにはどうすればよいか。そう。行列の中核に居るのが誰かを見極めればよいのだ」と、考え、その場に立ち止まり、先頭の者をやり過ごして中核に居る人物を見定め、「わわわ」と言った。

中核に居て偉そうな顔で馬に乗っているのが、かねて顔を見て知っている人、そう土佐坊正尊であったからである。

江田源三は、アレレ？　と思った。なんとなればいま正尊は頼朝公に随って鎌倉に居るはずであったからである。

「えええっ？　なんでなんでなんで？　なんでいま正尊が熊野詣なん？　しかもこんな大人数で」

という疑問を抱いた江田は直ちに、もしかして、と思った。

「最近、うちの殿さんと鎌倉殿とは冷戦状態。もしかしたら極秘裏にうちの殿様を討ちに来たんとちゃうの？　刺客とちゃうの？　あからさまに言えば」

と思ったのである。といってしかし、「あんたら、刺客でっか？」と尋ねて、「ええ、そうです」と答える訳がない。そこで使命感がなく、自覚などもまったくない下っ端の荷物運びの兄ちゃんとかにうまいこと話しかけて聞き出してやろう、と思ってそこに立っていると、こういう行列というものは、前の者は普通に歩いているのだけれども、後ろの者にはそれが途轍もなく速く感じられ、小走りにならないとついて行けない、ということがよくあり、後ろになれば成る程、間隔が空く傾向にあり、下手をすれば五十メートルくらい離れてしまう者もあるのだが、この場合もそうで、江田の思惑通りに、かなり遅れてやってきた奴らが道に自信がないと見えて、いかにもジモな感じで暇そうに立っている江田に、「ちょっとすみません」と、声を掛けてきた。

「ちょっとすみません」

「なんでしょうか」

「六条の坊門、油小路というところはこっちであってます？」

「ああ、六条の坊門、油小路ですか。ええっと。なんていえばいいのかなあ。ここを真っ直ぐ南にくだって、お寺のあるところを右に曲がるんですけどね、お寺といってもようけおすわなあ。なんとゆうたらええにゃろか。あああああっ、もうほんなら私が一緒に行ってあげまひょう」

「よろしいんですか」

「いいですよ」

と江田源三は簡単な道をわざと難しく言って案内をするという口実で人夫と連れだって歩き始めた。となると黙って歩くのは陰気くさいし逆に不自然、というのでごく自然な感じで話をする。

「そもそもあなた方はどこのお国の人ですか。っていうか、どなた様の御家中なんですか」

「僕らはみな相模《さがみ》の国の者ですよ。僕らは相模の国は二階堂の土佐坊正尊様のところの者です」

「ああ、そうなんですねぇ」

と頷きながら江田は、やはり、と思っている。そんな江田の心も知らずに後ろに居た人夫が無用心にも大きな声で、「けどよお」と言った。別の人夫が、「けど、なんだよ」と応じると続けて言った。

「せっかく京都に来たんだったらさ、やっぱ京都見物したいじゃん。ところがなに考えてんだろうね、あんななにもないところで暗くなるまで時間潰してよ。意味ないじゃん。真っ暗じゃん。馬鹿じゃないの。荷物重いしよ」

「まあ、そういうな。一日もありゃあ、見て回れるだろうよ」

と人夫が宥《なだ》めるのを聞いてまた別の人夫が言った。

「なにを言ってやがるんだ。そんな気楽なことを言っていられるのもいまのうちだぜ。明日になってみろ。例の一件で京都中が大騒ぎだよ。見物なんてできる訳がねぇんだよ。っていうか、俺らの命があるかどうかも怪しいもんだぜ」

「あ、そうかっ。忘れてた」

「忘れるやつがあるかっ」

これを聞いて江田源三は土佐坊正尊御一行様が鎌倉より差し向けられた刺客であることを確信した。しかし、例の一件、では確証とは言えない。そこで江田はこの後ろに居た連中に話しかけた。

「いっやー、懐かしいなあ」

「なにが懐かしいんですか」

「いや、俺はねぇ、いまは京都に転勤になっているんだけど元は相模生まれの相模育ちずら。いっやー、思い出すなあ、酒匂川の土手で嫌と言うほど酒を飲んだ青春の日々を」

「マジですか。奇遇ですねぇ。京都で最初に仲良くなった人が同郷の人だなんて」

「やはり、同じ国の者同士、引き合うなにかがあるんでしょうねぇ」

「ですよね。でもあなた、あんまり相模感ないですねぇ。どっちかというと信越地方のノリを感じる」

「ええええええっ？　そんなことないはずですけどね。おっかしいなあ。おっかしなこと言うなあ。あ、でもでもでもでも、おかしなことと言えばあなた、いま、おっかしなこと言いましたよね」

「あれ、なんか言いました？」

「言いましたよ。なんか、例の一件で京都中が大騒ぎとかなんとか」

「ああ、あれですか。あれは別になんでもありませんよ」

「そんなことないでしょう。隠さなくってもいいじゃないですか。同郷じゃないですか」

「まあねぇ、同郷だったらいいか。あなたね、他の人に言ったら駄目ですよ」

「絶対言いません」

「実はね、私たちは密命を帯びているのです。その密命とは。ずばり言いましょう。九郎判官殿殺害です。命じたのは判官殿の実の兄である鎌倉殿。そう源頼朝その人です。私たちは明日、左衛門少尉源義経を襲撃して殺害するんですよ。どうです？　驚いたでしょう」

「驚きました。大胆ですねぇ。でも気をつけてくださいね。死なないでくださいね。同郷としてそれが凄く心配です」

「ありがとう。そんな風に心配してくれるなんて、同郷というものは実にありがたいものですね」

「あたりまえじゃないですか。あっ」

「どうされました」

「俺、さっき立っていたところに財布忘れてきました。ちょっと行ってとってきます。すぐに追いつきますから、このまままっすぐ行ってください」

「わかりました。財布あるといいですね」

「ありがとうございます」

そう言って元来た方へ一散に駆けだした江田源三は次の辻を左に曲がり、その次を再度左折、私の邸に向かって駆けに駆けた。

その顔は真剣そのもので、女とのことを考えてヘラヘラしていた江田とはもはや別人であった。

そのとき私は酒を飲んでいた。誰が用意したのかなんか変な酒で、飲めば飲むほど頭が痛くなるのだけれども、つい、もう一杯、もう一杯、と飲んでしまう、みたいな酒だった。

それへさして江田がバタバタ駆け込んできたものだから、私はもう、なんだか物憂い、っていうか、なにもかもがどうでもいいような気持ちになっていて、江田が息せき切って、「テロリストがー」とか「奇襲攻撃がー」とか言っているのを聞いても、ただ、メンドクセー、と思うばかりだった。私は杯をそっと置き、一言も喋りたくない気持ちに抗ってようやっとこう言った。

「なるほど。まあ、そんなこっちゃろ、と思っていました。そういうことであればこっちはあくまでも筋論でいきましょう。江田君、いまから土佐坊の宿所に参って、『京都から関東に下った使者はどこにも寄らずまずは鎌倉殿のところに参って京都の情勢を報告することになっている。同様に鎌倉から京都を訪れた使者はまずは義経が邸に参って情勢を報告しなければならない。おいっ、坊主、われ、なにこんなとこでのんびり酒飲んでけつかんねん』とこう言ってこい」
「畏まりました」
と、急ぎ出ていく江田源三の衣服がしわくちゃだったことを九百年経ったいまも私は覚えている。

江田は私に言われて六条油小路は土佐坊正尊の宿所に参った。なんだか陰気な感じのする邸内に入ると人々が鞍を外した馬の足を洗ったり、兵隊が陰気にぼそぼそ話すなど営庭のような感じだった。江田は、やっぱしな、と思いつつ、そこら辺に居た奴に来意を告げた。ところが、わかっているのかわかっていないのかわからないような応対ぶりで話がちっとも通じない。江田は、まるで鮭と話しているようだ、と思っていた。

別のちょっとは増しな奴を見つけてようやっと正尊のいる部屋に通った。陰気な部屋だった。

江田が通ったとき、正尊はグリーンの直垂を着て肘掛けに肘を置いてだらけていた。さっきからなんだろう、全体的に陰気だ。そして人々がみな駄目な感じになっている。この宿所には人を駄目にする陰気な気配が満ちているのだろうか。だから土佐坊正尊もこんなにだらけてしまっているのだろうか。だとしたらこんなところに長く居たくない。さっさと話をつけて帰ろう。そう考えた江田が言った。

「お休みのところ恐れ入ります。判官殿の仰ったことをそのままお伝えします。判官殿は『京都から関東に下った使者はどこにも寄らずまずは鎌倉殿のところに参って京都の情勢を報告することになっている。同様に鎌倉から京都を訪れた使者はまずは義経が邸に参って情勢を報告しなければならない。おいっ、坊主、われ、なにこんなとこでのんびり酒飲んでけつかんねん』と仰いました。さあ、お返事をお聞かせくださ い」

「ああ、すみません。ほんとすみません。あああああっ、げほっ、ごほっ、ごわっ、ごわっ、がっ、がっ、がっ」

「どうなされた。大丈夫ですか」

「大丈夫、がっ、がっ、がっ、大丈夫です」

「ぜんぜん大丈夫に見えませんが」

「いえいえ、ほんと大丈夫です、っていうか、大丈夫じゃない、っていうか、なんて言うんですかね、ごわっ、ごわっ。もちろん仰る通りでして、鎌倉殿の代理で熊野権現に参る訳でございまして、特にご報告するようなこともないのですが、京都に参ったからには真っ先に、取るものも取りあえず判官殿の許へ参るべきというのは重々承知です。がっ、うわっ、がっ、げえええええっ、ぷえっ。ところが、ごわっ、道中、低レベルの宿に泊まって風呂に入ったらこれが、あんた、水風呂でしてね、すっかり風邪を、ごわっ、引き込んでしまいましてね。お忙しい判官殿にうつすなどしたらそれこそえらいこと、とりかえしがつかないでしょ。なので今日は薬を飲んで休息して、そいで明日、明日、参ろうと、このように思っておったのでございまして、ちょうどいンま、いンまのいンま、太郎を遣わして、その旨、申し上げようとしていたところです。そこへあなた様が御使者にいらっしゃったという訳でして、もう死ぬほど恐縮しております。すんませんでした。て言うか、もう本当に死んでしまおうかな、とか思うくらいなんです」

空咳をし、弱気な目で口をすぼめて喋る正尊の顔を見ながら江田は、しらこいんじゃ、ぼけ。と思ったが、とりあえず状況を私に知らせるのが先決だ。正尊方の人数や宿所の防備態勢などについても報告しなければ、と考えて油小路を後にした。

「という訳で仮病を使ってごまかしやがりました。宿所がむっさ陰気でした」

六条室町の私の邸宅に戻ってきた江田は言った。私は呆れ果てた。おまえは餓鬼の使いか。なんでその場で言い返さないで、相手の言い分をそのまま私に伝えるのか。と思った。そこで、それでは駄目でしょ。使者としての役目果たしてないでしょ。そこでやるべきは相手の議論の矛盾を指摘して非を認めさせることでしょ。それをやらないで、ノコノコ帰ってきて相手の言い分をそのまま私に伝えてもなんの意味もないでしょ。という当然の道理を江田に言いかけて、しかし、なんだか急に面倒くさくなって、気がつけば怒鳴り散らしていた。

「なに考えとんねん、どあほっ。そんな見え透いた言い訳されるて、おまえ、完全になめられとるやないけ。おまえそれでも武士か、ぼけっ。この世界、なめられたら終わりなんじゃ。おまえみたいな奴、顔も見たないわ。出ていけ、あほんだら。二度と顔見せんな、どあほっ」

「すんませんでした」

「はよ、消えろ、ぼけっ」

私は罵倒して、手に持っていた杯を江田に投げつけた。「すんませんでした」江田は嗄れた声でもう一度、言って出ていった。

そのあと江田は家に帰っただろうか。或いは当初の予定通り女のところに遊びに行っただろうか。家にも帰らず、女のところにも行かなかった。ではどこに行ったか。私の邸近くにとどまって、暗いところに蹲《うずくま》るなどして密かに私を警固していた。江田は実はそんな男だった。

その江田の前を大男が通っていった。男はひどく急いでいるようで江田に気がつかなかった。

誰か。武蔵坊弁慶《むさしぼうべんけい》であった。弁慶は少し前まで私と一緒に居た。宴席に侍っていたのである。しかし、途中で自分の宿に帰った。なぜ彼は途中で帰ったのだろうか。私は酔っていたのでわからない。或いは、酔って暴言を吐く私に嫌気が差して帰ったのだろうか。わからない。

そしてまた弁慶はなぜいったん宿所に帰ったのにまた急いで六条室町に戻ってきたのだろうか。これもわからない。もう、こんな主君、嫌だ。と、思って帰るには帰ったが、一人になってみると、いくら酔っているからといって、主君に対してそんな態度をとるのはよくないと反省して戻ったのだろうか。だったとしたら私はどれだけ悪酔いをしていたのだろうか。そんなでもなかったようにも思うが。ということは煮物を火に掛けていたのを思い出して慌てて戻り、火を止めて戻ってきたのか。そんなことはないだろう。いずれにしても、しかしそのタイミングで弁慶が来たのは私にとってありがたいことだった。私は入ってきた弁慶に言った。

「ああ、よくござった。そこらで江田源三に会いませんでした？」

「いや、気ぃつきませんでしたわ」

「おっかしいなあ、ほとんど入れ違いだったのですが」

「江田がどうかしましたか」

「それが、江田を使いに出したんですけどね、向こうの言い分をそのまま聞いて帰ってきやがったんですよ。弱弱でしょ。完全になめられてるんですよ。なんで、私、も、腹が立って腹が立って。だから君、強い君、行ってきてもらえません？」

「え、え、え、え？　な、なんの話かぜんぜんわからへんのですけど」

「だからあ……」

と私は土佐坊が私を誅殺するために遣わされてきたこと。江田がそれを事前に知って注進したこと。そのうえで江田に土佐坊を連行しろと命じたのになめられて帰ってきたこと。をわかりやすく順を追って説明した、ように思う。けれども理解力に乏しい弁慶は、何度も、え？　え？　と聞き返し、けっこう時間がかかった。嫌だった。でも頑張って喋った。

「という訳で、君、ちょっと行って正尊を連れてきてくれませんかね。悪いけど」

「畏まりました。そういうことでしたら端《はな》から私に言うてくれたらよかったのに」

居てへんかったやん。と内心で思いつつ私は弁慶に言った。

「で、何人くらい連れて行きますか」

「なんのこってす」

「いやいや、侍は何人くらい連れていきますか、と問うているのです。向こうは六十人くらいだそうですが」

そう言うと弁慶は、けけけ、と笑った。

しですし」
「いやいや、六十人やそこら私一人で充分ですよ。あんまし大事にするのもアレです
「なにがおかしい」

　そう言って弁慶は、普段着の上に黒革ステッチの防具を着け、兜をスポッと被り、四尺四寸の太刀を腰に差してフラッと出掛けていった。伴するのは走り使いのボーヤただひとり。弓も矢も持っていかない。凄い奴だ。大黒《おおぐろ》というよい馬に乗っていくようすすめたら、これは受けた。


　普通、家に上がるときは沓《くつ》を脱ぐ。土足で上がるということはない。それが他人の家なら猶更である。同様に他人の邸内に入るときは馬から下りる。あたりまえのはなしだ。ところが弁慶は大黒に乗ったまま門をくぐり、そのまま庭に入っていった。庭や詰所には何人かの侍が居た。こんな非礼を許したのでは武士としての面子が立たない。そこで彼らは弁慶に駆け寄って言った。

「こら、おまえなに考えとんじゃ殺すぞ」

　弁慶は馬を停め、侍たちを見下ろして言った。

「殺す？　意味がわからないんですけど」

「なんかしとんじゃ、ぼけっ。おちょくっとったらほんまに殺すど。おれおれ」

おらびながら数名の侍が弁慶に殺到した。

次の瞬間、弁慶の周囲から侍どもの姿が消えた。侍どもはどこに行ったのか。ある者は庭の地面にめり込んでいた。ある者は池泉《ちせん》の底に沈んでいた。ある者は土塀を越えて敷地外に飛んでいってしまっていた。いずれも弁慶がひっつかみ、投げ飛ばしたのであった。残った数名の侍が唖然、呆然としてその場から動けないでいた。それらの侍に弁慶が言った。

「あれ？　殺さないの？」

「すんませんでした」

「謝るんやったら最初から文句言うな、ぼけっ」

「すんませんでした」

「わかったから、そこどけっ。邪魔なんじゃ、かす」

「はいいいいっ」

って感じで侍どもを蹴散らしながら弁慶は庭を突っ切り、とうとう縁先まで乗りつけると、一度も地面に足をつけることなく、悠然と縁先に降りたった。もちろん土足のままである。

さてその頃、部屋の中では土佐坊正尊を議長として全体作戦会議が開かれていた。

江田源三がやってきたということは、暗殺計画が洩れている可能性がある。さて今後どのように行動すべきかを評定していたのである。

「ご意見のある方はどうぞ」

簡単に状況を説明したあと議長を務める正尊が発言を促したところ、

「はいっ」

と、手を挙げる郎党があった。

「どうぞ」

「やはりですねぇ、情報はですねぇ、洩れてるんじゃないですかねえ」

「あなたもそう思いますか。実は私も洩れてると思います」

と正尊が言うと、多くの者がこれに賛成した。

「やはり洩れてますよ」「絶対に洩れてる」「間違いないね」

これを聞いて正尊が言った。

「いったい誰が洩らしたのでしょうか。洩らした奴を探して処罰する必要があるのではないでしょうか。みなさんどうでしょうか」

「はいっ」

と手を挙げる郎党があった。

「それは確かにそうですが、江田源三がああして状況を探りに来た以上、いまにも判

でしょうか」
官殿の軍勢がここに押し寄せてくる可能性があります。まずはその対策が先じゃない

「なるほど。やはり江田は偵察に来たのでしょうね。すぐに帰ったのは判官に報告するためでしょう。みんなもそう思うでしょう？　違いますか？」

という正尊の問いに多くの者が、

「絶対、攻めてくるでしょう」「完全にそのつもりですよ」「間違いないね」

と答えた。

「ということは情報がどこから洩れたか僉議《せんぎ》するのは後回しにして、さあ、判官の軍勢がここに押し寄せてくるとして、どういう風に対応すればよいでしょうか」

「はいっ」

「どうぞ」

「取りあえず様子を見る、というのはどうでしょうか」

「なるほど。他にご意見はありませんか」

「はいっ」

「どうぞ」

「攻められる前にこちらから攻めていくというのはどうでしょうか」

「なるほど。それもひとつの考え方ですね。他にご意見はございませんか」

「はいっ」

「どうぞ」

「いまから攻めても無駄じゃないでしょうか」

「なんでそう思うんですか」

「だってそうでしょう。向こうはこちらの動きを察知しています。おそらく万全の備えで私たちが攻めていくのを待ち受けているはずです。いまこちらから攻めていくのはみすみす向こうの術中に嵌まるのと同じことです」

「なるほど。考えてみればその通りだ。皆さんはいかがお考えですか」

「その通りだ」「術中にまる嵌まりだ」「飛んで火に入る夏の虫、ってやつだ」「うまいっ」

「じゃあ、どうすればよいのでしょうか。ここにいて様子を見るのも駄目。攻めていくのも得策じゃない。じゃあ我々はどうしたらよいのでしょうか。私はもうわからなくなってきました。どなたかご意見はございませんか」

途方に暮れたように正尊が問うたところ、一人の郎党が勢いよく手を挙げた。

「はいっ」

「どうぞ」

「私たちは元々、テロを仕掛けるつもりで正面から戦争をするつもりはありませんでした。なぜならあの強い判官殿に勝てる訳がないからです。ところが相手に私たちの計画が洩れてしまった。ということは作戦の前提が崩れたということです。ならばここはいったん奈良とか名古屋とかあっちの方に逃げて、相手が油断した頃にもう一度、テロを仕掛けるというのはどうでしょうか」

「なるほど。それもひとつの見識ですね。皆さんはいかが思われますう?」

「めっさ見識だよ」「猛烈に見識です」「見識過ぎて死にますね」

「ただ……」

「ただ、なんでしょうか」

「ひとつだけ問題があるのは、逃げたということが後々わかったら外聞が悪いというか、もっというと叱責せられてせっかく貰った安房と上総も、あげんのやんぴ、やっぱかやせ、或いはそれでは済まず、おまえら全員、死刑、なんてなことになりはしないかということなんですよね」

と正尊が言うと一人の若い郎党が手を挙げた。

「はい、はい、はいっ」

「どうぞ」

「それはやっぱし嫌なんで、ここは一番、攻めていったらどうかな、と僕は思います」

「えええええっ？　なんでですか？　あの強い義経ですよ」

「ええ、それはそうなんですけどね。けど、僕は案外、勝てるんじゃないかなあ、と思うんです、って、うるさいなあ、僕が発言してるんだから黙って聞いてください。もちろん仰るように義経は強い。強いけれども、はっきり言ってあのときは大軍を率いていました。けれどもいまはどうでしょうか。ごく少数の兵力しかありません。勿論、畿内西国から兵を募れば数萬の兵が集まるでしょう。けれどもいま義経の周囲にいるのは子飼いの郎党のみで我々と同程度、そう百名かそこいら、或いはもっと少ない五十名程度しかおらないと思われます。ならば互角、或いはこちらの覚悟によってはそれ以上の闘いができると僕は思います。領地も貰えず、下手したら処罰される可能性があるのであれば、ここは一番、思い切ってこちらから攻めていった方が勝機があると思うのですがどうでしょうか」

「なるほどね。説得力あるなあ。説得力あるよ。みんなどう思いますか」

「説得力あるよ」「えらありや」「説得力の塊と言っても過言ではない」

「他にご意見は」

「はいっ」

「どうぞ」

「説得力ないですよ」

「あ、ほんまに？」

「ほんまです。なんでかを申し上げますと、そりゃあ、人数は同じくらいかも知れません。けれどもひとりびとりの強さ、ってことを考えないといけません。鎌田《かまた》、佐藤、強い奴ばっかしです。なかでもあんた、武蔵坊弁慶なんてのは……」

「強いんですか？」

「はあ？　強いんですか、てあんた訊いてなはるんですか。あほらしもない、強いどころやおまへん、あのねぇ、あんたねぇ、あの武蔵坊弁慶、あれ人間やと思いなはるか？」

「そら、人間でしょう」

「あほなこと言いなはんな。あら人間やおまへん。化け物ですわ」

「マジですか」

「マジですよ。あの男にかかったら私らなんか、ひょっとつまみ上げて、きゅうとひねってはポイ、きゅうとひねってはポイ、キューーポイキューーポイでっせ。私らみたいなもんが千人おったところであの男一人に勝てまへんわ」

「えええええええっ？　そんな強いんですか。みなさん、そんなに強いって知ってましたあ？」

「知ってました」「すごい、知ってました」「死ぬほど知ってました」

「どれくらい強いのでしょうか。具体的に言うとどんな感じなんですかね」

「僕、弁慶が岩、持ち上げるの見たことあります。馬くらいある岩でした」「僕は弁慶が岩投げるの見たことあります。牛くらいある岩で、五百メートル飛びました」「僕は弁慶がやくざ千人と喧嘩して勝ったの見たことあります。全員死にました。一分かかりませんでした」「僕は弁慶が山を押して動かすの見たことあります」「僕は弁慶が歩いているのを見たことがあります。うわっ、弁慶や。こわっ、と思って物陰から見ていると、弁慶は立ち止まって、『喉、渇いたなあ。けど、この辺、自販もないし困ったなあ』と言いました。そのとき向こうから馬に乗った侍と家来が歩いてきました。弁慶は侍の襟首を、ひょいっ、とつまみ上げると、きゅうと首をねじ切って草むらに棄て、胴体を持って首のところを口に持っていき、溢れる血をうまそうにごくごく飲みました。弁慶にとって人間はペットボトル飲料なんです」「僕は弁慶が大木で歯を磨くのを見たことがあります」「僕は弁慶がマグロを頭からかじって食べるのみたことあります」「僕は弁慶が……」

「もう、ええ。もう、わかった。と、とにかく弁慶は恐ろしいということですね。じゃあ、とにかくそんな恐ろしい弁慶が居るときに攻めて勝てるわけがありませんからとにかくいったん奈良とかに逃げましょう。そいで弁慶が岡山とか伊勢とかに出張している頃合いを見計らって襲撃しましょう。そういうことでご異議ございませんか」

「しーん」

「異議なしと認めます。では、急いで逃げる仕度をしてください」

と、正尊が言った、ちょうどそのとき、ざっ、と簾を打ち上げる音がした。

「大事な会議中にどこのどいつじゃい、殺すぞ」

と、手近に居た数名の者が反射的に立ち上がって怒鳴ったが、すぐに座り込んだ。入ってきた法師、すなわち弁慶があまりにも恐ろしげであったからである。

また、なかには彼が弁慶であることを知る者も居て、そうした者はすでに小便を垂れ流して気絶していた。

だから弁慶が土足でずかずか会議室に入ってきても誰もこれを咎めることができず、弁慶はそこに誰も居ないがごとくに歩き、ぎゃん、多くの者がこれに踏みつぶされた。

弁慶は議長席に座る正尊の隣に身体を密着させてどっかと座り、右手でその肩を抱いて揺すぶった。弁慶に並んで正尊は腹話術の人形も同然だった。

一同は呆然として議長席の弁慶を見ていたが、弁慶が一瞥をくれると慌てて俯いた。目が合ったら次の瞬間に殺されるに決まっているからである。

そのうえで弁慶は正尊の肩を抱いたまま顔を一センチくらいまで近づけて言った。

「儂《わし》が誰か知ってるか」

「存じ上げております。武蔵坊弁慶さんですよね」

と、答えた正尊の声が震えていた。

「ほな、儂がなんでここへ来たんかわかっとんな」

「はい、いえ、あの、わかりません。なんの御用でしょうか」

「なんの用、やと。おちょくっとったらあかんどこらあ。おまえが誰の代官であってもや、この京都に来た以上は、まず六条室町に挨拶に来んのんが筋っちゅうもんやろがい。それをいまのいままで来さらさんちゅうのはどういう訳や、ちゅいに来たに決まっとるやろ、あほんだら。いっぺん痛い目に遭わしたろか、こら」

「がっ、ごわっ、すんませんでした」

「ごめんで済んだら検非違使いらんのんじゃ。こんかれ」

弁慶はそう言うと、正尊の襟首をひっ摑んでこれを無理に立たせた。正尊の脚が宙に浮かんで、武者どもは、さすがに慌てた。すわこそ。私たちの頭目があんなことになってしまっている。このままだと私たちは京都で立ち往生、謀叛人として殺されてしまう。なんとかしなければならない。正尊が反撃に出たら、そのタイミングで弁慶に殺到しよう、と考え、正尊の挙動を注視した。しかるに正尊は、

「やめてください、やめてください。いまからすぐに行きますから許してください」

と半泣きで言って、脚をジタジタするばかりで抵抗する素振りすら見せぬので手を出せない。

「判官殿、酔うてるから、おまえ、気ぃつけて物、言えよ。あの人、案外、酒癖悪いから、下手したら、おまえ殺されんど。よっしゃ、こい」

そう言って正尊を指先でつまんで歩き始めた弁慶に正尊が言った。

「あの、あの」

「なんじゃい」

「馬」

「馬がどないしたんじゃい、馬刺し食いたいのんか」

「いや、そうではなく、あの、僕の乗る馬の準備が……」

「阿呆吐かせ。おまえの馬は夜通し走らせて疲れ切っとる馬やろがい。俺の乗ってきた大黒ちゃんがそこにつないだあるっちゅのになにが悲しいてそんな疲れ切った馬に乗らなあかんねん。遠慮せんでもええ、俺の馬に乗れ」

と言って弁慶は、こんだ、正尊をがしっと掴んで縁に出る、その段階で、連れてきた部下は気の利く男、ちゃーんと縁先に馬を連れてきてスタンバイしている、弁慶これに目がけて正尊を投げ、正尊が鞍にどさっと乗ったところ、すかさず自分もその後ろに飛び乗り、素早く手綱を取って脚で鐙《あぶみ》を蹴り、鞭を打って馬を走らせた。

なぜ、そうしたかというと、正尊が、自分の馬に乗ったら全速力で逃げよう、と考えているのが丸わかりだったからである。

疾駆する馬上で正尊は、後ろからぎゅんぎゅんに押されて馬の首に顔を押しつけられる人間の気持ちって凄いよね。と思っていた。これが最後に嗅ぐ匂いと感じる感触なのかな、とも。

南庭に面した一番端っこの部屋。届く灯りは仄明かり。庭には老いたる松の木の、曲がりくねりて生えてあり。そんな部屋。細長い部屋の端近に這いつくばるように座る正尊を見て私は、なんでこの男はこんなに卑屈なのだろうか、と思った。別に普通にしていればよい。私のように、と思い、そしてすぐに、でも普通からみればそれが普通じゃない、ってことなのかな、とも思った。そんなことを考えながら正尊の弁明をぼんやり聞いていた。

「……という訳でございまして、私、別にあの、京都に用があって参った訳ではなくして、熊野にね、熊野権現に代理参拝に参る途中に寄っただけのことでございましてね、まったく重要な用件とかそういうものはなく、ほんと、ふらっ、と、そうだ、京都行こう、みたいな感覚で来ちゃったんですよ。そういうことってよくありますよねえ。ええええ？　ないですか？　じゃあ、僕がちょっとおかしいのかなあ。よく言われるんですよ、君、ちょっと変わってるよね、って。こないだも牛乳うどん作って食べてたら言われて、えええ？　普通じゃん、と思ったんですけど、普通しないんですってね。って、ええっと、なんの話だったっけ。そうそうそうそうそうそうそう、熊野、熊野、行くだけ、っていう話ですよね。そうなんです。それは僕らの行列、見て貰ったら一発でわかります。馬でもなんでも完全な奉納仕様ですから。参拝仕様ですから。権現造りですから。もちろんそれにしたって、入京した以上は真っ先にこちらにご挨拶に上がらねばならんのですが、それは重々承知なのですが、がわっ、ごわっ、がっほほん、もうあの宿だけは許せない、水風呂に入れられましてね、ほいで、あんた、宿所がまた、暗ーくて、寒ーくて、陰気な宿所で、入った瞬間、ぞくぞくっ、としたかと思ったら、がっほほん、案の定、風邪を引いてしまいまして、こんなみっともない状態で参上つかまつるのは逆に失礼に当たるのではないのか、と考えまして、じゃったら、今日は、今日のところはゆっくり休んで、風邪を治して、そいで明日、一番に参ろうと、この様に考えていたところに、江田様、武蔵坊様と、あべこべにそちら様からご催促の御使いを賜るという、ありえないことになってしまって、こっれはえらいことになってしもうた、と取るものも取りあえず参上つかまつったという次第でございまして、他意とかそういったことはもう金輪際、こっから先もございませんということをどうかひとつご理解いただきたいということを伏して伏して伏しまくって申し上げるしだいでございますれば、どうかひとつここは何卒窮状御賢察の上、御寛恕賜りますようお願い申し上げる次第でございましてございます。はい」

そう言って頭を床にこすりつけて拝跪《はいき》する正尊。土佐坊正尊を見て私は、なんでこの男はこんな見え透いた嘘を言うのだろうか。っていうか、相手が嘘とわかっているのをわかっていてなお嘘を言うのだろうか、ということについて考えた。

なぜこの男は私に嘘を見破られているとわかったうえでなおくどくど弁明するのだろうか。

それはまあ一言で言うと、もしかしたら赦して貰えるかも知れない、と思うからだろう。じゃあ、なぜ赦して貰えるかも知れないと思ったのか。

ひとつは私の外見だろう。私は弁慶やなんかに比べれば遥かに身体が小さいし、顔も優しげだ。江田と比べてもそうかも知れない。人は外見に左右される。ああ、こんな優しそうな人だったら、哀れに惨めに懇願すれば赦してくれる可能性があるのではないか、とそう思ってしまうのが人情というものだ。

そしてさらにいうとあのとき私は酒に酔ってなにもかもが面倒くさくなっていた。いろんなことがどうでもよく、そして人生に倦み疲れていた。我と我が思考に疲れ切っていた。それが態度に出て、私はひどくだらしなく見えただろうし、物憂げにも見えただろうし、衰弱しているようにも見えたはず。

これを見て正尊は、いける、と思ったのではないだろうか。というのは私の顔を見るまで正尊は、私が頭から水蒸気を噴出させて怒っている、激怒している、と予測していた。ところが私は脇息に寄りかかって大儀そうに酒を飲んでいるばかりで大きな声も出さない。

ならば。辞を低くして平身低頭すれば或いは押し切れる、と踏んだのだろう。

私はそんなことも含めて面倒くさかった。正尊も面倒くさいし、自分自身の存在そのものが面倒くさかった。だから酒を飲んだ。飲んだら治るかと思って。けれども酒を飲んでも治らない。ただ疲れるばかりである。そして、目の前で卑屈に謝る正尊が腰越の自分と重なって見えてますます厭な気持ちになっていた。こんなことなら、なにも考えず、ただ酒を飲んでいればよかった。けれども考えてしまった。ああ、厭なことだ、とまた考えている。厭なことだ。と厭な考えのループにはまりこんでいた。そこですべてを断ち切るために、それすら面倒くさかったのだけれども私は口を開いて正尊に問うた。長く喋るのは面倒くさかったので必要最小限の事しか言わなかったのだが正尊に問うた。私はこう言った。

「おまえは私を殺しに来たのだろう」

小さな声で言ったのだがこれを聞いた正尊は座ったまま五センチほど飛び上がり、着地して慌てて言った。

「も、考えもつかないことです。あり得ないことです。もし誰かがそんなことをあなたに言ったとしたら、それは私を陥れるための嘘です。恐ろしいことです。罪深いことです。私にとっては鎌倉様も判官様もどちらも偉大なる御主君様であらせられます。これをなんですって、御弑逆《しぎゃく》奉るなどというのは、もう口にしただけで死ぬ感じです。実際の話、私、顔色変わってません？　でしょでしょでしょ。それくらい恐ろしいことです。言うだけでこれでです。もし実際にそんなことを考えているとしたら熊野権現がこれをお許しになりません。私は熊野権現に裁かれ、この場で爆発して死ぬはずです」

と正尊は言った。それで私は死ぬほど疲れてなにもかもが面倒だというのに正尊を論破せざるを得なくなった。なぜか。突然、奇妙な強迫観念に囚われたから。

私は腰越で必死で弁明した。そのとき私は真実を語った。そしていま、正尊が必死で弁疏《べんそ》している。正尊は嘘を言っている。私にとって必死で語るということは真実を語ること。しかるに正尊は必死で嘘を語っている。ならば私は、必死で語る、ということの尊さを守護するためになんとしても正尊を論破・論難しなければならない。それをしないことには私の、必死の語り、穢れてしまう、と思ってしまったのだ。私は正尊に対する最終駁論《ばくろん》を開始した。

「あっはーん。熊野権現が許さない。なる程。じゃあ、ひとつ問いたいんだけどね。熊野三山は清浄な神域ですよね」

「もちろんです」

「あのお、お宅の御一行さんねぇ、こないだの戦争に従軍してた人いるみたいで、けっこう傷だらけの武者とかいるって聞きましたけど、そんな武力を清浄な神域に連れて行ってもいいんでしょうかねぇ。また、そんな必要あるんでしょうか。それこそ穢れと違うんでしょうかねぇ」

言うと正尊は大声を出した。

「あー、はいはいはいはいはい、それですか。はいはいはいはい、それだったら、もう自信持って太ゴシック体で言えますけど、そんなヤツはひとりもおりません、はい。あ、でも、あのちょっとは兵隊的な人は連れてきてます。なんでってあたりまえじゃないですか。え、え、え？　知らないんですか？　熊野のあの辺って、けっこうねぇ、山賊多いんですよ。マジマジマジ。だもんで多くの善良な方々が命を落としてるんです。それって神意に反するでしょ。だから自衛のための最低限の戦力を持っているだけで他意はまったくないんですけど、それをなんて言うんですか、ことさら私を陥れたい人が声高に言い立てているだけなんですよ。そういう人って申し訳ないけどほんと迷惑です」

「なる程ねえ。けどじゃあ、お宅の部下が、『明日、京都はえらい騒ぎになる』って言ってたっていう報告を受けてるんですけど、それってなんなんですかね。黙ってたらわかりませんねえ。じゃあ、私が言いましょうか。ここに攻めてくるということ以外、考えられないでしょう。違うんですか。おいっ、正尊、なんとか吐かさんかいっ、こらあっ」

ついに大声を出すと、もはや反論できなくなった正尊は拳を握りしめて俯き、暫くの間、ブルブル震えていたが、やがて拳で畳をひとつ叩くと顔を上げ、「もー、いいですよ」と喚くように言った。

「あああああっ、もうもうもうもう、もういいですよ。結局、どれだけ誠実に答えてもおまえが悪い、の一点張りじゃないですか。だったら質問に答える意味ないじゃないですか。ああ、もういいです。もうこれ以上、答えたくないです」

そう言って正尊は拗ねたように横を向いて肩で息をした。ルルル。最終駁論が成立した。そこで最終的な言質を取るため、「じゃあ、おまえは私を殺しに来たってことでいいんだな」と言うとなんと往生際の悪い男であろうか正尊は目をつぶって、

「違うって言ってるでしょう」

と叫び、「ああああああっ、もう、なんでわからないんだよおっ。わかってくれないんだよおっ」と泣き叫ぶように言いながら手足をバタバタさせて畳の上を転げ回った。まさかの逆ギレ？　と、呆れて見ていると正尊は突如として居住まいを正し、「わかりました」と尋常の声調で、「わかりました。もうなにを言っても聞いて貰えないのであればわかりました。他に方法はありません。起請文を書きましょう」と言っ

た。

神に嘘を言っていないことを誓った文書を提出する、と言い出したのである。というと現代の読者は、「あ、なんだ、そんなことか」と思うに違いない。けれどもあの頃、起請文は実際に効力があった。具体的に言えば、起請して神仏に誓ったうえでこれを違えた場合、文中にある通り、というのは、これが嘘だったら滅ぼしてください、と書いてある通り、その人は確実に滅んだ。これが形骸化したのはあれから大分と時が経ってからの話だ。なので正尊が、起請文を書く、と言い出したのは、私もこないだそうだったが、よっぽどのことで、けれども私の場合は本当に嘘偽りがなかったからどうということはなかったが、正尊は完全な嘘な訳で、ということは正尊は神罰仏罰によって滅ぶのを覚悟の上で、嘘をついたと言える。

というのは私にとっても都合がよかった。なぜならもしここで正尊が正直に、頼朝さんの命によってあなたを殺すために入京しました、と言ったらどうなるだろうか。あたりまえの話だが、「あ、じゃあ、殺してください」と言うわけにはいかず、正尊を殺すことになる。そうすっと頼朝さんは待ってましたとばかりに、「うわっ、信じられない。僕が差し向けた使者を殺害したですって？　それって僕に刃向かったのと同じことじゃない。マジ、信じられない」と言ってこんだ大軍を差し向けるに違いない。もちろん最初からそうするつもりで正尊を差し向けたわけで、正尊のテロが成功すればそれでよし、失敗して私に殺されたならそれはそれで口実にできる、って肚《はら》なのだから本来、私に逃げ場はなかったはず。ところが私に問い詰められた正尊が逆ギレして起請文を書き、私が手を下すまでもなく、神仏に滅ぼされてくれるというのだから、こんなうまい話はない。と同時に正尊の嘘が明らかになり、必死で語ることの正当性も揺らがないのである。

これでばっちりだ。けれども起請文には厳密・厳格な決まりがあって、これに少しでも不備があってはならない。そして卑怯なことにこの点を逆手にとって、わざと神仏が受理しないような書面を作成し、起請文を提出したという体裁だけは整えつつ、嘘を吐き通す奴もいて、例えば先般、梶原が提出した起請文がそうではなかったか、と私は疑っていた。

なので、「じゃあ、さっそく宿所に立ち返りまして、すぐにお持ちしますので」、かなんか言って誤魔化そうとする正尊に、「いやいや、間違いがあってはいかんから、ここで書いていけばいいよ。全部、こっちで用意するから」と言って目の前で書かせた。

どんな風にするかというと、まず熊野三山が発行する護符三枚を用意する。護符とは熊野の霊力が籠もった紙の札でそれ自体が魔除けとして効力を持っており、宝印が捺してある。その護符の裏に誓約の文言を書く。つまり熊野の神様仏様に真実を誓うわけである。もちろん文言は血書、自らの鮮血で書く。鮮血で同じ文言を三枚に書く。書いたら一枚は石清水八幡宮に納める。これで熊野三山のみならず石清水八幡宮も巻き込むことになる。もう一枚は、京都市東山区にある今熊野神社に納める。そして、最後の一枚は燃やして灰にし、その灰を自らが飲む。こうすることで誓いが身体のなかに入ってしまうため、後日、どんな言い訳をしても通用しなくなるのである。

これを行っている間中、正尊は青ざめてブルブル震えていた。私は無気力な瞳でこれを見つめていた。嘘を言っているとわかっている奴に真実を誓わせる。ははは、無気力。

「神は礼に背いたことはお認めにならない」

私は思わずそう言い、言ってから、そんなことを言わなければよかったと思い返し、けれども言ってしまったものは仕方がないので、「もう帰っていいよ」と言って正尊を帰らせた。

私の方はその時点で、もういいよ、みたいな気持ちになっていたのだけれども、それで済まないのは正尊の方で、心が乱れきって丸焼きのようなことになっていた。

「あああああっ、どないしょう。どないしょう。えらいことしてもうた。なんかええ方法はないものだろうか。ないよね。だって、そうでしょう。熊野権現に誓ってしまったんやからね。ああああっ、ちゅうことは僕は滅んでしまう。ああああ、もう、なんでこんなことになってしまったんだろう」

って感じで正尊はどこをどう歩いたのかも覚えない、乱れた心のまま六条油小路の宿所に帰り着き、着替えもしないで放心状態でグルグル歩き回ったり、急にケタケタ笑ったりして、心配して待っていた配下の者たちは、そんな正尊を見て囁きあった。

「無事に帰ってきたのはよかったですけど、ちょっと様子がおかしいですね」

「ちょっとじゃない、かなりですよ。ほら、泣きながら尻出して踊ってますよ。うわっうわっ、庭に飛んで出て松の木に登り始めた」

「六条室町でなにがあったのでしょうか」

「ちょっと聞いてみましょう、もし、もし」

「あさーひーは、けーむしー、のいーれものよー、となっと、となっと、ナット、ナットオー。と言ひけるツラミハラミ頼みたりけむ。こらっ、僕のユッケ、ガチャガチャにしてよ」

「あかん。完全にいってもうてるわ。どないしょう」

「いっぺん、どついたんなはれ」

「よっしゃ、ほんだら、こらっ。これでもくらえ」

「私の名前はカルメンでっす。あたまのなかはアヒージョでっす……、って、うわうわうわ、痛い痛い痛い痛い痛い、なにさらすんじゃ、こらあっ。痛いやないけ、どあほっ」

「あ、元に戻った。すんません。大丈夫ですか」

「殴っといて大丈夫やないがな」

「ほんますんません。それはそうとなにがあったんです」

「なにがあったとは」

「いや、六条室町から戻られてから様子がおかしいもんやからね、なんかあったんかなあ、思いまして」

「ああ、それかいな。大したことないんよ」

「ああ、大したことないですか」

「そうそう、儂らが判官を殺しに来たっちゅうのが先方にばれただけや」

「えええええええっ、えらいこってすがな。ほんでなんて言い訳なさったんですか」

実はこうこうこうこうこういう訳、と起請文を書いたことを説明すると周囲の者が言った。

「ということは」

「まあ、僕は近いうちに神罰仏罰を蒙って死ぬる、ということだ」

「ははは」

「笑うな」

「すみません。おもしろかったので」

「おもしろいじゃないよ。僕だけじゃない、そうなったら君たちの命も危ないかも知れないのだよ」

「なるほど。それでどうなさるおつもりですか」

「うん。そこなんだけれどもね、僕が義経のところを出て錯乱するまで考えていたのは、そしてもしかしたら錯乱している間も考えていたかもしれないのは、タイムラグ、という概念についてで、確かに僕は熊野権現を欺いて虎口を逃れた。よって冥顕の罰を受ける、これは間違いがない。まあ、それが恐ろしくて僕は錯乱したわけだが、ただし、これには時間的な遅延がある」

「どういうことですか」

「つまり、神仏を偽ったからといって直ちに罰が下るわけではないということで、そこには時間的な差がある。要するに、起請文を書いて提出してから実際に罰が当たるまで暫く間があるってことだね」

「なる程。ようするにあれですかね、あっちこっちから申請が出るからやっぱ権現さんの方でも処理に時間がかかるっちゅうことでしょうかね」

「に、したって罰はいずれ受けんならんのでしょ」

「ああ、その覚悟はできている。僕はこれまでキャラクターを様々に変幻させて生き延びてきた、ならば、従容として死を受け入れる人物にだってなれるはずだ。死に際して余はさうしたキャラにならうと思ふ。ただ、ひとつだけ心残りがある」

「なんでしょうか」

「所領のことだよ。つまりだねぇ、判官殿を襲撃してこれを殺害する。そしたら安房と上総を君にあげるよ。もし君が戦死したら君の家族にこれをあげるよ、と鎌倉殿は仰ったわけだ。もちろん僕は死ぬつもりはなかった。うまくやって生還する、生還してみんなと喜びを分かち合うつもりだった。しかし、これは戦争だ。戦死する可能性は大いにある。まして相手はあの九郎判官義経。戦死する確率は限りなく高い。もちろん、それを承知の鎌倉殿はもし私が戦死しても残った者に所領を与える、と仰ってくだすった。誉むべし。悦ぶべし。ということは私が死んだとしても残ったものは裕福に暮らすことができる。虎は死して皮を留め、勇者は死して所領を残す。そうしたら残った妻や子もいつまでも私のことを忘れず、私たちがこうして安楽に暮らしていけるのもお父さんが勇敢に戦って所領を残してくれたからです、と言って供養を絶やさないでいてくれる」

「なる程、そうですね」

「けれども、それも戦ったからこそで、戦いもしないで、つまり義経邸に突入したという実績を残さないで死んだらどうなるだろうか。もちろん遺族は約束の土地を受け取ることができず貧乏をして、私たちがこんな苦労をするのも神さんに嘘ついて罰あたって死んだ、あのアホのおやっさんのせいや、と言って墓を建てるどころか葬式の費用すら惜しんで知らん顔で再婚したりするに決まっている」

「それはつらいですね。そうなったらマジで犬死にですもんね」

「でしょ。そこで僕が着目したのが仏罰のタイムラグってわけ」

「そりゃ、どういうことですか」

「だからさ、実際に仏罰が適用されるまでに若干の間があるわけでしょ。その間に義経邸を襲撃して、成功するか失敗するかは別としてとにかく襲撃したという実績だけは残す、ってことですよ」

「ああぁっ、なる程。頭いいですね」

「頭わるいですね」

「ほっといてください。で、そのタイムラグっていうのはどれくらいあるんでしょうかね、実際のところ」

「まあ、僕の感じで言うと、稀に一年とかっていう場合もあるらしいですけど、今回のケースだと二、三日、って感じですかね」

「なるほど。じゃあ、明日明後日で諸々、準備して明明後日に実行って感じですかね」

「いや、それじゃ遅いな」

「なるほど、それだけ時間があれば向こうも対策しますものね」

「それもあるけれども今日が絶好のチャンスだと僕は思うんだな」

「え、今日の今日、いま、ってことですか」

「そう。いま」

「なんでまた、そんなに急いで」

「それがね、さっき行って気がついたんですけどね、義経、なにがあったのか、ムチャクチャ酒飲んで、けっこう酔っ払ってるんですよ。あれほど酔うてたら、まずまともに弓とか引けませんね」

「ほん」

「それにねぇ、誰もいてないんですよ」

「と、申しますと」

「近侍する侍がみな自分の家に帰ってしまっていて、いま六条室町にいるのは義経と弁慶だけで、その弁慶もちょっと寄ったけどすぐ帰るみたいな感じだったんだよね。

ってことは六条室町にいまいるのは義経と後は女ばかり。いくら義経が強い、といっても百対一の喧嘩に勝てるわけがない。ってことはですよ、攻めるならいましかない、ってことになるんですよ」

「なるほど。あんた錯乱してた割にはよう考えてまんな」

「その直前に考えたんやがな」

「なるほど。ほしたらさっそく準備に掛かりまおか」

「そうしてください。ああ、後、こないだうちから連絡を取るように言っておいた白川の極悪集団とは連絡がつきましたか」

「ああ、あの最強最凶の投石野郎どもですか。ええ、連絡つきました。判官殿には些《いささ》かの遺恨があるのでぜひとも襲撃には参加したい。いつでも行くから絶対、声かけてね、ということでした」

「それは好都合。じゃあ、いまから行って今晩襲撃するから合流するように言ってください。あと、皆さんにもすぐに襲撃の仕度に取りかかるように言って」

「了解っす」


という訳で六条油小路の正尊の陰気な宿所では襲撃の準備がなされていたのだが、同じ頃私は、というと引き続き泥酔していた。

なぜか、というといろんなことが鬱陶しかったからである。特に頼朝さんのこの、正尊みたいな奴を実行犯として送り込んでくる、というやり口が鬱陶しくてならなかったし、自分がそんな風に思われていること自体が嫌で嫌でたまらなかった。

だからもうなんだかくさくさして本来見るべき政務も疎かにして酒を飲んで憂さを晴らしていたのだけれども、正尊と対話して、なんていうのかな、もう本当に芯から疲れてしまっていた。それでもなんとか正尊に起請文を書かせて、必死で語ることの正当性を確保したうえで私自身が戦わずとも正尊が自らの嘘によって滅びる道筋をつけたことに小さな安堵、問題の根本の解決にはほど遠いのだけれどもとにかく目の前の小さな問題は解決した、みたいな気持ちになって、とりあえずさっきまでの苦い酒ではない、少しはうまい酒を飲もうと思って盃を持った、その矢先に弁慶が、「我が君。油断したらあきまへんで」と言いやがった。これ以上、私にどうしろというのだ、どこまで私を嫌な気持ちにさせたら気が済むのだ。私は盃を干して言った。

「なんでだ。正尊は起請して帰ったではないか」

「なにをおっしゃいます、ほんま甘ちゃんでんな。よろしいか、起請文なんてものはねぇ、個人的なことについて書くもんでしてね、こんな大きい、きわめて政治的な問題に関してはなんの意味もない形式的な文書ですがな。今夜という今夜は絶対に油断したらあきませんせん。すぐに人を呼び集めて、充分に警戒・警固せんと」

と、弁慶はこんなことを言ったのだ。私は、はあ？　と思った。怒るよりも情けなかった。情けなくて涙がこぼれそうだった。だったら私が腰越で書いた書状は、提出した起請文はなんだったのだろうか。単なる政治的なゼスチャーだったのだろうか。ただの形式だったのだろうか。私が護った必死で語ることの正当性はなんだったのだろうか。はたから見ればよくある、見ようによっては滑稽きわまりない、お涙頂戴の感動巨篇に過ぎないのだろうか。弁慶から見ればそういうことだったのだろう。けれどもそれを一から弁慶に説明する気力をもはや私は持ち合わせていなかった。私はやはり苦い酒を飲み干しながら、「絶対に大丈夫。今夜はなにも起こらない」と言い張ることしかできなかった。

そして大量の酒は私の判断力を鈍らせていた。普段の私であれば、それにしたって冥罰には正尊の言う、タイムラグ、があることに気がつき、それを正尊が利用する可能性がある限り、防備を怠るな、という命令を出しただろうし、場合によっては自ら早業を用い、正尊が宿営の様子を探ったかも知れない。

また、大量の酒は私を頑なにしていた。私は弁慶の進言を受け入れれば私がなによりも大事に思い、なんとか護った必死で語ることの正当性が汚される、と思い込み、頑なにこれを退けた。

それで最終的に私は、何卒、警戒を解かないでください、と弁慶と一緒になって訴える数名の者たちも含めて全員を、「うるさいっ、なにも起こらぬと言ったら起こらぬのだ。帰れ。帰らんと首にするぞ」と、叱りつけて帰らせた。

その議論の最中も私は酒を飲み続け、彼ら全員が帰る頃には自分の足で立って歩くことができなくなっていた。

なので私は静《しずか》の肩にすがって寝所に入った。急に静と言ってもわからない。静というのはその頃、私が付き合っていた女で、当時、京都で人気絶頂の芸能人であった。私は静に、「誰も私の気持ちをわかってくれない」と言った。静が、「私にはわかります」と言った。静を愛おしむ気持ちが身の内に溢れ、これを抱きしめようとしてバランスを失し、私は倒れ込み、そのまま眠ってしまったようだった。そして静は冷静だった。静だけに。なーんてね。私はいまはそんなことも言える。いまはそんなことが言える。

私は静の乳をいらったり口を吸ったりしただろうか。多分、したと思う。けれどもあまりにも前後不覚に酔っていたため、それ以上のことはできず意識を失った。なので以下に記すことは後で人に聞いたり、本で読んだりして知ったことなのだが、そうして私に中途半端に身体を弄くられた静はどうしただろうか。

かき立てられてしまった情欲を持て余し、自分で自分を慰めただろうか。勿論、しなかった。静はそんな状況の読めぬ女ではなかった。いつ土佐坊軍が押し寄せてくるかわからない状況で、そんな気楽なことをしている場合ではない。というか、私が泥酔して寝ているということがそもそもおかしいのであり、下手をしたら自分たちは滅亡してしまうかも知れない、と考えていた。

つまり正確に状況を判断していた。けれども女なので武器を取って闘うということができない。いても立ってもいられなくなった静は自分の身の回りの世話をする女を呼んだ。この女の顔はぼんやりと覚えている。別嬪《べっぴん》という女ではなく、むしろどちらかというと不細工な部類の女であったが、どことなく愛嬌があるというか男好きがするというか、独特の色気のある女だった。そうして顔や全体の印象は覚えているが、名前は忘れた。なので便宜上、クフ、ということにしておこう、寝所から隣の間に出て静は囁くような声で呼んだ。「クフ、クフ」と。ところがクフが出てこない。そこで今度は普通に話すくらいの声で呼んだ。にもかかわらずクフが出てこない。もー、なにやってんのよ。早く出てこないと情報がゲットできないじゃないの。情報は鮮度が命なのよ。と、むかついた静は、普段は芸能人として人前では絶対に出さない、腹からの野太い声で、

「クフ、ええ加減に出てこんとシバキ回すぞ、こらあっ」

と絶叫した。これに至ってようやっとクフが縁先に現れた。

「お呼びでございますか」

「クフか。次から呼んだらすぐに来て頂戴ね」

と静は取り澄ました声で言った。いまさら遅いんじゃ、とクフは内心で思ったのだろうか。静はそんなクフに言った。

「大変なことが起きてしまったのよ。状況は読めてますか」

「ええ、なんとなく。土佐坊正尊様の軍勢がほぼ間違いなく攻撃を開始するという情報が齎《もたら》されたというのに、なにを思ったのか判官様は武蔵坊を初めとする部下の者をすべて自宅に帰らせ、ご自身は泥酔して眠っておられる。いま、攻撃が始まったら私たちは全員殺される、ということですよね。そして、判官様の一連の意味不明の行動はご自身の鎌倉殿に対する屈折した心情に原因があるとも推測される、くらいのことしか私にはわかりませんが」

「ムチャクチャわかってるやないの。それなら話が早いし、あなたなら安心して任せられる。あなた、土佐坊の宿所、知ってるわよね」

「もちろん」

「じゃあそこに行って」

「みなまで言わないでください。心得ました。様子を窺って参ります」

「頼んだわよ」

「お任せください」

　そう言ってクフは目立たぬ衣服に着替え、布で顔を隠して庭へ降りていって暗闇に消えた。静は暫くの間、闇を見つめて動かなかった。


　人間に頭があり尻があるのと同じように家には表口と裏口がある。もちろん、六条油小路の正尊が宿所にも表口と裏口があった。私の使者に立った江田源三は表口から入っていった。弁慶も表口から入っていった。というのはそらそうだ、その立場は危ういにしてもいまでも一応は鎌倉殿の代官であり、院の信任も厚い義経の使者がコソコソ裏口から入るわけにはいかない。

　けれどもクフは違う。表口から堂々と入っていくわけには参らない。だからクフは最初から裏口へ回った。

　クフの使用人としての経験からして宿所の裏口の木戸などというものは必ずどこかしら一箇所くらい鍵をかけ忘れるものだし、よしんば仮に完璧に鍵がかかっていたとしても、裏口の木戸の鍵なんてものはコツさえ知っていれば簡単に開いたからである。実はその方法を用いてクフは何度か男を招き入れたことがあった。

　ところがクフは裏に回って驚いた。鍵もへったくれもあるものではない、すべての戸という戸が開放され、かがり火が煌煌と明るいなか、多くの男女が忙しそうに出たり入ったりしていた。なかからはわめき声、叫び声、怒声、なにかをひっくり返したような音、犬の吠え声、けたたましい高笑いなどが間断なく響いていた。

いったいなにをしているのだろう、そう思ったクフが向かいの土塀にもたせかけるように積み上げてある得体の知れない荷物の陰に身を隠し、伸び上がってなかの様子を窺っていると、背後から、「あんた、なにしてるの」と咎めるような女の声がした。

しまった、早くも見つかってしまった。仕方がない。とりあえず殺される前にできるだけ殺そう、それがご主人の幸福に繋がる。とクフが覚悟を決め、懐中の刀をいままさに抜かんとしたとき、女はクフに、「なんちゅう恰好してんねゃな、この子は。ちゃっちゃっと着替えなあかしませんがな」と言って衣服の袖を引っ張り、「ほんまにもう、どんな子ぉでもかましませんよってすぐにお頼申しますとは言うたけども」と言うと、あーあ、と大きく嘆息し、「こんなアホみたいな、おまけにぶっ細工な子ぉ、寄越してからに、治平さんはなに考えてんにゃな、ほんま」と言った。言葉付きからして京ではなく大坂のおばはんらしかった。

それを聞いたクフは内心で、はあ？　アホ？　不細工？　おまえに言われたないんじゃ。鏡見たことないんか、ぼけ。かす。と思ったが、これは私の推測だが、おそらく思わなかっただろうと思う。ならばどう思っただろうか。多分、ラッキー、と思った。手伝いに派遣された誰かと間違われたらしく、ということは堂々と中に入れるということで、これを利用せぬ手はない、と考えたのである。自分が不細工と言われようとアホと言われようと気にしない。そんな自分のことよりも真っ先に主人である静のことを考える。クフは淫蕩ではあったがそんな忠義な女だった。

これが今日日の婦女子だったらどうなっただろうか。立場も役目も忘れて、私のこと不細工って言うなんてひどいー、と泣き騒いで、しまいには両親まで出張ってきて、その日の襲撃は中止になったかも知れない。それはそれで結果的に忠義なことなのだろうか。それならばまあよいのだけれどもメンタルを病んで自傷行為を繰り返し、その写真をインターネット上に公開してよしなしごとを書き連ねたりするかも知れない。そって私はなにを言っているのか。どこかで犬が吠えている。犬の吠え声はその飼い主に届かない。よって犬はいつまでも吠え続けている。

さて、クフが宿所の裏庭に入るとそこは恰《あたか》も戦場のような騒ぎであった。薪を抱えて走る者、米俵を両肩に担ぐ者があった。その者は一時に担ぎすぎたため、二、三歩歩いて、よろけて倒れ、その拍子に俵の一部が破損して米が散乱した。これに犬が群がってきて、「ウワッッウワッッウワッッウワッ」とか、「あっち行け、こらあっ」という怒声が喧《やかま》しかった。裏庭に面した戸口から、いったいなんのためにそんなことをしているのかわからないが、二人掛かり三人掛かりで水の入った大釜を持って出たり入ったりしている者たちが幾組かあった。つまり大釜が幾つもあったわけだが、なかには水ではなく熱湯が入っている大釜もあり、釜の自ずと熱いらしく、この者たちは、「あつあつあつあつあつあつあつあ」などと言いながらこれを運んでいた。

「あつい、もうあかん。これ以上、持ってたら火傷する」

「なんかしてけつかんねん、根性ないのお」

「根性の問題とちゃうでしょう」

「じゃかあし。俺なんか根性あるからぜんぜん熱ないわ」

「マジですか。って、あっ、おまえ、襤褸布《ぼろきれ》あてごうてるやんけ、あっ、あっ、俺はもうあかん」

そう言って一人の男が手を離し、襤褸布をあてがっていた男は傾いた大釜からこぼれた熱湯を全身に浴びて死んだ。

そんな慌ただしい、ただ湯を運んでいるだけで人が簡単に死んでいく様子を驚きをもって眺めているクフを先ほどの女がまたぞろどやしつけた。

「なにをボオッと立ってんねんな、この子は。ほんでいつまでそんな恰好してんねんな」

「あ、はいっ。すみません」

と咄嗟《とっさ》に謝ったクフも元々は町の子、いわれている意味がすぐわかって、尻をからげ、たすき掛けをして慌ただしく家に入っていった女についてなかに入った。なかではやはり男女が慌ただしく立ち働いていた。これから戦闘に向かうにあたり、簡便に立ったまま食べられるフィンガーフードのようなものと温かいスープのようなもの、簡便に携行できる食事二百人分を十分以内に作れ、と命じられたようだった。

そういうことを短時間でなそうとするとき、やはり有効なのは分業と流れ作業で、ひとりびとりが飯を炊き、櫃《ひつ》に移し、櫃から飯をよそって握り飯を拵える、葱を切って出汁をとって味噌を溶かす、というようなことをするよりは、水を汲む者はひたすら水を汲む。飯を炊く者は飯だけ炊き続ける。葱を刻む者もそう、出汁を取る者もそう、握り飯を握る者、食器を並べる者、洗い物をする者、部署から部署に運搬をする者、みんながみんな余のことに口出しをせず、そのことだけをやる。そうすることによって無駄な動作がなくなり、全体の効率が上がるのであり、室内の広い土間と一段高くなった板の間はそうした分業と流れ作業にいそしむ者でごった返し、汗と熱気と金切り声で、むっとむせかえるようだった。

「あんたはこっち」

と例のおばはんによってクフが連れて行かれたのは握り飯コーナーだった。腰に紺や鼠色の布類を巻き付けたすき掛けをした、生活に疲れたような女たちが平台の前で握り飯を握っていた。握りまくっていた。おばはんは手前にいた女に、「おまっつあん、この子に段取りおせたって」と言うと巨尻を振りながら板の間の方へ行ってしまった。

クフは、そう言う限りは仕事を教えて貰えるのだろうと、その松というらしい女に会釈したが、松はこれを完全に無視して飯を握り続けた。なにがいけなかったのだろうか、とクフは考えたが、思い当たる節はなく、すぐに意地悪をされているのだ、と気がついた。

しかしメンタルがけっこう強いクフはそんなことはちっとも気にしない。っていうか、あのおばはんは私のことをアホだと信じているが、申し訳ない、私はアホではない、っていうか、握り飯くらい教えられなくても余裕で握れる。

そう考えたクフは松を鹿十《しかと》して握り飯を拵い始めた。で、どうだったかというと、実際やってみると、暫くの間その作業に従事して経験があるはずの松たちよりも、クフの方が有能だった。松たちが三つ握る間にクフは十以上握ったし、松たちが握る握り飯が形も大きさもその都度バラバラだったのに比べてクフが握る握り飯はすべて形が揃ってしっかりと握られていた。そして松たちのはいい加減に握ってあるので嚙るとバラバラに崩壊した。こんなことが兵の士気・モチベーションを、グイッ、と押し下げるということを私は知っている。また、松たちの握り飯は雑談をしながら握っているため、唾がかかっていたり、ときには青洟《あおばな》が垂れるなど衛生面にも問題があった。

クフは松たちの横顔を見ながらふたつのことを思った。ひとつは、人に意地悪をするのなら自分がもっと仕事できるようになってからせえや。ということ。それからもうひとつは、なぜこの人たちはこんなにできないのだろうか。もしかしたら馬鹿なのだろうか、ということだった。

しかし作業を続けるうちに、いやいやそうでない、と思うようになった。というのはまず自分が意地悪されたのにはそれ相応の理由があったからではないかということで、例えば自分は心のなかではっきりと、おまえらと自分はレベルの違う人間である、という意識があって、それが表情や態度に出ていて、それを敏感に察知した松が意地悪をしたのではないか。っていうか、自分としては随分と粗末な形《なり》をしたつもりだったが松だちに比べればそれでも随分と華美で、そうした服装やなんかに対する反感もあったに違いない。

次にわかったのは、握り飯がうまく握れないのは能力のせいではない、ということで、最初は硬く緊密で形の揃った握り飯を握っていたクフも数を握るうちに松らと同じくらいに、というほどではないが、次第にいい加減なものしか握れなくなっていった。なぜそうなるのかというと、次から次へと炊けてくる炊きたての熱い飯を握る。握って握って握りまくるものだから、手の皮が焼けて真っ赤に腫れあがり、まるで火傷をしたような状態になって痛くて痛くてたまらないからである。

それでも松たちは文句も言わずに握り続けていた。そこへさしてチャラチャラした恰好の、意味なく前向きな若い娘がいきなり来たらそりゃあ意地悪のひとつもしたくなるに決まっている。

なるほど。そういうことだったのね。とクフは理解した。この人たちも根は悪い人ではない。ただ、あまりにも手が熱いため人につらく当たってしまうのだ。

それがわかったクフは、どこかで手桶を借りてきて、水を張って各所に配置しよう。そうすれば適宜、手を冷やしながら握ることができる、と考え、松に、「ちょっと手桶を探してきます。手が熱いですものね」と断ってその場を離れ、離れた瞬間、そうだ、と思った。本来の任務を思い出したのである。

確かに松たちは気の毒だ。けれどもそれに拘泥して本来やるべきことを見失ってはなににもならない。手桶を探すという口実で持ち場を離れられたのをよいことに奥へ入りごみ、実際のところ、どんな作戦計画が練られているのかを探らなければならない。

そう考えたクフは板の間へ、ささ、と上がり、作戦計画が練られているであろう、表の方へと続く間に行こうとした、ちょうどそのとき、「ちょっと、あんた」と袖を摑むものがあった。例のおばはんである。おばはんは眉根に皺を寄せてクフを睨み付け、言った。

「あんた、どこ行くねやいな」

「握るのに手ぇが熱いもんどっさかいに手桶を探しに、はあ、やらさしてもらいます」

「手桶みたいなもん、そこになんぼでもおますがな」

「へえ、けどもうちょっといかいのんがないかいなと。後、ドレッシングもないようになってしもて」

など適当なことを言ってクフは誤魔化そうとしたが、おばはんは袖を摑んで離さない。どうしたものか。いっそ首筋に手刀《しゅとう》でもくらわそうか、と、クフが思ったとき、「ちょっとすんまへん」とおばはんに話しかけるものがあり、おばはんがそちらを向いた隙を突いてクフはゴヤゴヤゴヤと奥へ入っていった。

はは。うまいこと奥に入ったった。といって裏口から見れば奥だが表玄関からすれば手前ですよね。まあ、そんなことはどうでもよい。それよりこの、いかにも下働きという感じの恰好は怪しまれやすい。なんとかならないものか。と、思案していると上手い具合に表の方から上の女中というか表向きの用をするらしいちょっと小増しな恰好をした女が、なにか裏に用があったのだろうか近づいてきて、「これ」みたいなことを言うので、「へえへえ」と愛想よく答えて近づき、出し抜けにこんどこそ頸に手刀を叩き込み、塩蔵野菜のようにクタクタになったのを脇の、パーテーションで囲んで外から見えない一角に引きずり込んで衣服を剝ぎ取ってこれに着替えた。こんなことができるのも主に一心に仕える気持ちがあるからである。

　さあそんなことで怪しまれない恰好で、表の方にちょっといくと、完全武装した人が強ばった顔で右往左往していた。行き合う度に、或いは隅に固まって、「ええっと、もうすぐですよね。もうすぐ出発ですよね」「ですよね。いっやー」「なに？」「ビビりますよね、はっきり言って」など言い合っている。かつうはまた、「あれ、ここに置いといた俺の矢ァ、知らん？」「知らんで」「あっ、犬がくわえて走っとるやンけ」みたいなことになって混乱もしていた。

　なるほど。ということは攻撃開始は午前三時頃ということね。と悟ったクフは直ちに立ち戻って報告しただろうか。いや、しなかった。というのは、もっと重要な情報を取りたいと思ったからで、はっきり言ってこんな犬に矢を取られてるようなくだらない男の意見を聞いてもなんの足しにもならない、と考えたからである。

　そこでクフは、宿所の最奥部の、土佐坊正尊を議長とする最高幹部が集結している部屋へ忍んでいった。このとき、ものに怖じず豪胆なクフの足がなぜかガタガタ震えた。

　あたしったら、なに震えてるのかしら。馬鹿みたい。こんなことじゃだめだ。怪しまれる。そうよ、堂々としていれば逆に怪しまれないものよ。

　クフは、目が合った幹部の一人に一礼すると、敷居の際に座った。普通であれば、なになに、この子、なに？　だれ？　ということになるのであろうが彼らは、ああ、接待係の女がいるなあ、くらいにしか思わなかったし、とくに怪しまなかった。なぜなら彼らは具体的な戦術についての最終的な確認会議を開いていて、議論に夢中になっていたからである。幹部の一人が言った。

「つまりええっと確認ですけど、正面から、ぶわーっ、といくのが？　ええっと僕でいいのかな？」

「そうです。さいて東側の門から佳木さん、あんた、がー、行ってください」

「え？　僕でしたっけ？」

「ええ、そうです、なんかこう、がーあ、って行ってくれたらそんでええんで」

「があー、って、具体的にはどんな感じになりますかね」

「それはもうあれですよ。弓とか、ぶわー、引き絞ってね、矢ぁ、射つんですよ」

「当たりますかね」

「そら当たるときもあるし外れるときもありますよ」

　と幹部らが話しているところに別の幹部が割って入った。

「なにをしょうむないことというとんねん。そうではなく、全体的な作戦会議をせんといかんでしょうが」

「ですよねー。じゃあ、まあ、こう、こっちが東側と南側から、ぐわーっ、て行くわけですよねぇ」

「さよさよ」

「そうするとぉ、どうなりますかねえ」

「そら、敵も黙ってはいないでしょうねぇ、やっぱしおんなじように、ぐわー、と、こう来るわけですわね」

「といってもですよ」

とまた別の幹部が発言した。

「といっても、私の得ている情報では敵は義経一騎のみです。そんな風に、ぐわー、と来るのですかねぇ」

「つまり、来ないと」

「いいえ、来ないとは言ってません。ただ、ぐわー、とは来ないいんじゃないかな、と。ぽそん、くらいにしか来ないいんじゃないかな、とこういう風に思うわけです。だからなんていうかな、あまりにも楽観的な態度で臨むのは危険だけれども、そんなに悲観する必要はないいんじゃないかなと、こう思うわけです」

「そういえば壇ノ浦で実際に闘ったっていう人に聞いたことあるンだけど義経って非力だそうですね。非力だから弓やなんかも、ぜんぜん威力ない弓、使ってた、って言ってたな、そういえば」

「でしょでしょでしょ。そんな義経がたった一人なんですよ。あとは女しかいません。そこへですよ、僕らが恐ろしく威力のある弓を百人くらいで一斉に射かけたらどうなるでしょうか」

「瞬殺」

「仰る通りです。僕らはきっと勝ちますよ。勝って帰りましょうよ。一人の戦死者も出さずに。そして土地を貰って受領階級になるのです」

とその幹部が言うと別の幹部がいかにも不満げな声をあげた。

「えええええええ？　自分、マジで言ってんの？」

「なんか問題ありますかね」

「メチャクチャあるよ。だってそうじゃん、俺らってそもそもなに？　武士ですよね。武士の名誉ってなんだと思います。怪我ですよ。あと戦死ね」

「つって本当に死んじゃったら意味ないじゃん」

「馬鹿言ってンじゃないよ。土佐坊正尊先生が生きておられたらなんと仰ったことか」

「まだ、生きとるわ」

「まだ、ってどういうことやねん」

と言ったのは正尊本人、「すんません、つい」と謝って幹部は続けた。

「正尊先生はねぇ、今回の上京は元より死ぬ気だったんですよ。もちろん犬死にするつもりはない。ないけれども、戦争なんてものはだねぇ、僕は実は平治の戦争とかに行った人と親友で、こっち来る前も一緒に飲んだけど、その人も言ってたけど、やっぱり、ひとりびとりが本当に死ぬ気でないと勝てないんだよ。もし義経が死ぬ気でこっちがそうじゃなかったら、百対一でも負けるんだよ」

「なるほどね」

と一人の幹部が頷くと、また別の幹部が言った。

「それと義経が非力っていうのもあくまでも噂レベルの話だよね」

「どういうこと？」

「いや、僕が確かな筋から聞いた話だと義経は非力ではない。それどころか尋常ではない体力の持ち主らしい」

「ホントですか」

と聞いたのは土佐坊、「ええ、本当らしいです」と答えて幹部は続けた。

「なんでも義経は弁慶と勝負して勝ったらしいですからね」

「えええええ？　マジですか。あの山と闘って勝つと言われた男、弁慶に勝ったんですか」

「はい。それもボロ勝ちで弁慶はまったく歯が立たなかったらしいです」

「じゃあ、西国の戦も……」

「仰る通りです。あれは義経の人間とは思えない身体能力があったからこそ源氏が勝ったのです。それが証拠に専門家はほぼ全員が平家軍の勝ちを予測していました。ところが蓋を開けてみると殆ど手も足も出なかった」

でもそれって……、とさっきの幹部が言った。

「でもそれって義経が強かったというより宗盛があまりにも無能だった、という説もありますよね。つか、みんなそう言ってる」

「あ、でもそれってそれは結果論に過ぎないかも」

と別の幹部が言った。

「実は僕のところに非公式な形だけれど朝廷の、宗盛さんに非常に近い方から個人的に意見を聞かれることが実は頻繁にあって、名前はちょっとここでは言えないんだけど、いまだに現役で朝廷におられる方なんで、すみません、とにかくその方がよく仰っていたのは、そしていまも仰るのは宗盛さんというのは非常に優秀な方だったと。一般に言われているような無能な人ではけっしてなかった、ということを力説しておられたんですよ。つまりなにが言いたいかというと、普通の将軍であれば、あれほど、つまり近いとはいえ、けっして身内ではない朝廷の方がそうやって絶讃されるほど優秀だった宗盛さん、しかも、どの軍事アナリストの戦力分析によっても大勝疑いなし、と言われるほど精強な水軍を擁する宗盛さんを打ち破るのは不可能で、これは尋常のことではない、とこう言いたい訳です」

「なるほどね。でもそれってさあ、あくまでも戦略家・戦術家としての凄さであって、武芸の凄さではないよねぇ」

「なにが言いたい訳?」

「いや、別になにも言いたくないけどさあ、つまり、そのことと非力ってことは論理的に矛盾しないよねぇ、つってるだけだよ」

「なに言ってンだよ」

　とさっきの幹部が激昂した。

「だから弁慶に勝った、つってんじゃん」

「あのさあ、プロパガンダ、って言葉、知ってる?　あ、知ってんだ。てっきり知らないと思ったよ」

「なめとんのか、こらあ。やんのか、こらあ」

「あ、いいですよ。お互い武装してることだし、やりましょうか」

「まあまあまあまあまあ」

「これこれこれこれこれ」

騎虎の勢いで立ち上がった二人をみんなが押しとどめた。

「まあ、それにしても有能な部下がいてなんぼ、ってこともありますわな。あと坂東《ばんどう》武者の勇猛ってのもある。いずれにしても一人で平家全軍を滅ぼす訳にはいかんでしょう。ターミネーターじゃねんだから。ランボー・怒りのアフガンじゃねんだから」

「うーん、どうかなあ。実際に見た人は、義経は遍在する、って言ってたらしいし、実際の話、頼朝さんなんかも相当にびびってるらしいですよ。突然、現れて殺されるんちゃうか、みたいな感じで、もはや気色悪い域、いってるみたいな」

「どーですかねぇ、実は僕の永年の友人が熊野水軍の最高幹部の一人なんですが……」

といった議論が二十五分以上も続いて、クフは半ば呆れていた。なぜなら、相手を言い負かしたい、自説の正しさを証明したい、ただそれだけのための議論が延々と続き、またそのなかに、自分は有名人と知り合い、とか、各方面にコネがある、といった自慢話がさりげなくと言いたいところであるがけっこう露骨に混ざって、聞くに堪えず、はっきり言って中身というものがまったくない議論だったからである。また、長々とこうした議論をしているのはいざとなると戦闘が恐ろしいので、戦闘開始をなるべく遅らせるためにそうしているという風にもクフには感じられた。

大事の戦闘を前にしてこの人たちときたら、なんというあほらしい議論をしているのであろうか。これだったら犬に矢をとられてた雑兵の方が多少はマシな議論をしていた。これ以上、聞いていても進展はない。さっさと邸に立ち戻って報告をしよう。ルルル。

クフがそう思って行こうとしたとき、一人の先ほどからクフを時折気にしていた幹部が、「君」と呼んだ。

「なんでございましょうか」

「君、僕らの担当の人？」

「そうどす」

「おかしいなあ。つい、さっきまで別の人だったような気がするんだけど。違いましたっけ。日文さん」

「あれ、そう言えばそうだね。さっきの人はどこ行ったんだろう。議論に熱中して忘れてたけどお酒、頼んだよね。そういえば」

「ですよね。おかしいなあ」

と、幹部は不審そうに、もう一度、クフを見た。けれどもクフは少しも慌てなかった。なぜなら先ほどから、そうしていまもクフを見る幹部の眼差しや顔つきに好奇・好色の気配が感じられたからで、ということは一定程度の油断があるということで、それがある以上、クフは自らに危険が及ぶことはない、と考えていた。

クフは、担当の者は不分明な理由で急に呼び出されたため急遽、自分が担当になった。注文の酒については引き継ぎを受けており、既に準備は調っているが、先ほどから緊迫した議論が続いていたため怖くて声が掛けられなかった。希望とあれば、すぐに持ってこられるがどのようにすればよいか、という意味のことを、京の言葉で言った。もちろん坂東武者にとってそれがまるで可憐な歌のように聞こえると計算したうえでのことである。

そしてその計算は功を奏した。疑っていた幹部もその他の幹部も可憐な京の言葉に魅了され、「かわいいなー」と言い、「じゃあ、お酒、持ってきてくれる？」と下手に頼み、なかには、「戦争が終わったら結婚したい」と言う者すらあった。

クフは無駄な時間を費やしたことを悔いながら今度こそ立って行こうとした。そのとき、クフの目の前に、ゆらっ、と立った者があった。その者が言った。

「あんた、こんなとこでなにしてんねんな」

「へえ、桶を探して」

「なんで、こんなとこに桶、探しにくんにゃな」

と、極度に疑わしげな、自分の善意を網棚に置き忘れたボランティアのような目つきで問い糾《ただ》し、そしてクフの着物が変わっていることに気がついて激怒した。

「あんたっ、なんちゅう恰好してんねやな。いてへんようになったかとおもたらそんなチャラチャラした恰好でお客さんの前でなにしててんねやな。ええ加減にしなはれや」

と、場所柄も弁《わきま》えず、まるで変なクスリでもやっているような人のように喚き散らすおばはんの顔を見ながらクフは、このおばはんはなぜかくも私を目の敵にするのだろうか、と思っていた。

「あんたみたいな子ぉがど盗人さらすねん。どうぞみなさん懐中に気ぃつけとくなはれや」

と、おばはんは大声で幹部たちに言ったが、幹部たちもそのあまりの手ひどい罵倒に違和感を覚え、また、可愛いクフに同情する気持ちもあったらしく、

「まあ、そない怒らぬでも。堪忍したれよ」

「まあ、ええやないか」

とおばはんを宥めにかかったり、なかには、

「自分が年いって不細工やからいうて若い子いじめたんなや」とおばはんを批判したり、「ここをどこだと思ってる。最高幹部会議の席上だぞ。ふざけるな」と怒る者もあった。それに対してクフは、

「すんまへん。あてのせいで。どうぞ堪忍どす」

と涙を流す。そのいじらしい様に一同は胸を打たれ、それを見たおばはんが、

「どぎつねにだまされたらあきまへんで」と激昂する。これにいたってついにこれまで黙っていた正尊が言った。

「わかった、わかった。そこの女、そう怒るな。ここで怒鳴ってはならない。折檻をするならしてよいが、ここではするな。わかったか。わかったな。では、その女を連れて早く行け。後、酒を直ちに持ってこい。僕たちはもう出陣しなければならない」

大将にそう言われてそれ以上、喚き散らすこともできず、おばはんはクフを連れて裏に戻ろうとする。クフも後で殴るなどして逃げればよいと思っているからこれに随う、ちょうどそのとき、「ちょっと待って」と鋭い声をあげた幹部があった。谷山という撫で肩の幹部であった。

「なんだね、谷山君」

「ちょっと、待って。その顔面が土砂崩れみたいになっているおばさんの言うとおりよ。その子、怪しいわ」

「誰が顔面土砂崩れや」

「まままままま」と谷山は猫の舞踊のような手つきでおばはんを宥め、そして言った。

「とにかく変なのよ。殿方は気がつかないかも知れないけど、髪型も化粧も他の子と違う。あたし、この子、この家の子じゃないと思う。ねぇ、お土砂さん、とか言ったわよね」

「お土砂ちゃうわ。糸じゃ」

「ああ、お糸さん。この子は以前からこの家で働いてるの？」

「いいえな、あほらしもない。今日、治平さんに頼んで手伝いに寄越してもろた子おでんがな」

「ってことは？」

「義経サイドの間諜ってことよ」

「誤解どす」

と、クフが言ったとき裏からおばはんを探しに来た者があった。

「お糸さん、ここだしたんかいな。いま、治平さんが、えろう遅なってすんまへん、いうて手伝いの子ぉ連れてきてあんたに話があるいうて裏で待ってますのや。行ったっとくなはれ」


　そしてクフは捕縛され、尋問された。随分と頑張って黙秘を貫こうとしたが、かなり酷いことをされてついに口を割り、嬲《なぶ》り殺しにされた。

　ひとりの可愛い女が私のために死んだ。私はその女の名前を忘れ、いまクフと呼んでいる。クフ、と呟いている。

その頃、というのはクフがちょっと口では言えないような拷問を受けている頃、襲撃部隊は既に油小路の宿所を出て、手はず通り、狂気の白川印地《いんじ》集団と合流していた。石礫《いしつぶて》を投げて無敵。この連中の前では坂東武者がせんど自慢する武芸などなんの役にも立たない、ということを実はみんな口にしないけれども知っている。はっきり言って最終兵器のような奴らである。その印地の大将は白いような黒いような鯰《なまず》頭のバケモノで、言葉のようなものを喋っているのだけれどもなにを言っているのかわからなかった。口の中でごにょごにょ言っているかと思ったら突然大きな声を出して笑ったり、頭を抱えて蹲るなど情緒不安定で、服装もいろんな端切れを意味のわからない形に縫い合わせたキチガイのような感じだった。けれども、「なに言ってるかわかんないね」「頭、おかしいんですかね」など言うと耳ざとくこれを聞きつけ、「誰があたまおかしいんじゃ」と憤慨するところを見ると、頭は正常に働いているようだった。もちろんだからこそ最狂にして最強と言われるのであり、正尊たちはその凶悪なオーラに接して、もしかしたら、いけるかも、と思い始めていた。

という訳で元暦二年十月十七日午前二時過ぎ、土佐坊正尊率いる百名と地獄の暴力集団・白川印地だちが六条室町の私の邸宅に押し寄せてきた。そのとき私方が私の意地というか酔いというか悲しみというか苛立ちというか、そういったものによって無防備であったのは既に申し上げた。

武蔵坊弁慶は家に帰っていた。私に帰れと言われたので。片岡八郎経春《かたおかのはちろうつねはる》も帰ってしまっていた。そいつらの家は六条だった。佐藤四郎忠信、伊勢三郎義盛はどうしていたかというと近隣の女のところでよい夢を見ていた。根尾十郎《ねのおじゅうろう》、鷲尾三郎義久《わしのおさぶろうよしひさ》なんて人たちは樋口堀川の自宅で熟睡していた。つまり家に仕える武者は一人もおらず、男と言えば喜三太《きさんだ》という下働きの男だけだったのだ。下働きの男が戦闘でなんの役に立とうか、ルルル。

って、歌っている場合ではなかったが、私はなにも気がつかないで眠りこけていた。眠りまくっていた。

それでも長いこと戦場で苦労してきたから、敵が夜襲なんかをかけてきた場合は、どれだけ気配を消していても、独特の殺気っていうのかな、そうしたものを敏感に察知して、前後不覚に眠っていても、ぱっと目が覚めるし、ましてやこのときは正尊方が門前で、おおおおおおっ、って鬨《とき》の声を上げたのだから当然のごとくに目を覚ますはず。

ところがなににによらずオーバードゥーズというのは恐ろしいもので、ムチャクチャに酒を飲んだ私は驚くべきことに敵が来ているというのに目を覚まさなかった。

これははっきり言ってあり得ない話で、そんなことが繰り返されれば、というか一度でもあったら私は元暦二年どころか、三歳まで生きてなかっただろう。ところがこのときばかりは違った。ということはどういうことかというと戦場で熟睡しているということで、早く言えば死ぬということである。

まあ自分は寝ている間に死ぬわけだから、それでよいと言えばよいのだけれども、周りの者、すなわち静は黙って見ているわけにはいかない。そこで私を起こしにかかった。

まず静は私の身体に手をかけ優しく揺らし、「判官殿。起きてください」と小さな、囁くような声で言った。しかし泥酔している私がそんなことで起きるものではない。敵の怒声はますます壮《さか》ん。しかし邸内から応戦する様子はまったくなく森閑としている。焦った静は今度は稍《やや》、強い力で身体を揺すり、耳元に口を近づけ、「大変です。土佐坊正尊の軍勢が寄せて参りました。起きてください」と、大きい声で言った。それでも私は起きない。そうこうするうちにも表の方からは、門やなにかを破壊するような音、矢がビュンビュン飛ぶ音、女たちの悲鳴などが聞こえてくる。マジで起きないと死ぬ、と思った静は、私の両肩に手をかけ、力の限り揺すぶりながら、「お願いですから起きてください。起きて鎧を着てください」と泣き叫ぶように言った。それでも私は起きない。そこで静は、

「起きい、言うたら起きんかいっ、ど阿呆っ」

と言うと、枕元に置いてあった鎧の収納ケースから鎧一式を取り出すと、

「さっさとこれ着て戦え、ぼけっ」

と言って私の顔面に投げつけた。

これにいたって漸く目を覚まし、けれどもまだぼんやりしている私が、

「な、な、なんなんですか。痛いじゃないですか」

と問うと静は元の女らしい口調に戻って、「敵が押し寄せて参りました」と言った。

「はあ？　敵？　女ってのはいちいち大袈裟に騒ぐものですね。そんなもの、いちいち私が起きて戦わなくても弁慶一人いれば十分でしょう」

と私が答えたのはさっきまでの経緯を完全に忘却していたからで、「あなた様が無理にお帰しになったではありませぬか」と静に言われてようやっと、弁慶を帰したのを思い出し、また苦い気持ちになった。酒が残って頭がガンガン痛んでもいた。

「敵と言って、でも所詮は土佐坊づれでしょ。ああ、面倒くさいなあ。っていうか、もう私は正直言って戦いとか飽きちゃったんだよ。誰かいないの？」

「みんな帰っちゃいました」

「マジですか。主君を一人にするなんてなに考えてるんだよ。って、しょうがないわな。僕が命令したんだから。でもそれにしても本当に一人も残ってないの？」

「喜三太という男がおります」

喜三太というのはいまも言うとおり武者ではなく下働きの男である。そんな者に武

芸の働きができる訳はなく、私はなんの期待もしていなかったが、ここで慌てたら自分の全員を帰してしまったという戦略ミスを認めることになり、それはひいては起請文の無効性を認めることにもなって、それだけはどうしても嫌だったので、私は無理から余裕をかまし、

「ああ、喜三太君ですか。あいつは本当にいい奴です。あんな気持ちのいい若者は珍しい。いいね。呼んでください」

と、喜三太をよく知らぬのに言ったのだ。

「了解です」

そう言って静は、私が本当にそう思っていないことをおそらく見抜きつつも、喜三太を呼びにやらせた。したところ直ちにやってきたというのは、おそらく大変な事態になっているのを知り、そして邸内の男が自分一人ということも知って、呼び出しを待って控えていたのだろう。

私はそれそのものが凄いことだと思った。というのはだってそうだろう、考えてもご覧なさい、敵勢はもの凄い外見の、狂気の印地暴力集団五十名を先頭に押し立て、その背後には関東の荒くれ武者が控えている。それに引き比べて味方は、というと自らを含めて二名。うち一名は大将軍源九郎判官義経なので実質は一名。つまり、百五十対一の戦いということで、私のように六韜をマスターしていたり、或いは弁慶を初

めとして私の主だった部下のように武芸に絶対の自信があって、まあ五百人くらいまでだったら余裕で殲滅できる、みたいな武者は別として、普通なら見つからないうちに百姓の恰好かなんかに着替えて逃げる。絶対に逃げる。

ところがおまえ（おまえということもないが）、この喜三太ときたら逃げるどころか、武装して呼ばれるのを待っていたというのだから凄い。ではなぜ、大丈夫ですかー、かなんか言いながら私のところに走って来なかったかというと、下働き、という身分を弁えていたからで、下働きの分際で一人前の武者面をしてはいけない、という気遣いというか、遠慮というか、そうした気持ちが働いたからで、功名心にかられてなにかというと俺が俺がと前に出てきて、自己主張ばかりする奴が多い世の中で実に奥床しいというか、気持ちがいいというか、そのいじらしい心根が、寿永からこっち、嫌なことばかり続いて鬱屈していた私の心をいっとき和ませた。ルルル。さっき言ったことが本当になった。ルルル。ルルル。

で、私ぢかくにやってきた喜三太が南庭の沓脱石の後ろの土のうえに控えた。平伏のようなことをしていたように思うし、片膝を突いていたようにも思うがそこは記憶が定かではない。私は、「あー、君が喜三太君か」と声を掛けた。ところが喜三太は部屋から縁を隔てたさらにさきの庭先にいるし、敵は、わーわー、うるさいしで、声が届いた様子がない。

　そこでもう少し大きな声を出そうと、あー、と声を出してすぐにやめた。酒が残る頭にガンガン響いてやりきれなかったからである。そこで私が静に、もうちょっと近くに来るように言うように言ってくれないか、と言ったところ静はそう言うように言い、そう言われて言いに行った者が喜三太に多分そう言ったところ喜三太がその者になにか言って、その者がなにか言うのを聞いた静が私に言った。

「近くには来られないそうです」

「なぜですか」

「身分が下なので」

「確かにそうですがいまは緊急事態です。緊急事態法が適用されます。まったく問題ないので近くに来るように言ってください」

「了解です」

　と静は言い、緊急事態なれば直接的に、「殿は大声というものが大嫌いで大声を出すと死ぬかも知れないからもっと近くまで進みなさい」（そんなこと言ってないんだけど）と言った。にもかかわらず、まあ日頃、絶対に立ち入れない場所だから恐れ入ってしまうのだろう、半泣きみたいな顔をして沓脱石のところに蹲ったまま動かない。そこでしょうがない、頭に響くのを我慢して、「遠慮は遠慮で結構だし、奥床しいと思うけど、それって時と場合によるよね。時と場合によって遠慮はただ単にリスク回避っていうか、保身みたいな感じになるときってあるよね。例えば、組織を救う方法を知っているくせに、俺なんかこの席で発言する立場じゃない、と自分に言い聞かして発言しない、なんてのは単に批判を恐れているだけで忠義でも忠誠でもないよね」と聞こえよがしに言った。そこまで言われたらさすがの喜三太もそれ以上の遠慮はできない、意を決して縁先まで上がってきて平伏した。

いやしかしそれにつけても人間というものは、たとえどんなにお互いの身分が違っていても目と目を合わせて話をしなければ心は通じ合わない。ことにこういう戦争とかのときはそうだ。目を見て話して信頼関係を構築してからでないと、情け容赦なく矢、そして礫が飛んでくる戦場でともに戦うことはできない。なので私は喜三太に頭を上げるように言い、さっきの私の発言があるのでもはや躊躇うこともなく顔を上げた喜三太の目を見て、ルルル、ハートにパンチを食らった。

なぜというに、その目があまりにも真っ直ぐであったからである。そこにはなんの疑いもなく、なんの逡巡もなく、一片の邪心もみてとれない、黒々として、同時に澄みわたった眼差しだった。

そんな真っ直ぐな眼差しで喜三太は射るように私を見ていた。いや、射るとかそういった気持ちは喜三太にはなかっただろう、私が勝手に射られるように思っただけだ。私はそう、喜三太の眼差しに射られていた。そして、恥ずかしかった。

喜三太は自分の命を鳥の羽よりも軽いものとして、いや、自分というものを超越して私の前に控えていた。それに引き比べて私はどうだったか。どこまでも自分と自分の考えに拘泥し、自分を案じる部下につらくあたってこれをしりぞけ、敵の襲来を受けた。鬱屈する気持ちを酒の酔いで誤魔化して、その挙げ句、酒に飲まれて足下が覚束ず、装具すらまともに装着できないでいる。私は酔っていることを気取られないように目を逸らし、

「僕が装具をつけて武具の用意が調う間だけでいいんでちょっと繋いどいてもらえないかな。悪いね、夕方から風邪気味でなんだか、ぼう、としちゃって」

と、変な声で言った。

「もちろんです。ありがとうございます。逆に」

そう言って勇躍、庭に飛び降りた喜三太のそのときの出で立ちを私はいまも忘れない。喜三太は、前からこんなことがあったら着てやろう、と下郎ながら密かに準備していたのだろうか、大引両《おおひきりよう》といって、車両進入禁止の標識のような文様を染め出した直垂のうえに染めた革で逆三角形のステッチを施した鎧を着ていた。

手にしていたのは長刀だけで、あれ？　弓はどうするつもりかしら？　と思って見ていると喜三太が、

「あのすみませんが、手前側の部屋にどなたかの弓とかあったら借りてもいいですか

ね」

と言った。ルルル、歌いたいなあ、って言うか歌うなあ、喜三太は下働きだから弓を持っていないのだ。それをギリギリまで黙っていたのだ。

「ああ、いいとも。多分、いろいろあるからどれでも好きなのを持って行きなさい」

「ああざす」

そう言って急いで手前の部屋に駆け込み出てきた喜三太が手にする弓を見て私は驚愕した。なんでってそらそうだ、塗装しない白木のぶっとい四人張りといって四人がかりでようやっと弦を張る強弓、これとセットになった矢は通常は十二束といって大人の握り拳十二個分のところ、十四個分あるという十四束のかなり長い矢、そしてその羽根の部分が白い矢の先端近くには黒々と、「西塔《さいとう》の武蔵坊」と焼き印が捺してあるのであって、その弓はそう、あの、どう考えても人間とは思えない超人的なパワーを持つ、武蔵坊弁慶愛用の強弓で、そこらの凡庸の武者に扱えるシロモノではなかった。

ところがよりにもよって喜三太はそれを持って出てきたのであり、私は内心で、「ああ、素人というのは恐ろしいものだ。見た目だけであんな弓を選んでいる。早く装具をつけていってやらないとあいつ死ぬぞ」と思って見ていた。けれどもそれを見ている分、遅くなるし、それよりなにより、そもそも頭が痛く、吐き気とかもけっこうしていたのでなかなかつけられない、ああ、もう、駄目やんか、と、そう思ううちにも喜三太はいい恰好をして弓弦をビュンビュン鳴らしながら庭へ飛び降りる。

　その恰好だけ見ているとまるでいっぱしの武者のよう、というか、やる気だけは純《すみ》友《とも》？　気合いだけは将門《まさかど》？　という感じで、でも、それは見た目だけのことであり、いざ敵の前に出ると、びくとも動かぬ弓弦に、あれ？　あれ？　と焦り困惑し、半泣きになるうちに射殺されてしまうのだ。そうならぬうちに行ってやらんといかぬ、というので、ようやっと腹巻を頭からかぶる、その間に喜三太は庭を横切って門にいたり、閂《かんぬき》を外して門を外側に押し開く、その瞬間、月の光と、そして星の光が差し込んで、喜三太の被る兜のスタッズに反射してキラキラ光り、顔がその光に照明されて、この世のものとも思えず美しかった。

　なんて見惚れている分、時間が遅くなる、と慌てて肩紐を留めるのだけれども、どうしても喜三太が気になる、気になるからつい見てしまい、見ると手が疎かになり遅くなる、あかんことだなあ、静。ほんにあかんことですねぇ、と二人で見ていると、喜三太はまるで自分が一人前の武者にでもなったかのように片膝を突き、射撃の姿勢をとる。これに荒くれの郎党ども五、六騎が、グフフフフ、と笑いながら襲いかかる。ああ、あかんかったかー、酒を飲まなければよかったなあ、と後悔した、その瞬間、私は我と我が目を疑った。襲いかかった荒くれの郎党が矢にいられ落馬、数名は地面に落ちて蠢いていたが、二名は急所を射られたらしく、びくりとも動かなかったのである。

え、なになになに？　誰が射たの？　もしかして喜三太？　と思って見るに喜三太はその間もムチャクチャに、まるで現代の機関銃のような速度で矢を射ている。普通の人間が扱えるはずがない弁慶の弓を使いこなしているのである。それももしかしたら弁慶以上に。

私は装具をつける手を止めてこれに見入ってしまった。静もその部下もこれに見入っていた。

そしてまた驚いたのは喜三太の射撃の技術の素晴らしさで通常、武者というものは兜を被り腹巻を着けている。なぜこんな重いものをつけるかというと、刀槍や飛んでくる矢から我と我が身を防御するためである。だから矢で敵をつけ狙うときは頸のあたりを狙う。けれどもむざむざと射られないのは兜には錣《しころ》といって、矢を跳ね返すようなベラベラを取り付けてあるし、また武者は常に首を斜めに傾けて射手の側に無防備な首筋を曝さないようにしているし、さらに言うと馬上にいて常に動き回っているので、首筋を矢で射て致命傷を与えるのはけっこう難しく、大抵は太腿とか二の腕といった、そりゃあ刺されば痛いけれどもそれですぐにどうにかなるという訳ではないところにしか命中しない。ところが喜三太が射た矢は、なにこれ？　神業？　というくらいに正確に敵の喉元にヒットするのであり、まるで吸い込まれるような不可思議なその弾道は恰も現代における巡航ミサイルのごときであった。

しゅるしゅるしゅるしゅるしゅる、と矢が飛んでくる。武者は、うわっ、こっちくんな、と叫びながら逃げ惑う。しかしどんなに逃げても首を振っても伏せても矢は喉元目がけて飛んでくる。その軌跡がスローモーション映像のように見えるのは、その武者の死がもはや確定しているからだろうか。そして、ばすっ、と音がして喉に矢が刺さる。

武者はその音を身の内と外の両方から聞く。音と同時に熱いものがこみ上げてくる。げふっげふ、げぼほげぼげぼ、がっがっがっー、と喉から鼻から血液が噴出、白目を剝いて落馬、暫くの間はビクビク痙攣しているが、その時点で既に絶命している。

水を飲ませたり、鼻を撫でたり、マッサージやブラッシングも怠らず、可愛がって一緒に暮らしてきた愛馬が、なぜか興奮して後ろ足で立ち上がった後、白目を剝き、ヒヒーン、とか言いながら、死骸を踏んでどっかへ走って行き、武者の骨が砕けたり、腸がはみ出したりする。

そんな悲惨な武者死体が瞬間的に五つもできて土佐勢は怯え、逃げたいと思った。というと不思議に感じるだろう。なんでって、相手はたった一人、しかも騎兵ではなく歩兵で、馬に乗ったまま一斉に押し寄せて踏みつぶせば容易に制圧できるのだから。

けれどもその一瞬の間に喜三太の人間とは思えない射撃の技術によって間違いなく

何人かは死ぬ。下手をしたら三十人くらい死ぬかも知れない。

もし自分がその三十人のうちの一人になったとしたら自分はそのときどう思うだろうか。わーい、制圧できた、よかったなあ。と思うだろうか。思うわけがない。なぜならそのとき自分はもう既に死んでいるからである。ならば、残念だなあ、と思うかというとそれも思わない。なぜなら死ぬとなにも思えないからである。となると、取りあえずは逃げたい、なぜなら逃げた方が得だから。自分は世界にたったひとつの花だから。とその場にいる全員が思う。

将軍として大軍を指揮した立場で言うが、そうなるとまず戦争に勝てない。勝つ戦争をしようと思ったらその場にいる全員に前に出て攻めた方が得、と思わせなければならない。大将というのはそう思わせるためにいるようなものである。

そのためにはいま前に出たら手柄立てられんど。ほしたら後日、恩賞もらえんど。ええ女、抱けんど。と、いわばポジティヴに煽る、すなわち前に出たら得と思わせるのもひとつのやり方なら、一歩でも後ろに下がったら突き殺すど。その世界にたったひとつの鼻を切り落とすど、アホンダラ。とネガティヴに脅す、すなわち後ろに下がったら損と思わせるのもまたひとつのやり方である。

だから大将である正尊は本来であれば、どんなやり方でもよいから、前に出た方が得、後ろに下がったら損、というか死ぬ、という状況を演出する必要があった。それをそれぞれのレベルでどうコントロールして戦うか。戦場とはそんなところだった。

もちろん土佐坊もそれはわかっていた。わかっていたからこそ、自分が最前線に出ていたのである。つまり大将である自分が最前線に出て一番先に死ぬ覚悟でやってるからみんなも頑張ってね、という表向きの意味合いと、大将である自分が最前線に出るくらいに死ぬ心配のない戦争なのだからみんな前に出ようね、という裏の意味があったのであった。ところが、これまで見たこともないような喜三太の弓射能力に他のみんなと同じように根源的な恐怖を感じて、逃げたくなってしまった。そして実際の話、ちょっと逃げてしまった。

それを見てとった喜三太が、

「うわうわうわうわっ、ウソウソウソウソウソ、大将が逃げてるー。えええええええ？鎌倉殿の御名代として戦に臨んでるはずの土佐坊正尊ともあろうものが、一般の兵隊とおんなじようにびびって逃げてる。うわっ、こわこわこわっ。逆の意味で怖っ。そんなことで鎌倉殿御名代って言えんの？　マジい？」

と、わざとらしい大声、さも驚いた、という風に言った。これを聞いて正尊は焦った。

最高指揮官である自分が逃げていることを大声で指摘され、うっ、まずいと思った正尊は仕方ない、馬を返し、豪胆な指揮官、という体で、喜三太が片膝を突いて射撃の姿勢をとっている扉の陰の、ほんのすぐ近くまで馬を寄せて言った。

「いやいやいや、なかなかなか。ちょっと一瞬、馬が向こう向いてしまっただけですよ。戦場ではそんなこと普通でしょ。っていうか、お宅は今晩の戦の大将軍とお見受けいたしますが、よかったらお名前をお聞かせ願えないでしょうか。名乗りをしないで攻撃を仕掛けてくるのは戦時国際法違反ですよ。おっと、そういう私が名乗っておりませんね。かくいう私は、かの有名な熊野の豪族・鈴木党の一員で、土佐坊正尊。鎌倉殿の代理でやって参りました。よろしくお願いします」

かく慇懃無礼なのはもちろん一計を案じてのことで、こう言えば身分の低い喜三太は、鎌倉殿の御名代と下郎である自分が対等に戦うのはあり得ない、と自らを恥じて後ろに引き下がるに違いない、と踏んだのである。したところどうなったかというと狙い通り、律儀な喜三太は自らを恥じた。

はっきり言ってぼくは下郎。弓射や組み討ちには些かの自信があり、そこいらの武者には負けないが、歌とか詠んだことないし、器楽演奏もできない。美しい貴族の女なんて見たこともなく、近所のヤンキーのねぇちゃんとしか付き合ったことがない。もちろん武者にそうした教養は必要ないのだろうけれども、大将軍クラスの人っていうのは子供の頃からそうした教養が自然に身につく環境にいるのであり、つまりぼくとは人間としての品格が違う。クラスが違う。そんなふたりが対等に戦うなんてあり得ないことだ。というかあってはならないことだ。ぼくの父は民謡を歌いながらゴミを拾って食べていた。

すっかり自信を喪失した喜三太は弓から手を離し、両膝を突いて項垂れてしまった。

さてちょうどその頃、私がなにをしていたのかというと、ようやっと装具を付け終えたところだった。そのときの私の出で立ちがどんなだったかと言うと、漆黒の毛皮が美しい駿馬にゴールドの縁取りのある鞍を置いてこれに跨がり、赤を基調としたシルクのテキスタイルを羽織ったうえに、これもスカーレットの革のステッチのある鎧を重ね、兜の正面には鍬《くわ》のような形をした金属を、鉢にはゴールドのスタッズを打ちつけてあるのをかぶり、ケースにもグリップにもふんだんにゴールドを使った太刀を佩《は》き、矢は白地にブラックの斑がある鷲の羽を使ったもの、滋籐《しげどう》巻といって大将軍用の籐の蔓をいい感じに巻いた弓の真ん中を摑んでいるという、どう考えてもシブすぎる大将姿で、はっきり言って腰越のことがあってからずっと訳のわからない悲しみが頭の中に充満してなにもやる気が起こらず、人と会うのはもちろんのこと、命令書に署名したり、手紙の返事を書いたりするのも死ぬほど億劫で、とりあえず酒で誤魔化している、みたいなありさまだったのだけれども、着替えているうちに次第に気持ちが高揚してきて、大黒に跨がる頃には以前とまったく変わらない闘志が体中に充満していた。

私は庭の中央に進み出て、門扉の陰で項垂れる喜三太に声を掛けた。

「おい、喜三太」

したところ喜三太、「へい、なんでございましょうか。すんません。飯ですよねぇ。いま炊きますすで、ちょっとまっとくれやっしゃ」と卑屈な口調で言い、腰を屈めて奥へ行こうとする。武者の心を失い、下男の心になってしまっているのだ。まあそれもこいつ自身の謙虚な心根から出たことで仕方がなく、となれば私ひとりで戦うより他ないのだが、あれだけの武芸のスキルを持ちながら、あたら飯炊き風呂焚きに従事させるのは勿体ない、なんとかいま一度、武士としての性根を持ってくれないかと考えた私はあることをした。

なにをしたか。叱咤をしたのである。具体的にどうしたかというと喜三太に、

「馬鹿っ、元気を出せ」

と大声で言った。そして、「戦え」と言った。「戦わんと殺す。後ろから射つ」とも。

そしてその結果どうなったかというと、喜三太のなかの下男の心が霧消して、空いたスペースにどんな敵にも怯まずに立ち向かっていく獰悪・獰猛なファイターの魂が宿った。喜三太は充ちすぎるくらいに気合いに充ちていまや闘志の塊であった。

というのはけっして大袈裟なたとえ話ではなく、きわめて実際的な話で、例えば私

の経歴を考えて貰えればわかる話だが、私はかつて平家追討・追捕の大将軍として二十万の兵を率い、そのひとりびとりに気合いを注入してきた。なぜというに兵などというものはそうして常に気合いを入れていないと直にやる気をなくし、己が命大事と敵に背を向けて逃げ出してしまいがちだからである。

つまり私は二十万人に気合いを入れることのできる人間なのである。その私がたったひとりの人間に気合いを注入したのだ。どれくらい気合いが高まるかちょっと考えれば容易に想像がつくだろう。それはドーピングなどという生やさしいものではない。もちろん二十万人分の気合いを一人の人間に入れれば死んでしまうのでそれなりに調節はしているが、ひとつ間違えれば筋肉が焼け焦げ、気なんかも簡単にちがってくるほどの凄まじきものである。

という訳で私の叱咤によって下男から立ち直った喜三太はこごめていた腰をシャンと伸ばして、立ち、堂々と名乗りをした。そしてその名乗りには一筋ほどの嘘もなく、一点の曇りもなかった。喜三太は以下の如くに名乗った。

「俺はこの家の下郎です。気合いが入ってるんで今日は先陣やらせてもらってます。喜三太といいます。二十三歳です。どんな奴の挑戦でも受けるんで。やる気ある奴、出てこいよコノヤロー、根性ある奴、いねーのかよバカヤロー」

その喜三太が挑発するのを聞いて正尊はほっと安堵の息を吐いた。なんとなれば喜三太が自ら下郎と言ってくれたからで、これが名のある将軍であれば、ああ言われた以上、進み出て組み討ちしなければこっちが卑怯ということになるが、下郎であれば、対等でない、という言い訳が立つからである。正尊は、「下郎がなにを吐かすか。鎌倉殿御代官の私がおまえと組み討ちなんかするわけがないでしょ。考えたらわかることでしょ」と周囲にだけ聞こえるくらいの声で言ったうえで、まるで組み討ちをするかのような感じで喜三太の居る扉の方へ近づいていった。これを見た喜三太は、「ヤリイ、組み討ちできる」と喜んだ。なので当然だが喜三太は矢を射る体勢にない。その喜三太めがけて、なんちゅうことをするのであろうか卑怯にも正尊は突然に、ほんとうに突然にという感じで、ひょう、と矢を射かけた。鶴の羽を用いて作った殺傷能力の高い矢であった。

喜三太は驚いた。というのはそらそうだ、名乗りを上げた上で組み討ちをするはずがいきなり矢を射かけてきたのだから驚くに決まっている。「あっ」と声をあげたときにはもう遅い、猛烈な速度で飛んできた矢は、ばっすーん、と喜三太の左手に深々と、根元のところまで突き刺さった。

「痛いっ」

と喜三太は思わず絶叫したが、「……ことはないっ」と即座にこれを否定し、「ぜんぜんきいてないわ、ぼけっ」と言うと右手でこの矢を引き抜いて棄てた。致命傷ではないもののそうやって止血もしないものだから忽ち鮮血が噴出、喜三太は肩から腹にかけて真っ赤に染まった。己が血潮に染まり忿怒の形相で踏ん張って立つ喜三太はまったく鬼神であった。

喜三太は、「卑怯やぞ」と叫んだ。それに対して正尊は、「大将やあるまいし、下郎相手に卑怯もへったくれもあるかあ、アホンダラ」と言い、そして振り返って味方の軍勢に、

「いまやっ。いま儂が左手を使いもんにならんようにしたよってに、弓射かけられへんど。相手はひとりや。みなで、わー、いってフクロにしてもたらんかいっ」

と怒鳴って戦の一瞬の機会を逃さなかった。

正尊の兵隊はこれに呼応して、おおおおおっ、まるまげえええっ、とか言いながら騎馬で押し寄せてきた。それまでは喜三太が放つ、まるで機関銃のような矢に阻まれて門の近くに寄ることもできなかった。しかるにいまや喜三太は左手を深々と射貫かれて矢をつがえることもできない。

ああ、もうだめなのかな、と私は思いつつ馬上からこれを見ていた。そろそろ出撃かな、と思っていたのだ。したところ、どこまで気合いの入った武者なのだろうか、一対百のタイマン、それも相手は騎乗している。ということは戦うまでもなく馬に踏み殺され、蹴殺されるに決まっているのだが、まったく相手を恐れず、もはや用なし

となった弓をうち捨て、

「こんかい、滓どもがっ」

と怒鳴って大扉を外側へ押し開き、殺到する騎馬武者の前に大長刀のど真ん中を摑んで立ち塞がった。

「いてまえ」「へげたれがっ」

おめきながら馬の首を並べて突撃してくるところ、喜三太は、身体を横にしてこれを躱《かわ》し、まったくもってすごい男だ、馬上の武者を狙うのではなく馬の、首、胸のあたり、そしてまた前肢の膝とかをバスバス薙ぎ斬った。その結果、馬は痛がって暴れる。馬が暴れると武者は落馬する。不細工に。ずでーん、と。その落馬したところを喜三太は、こんだ、ずぶっ、と刺して、それが致命傷となって武者ども、次次と死んでいった。白目を剝いて。腸をはみ出させて。なかには苦しみのあまり嘔吐、脱糞する者もあった。甲高い声で喚き散らす者もあり、また低い呻き声も響いていた。

にもかかわらず次から次へと武者が押し寄せてきたのは後ろからは前の状況がよくわからなかったからで、門の外、正尊がいるあたりでは人が滞って、そこはそこで、

「うわっ、押すな押すな。見てわからんか？　前がつかえたあんね、前が」

「後ろから押してくんにゃからしゃないやんけ」

といった不毛な言い争いがあちこちで起きていた。

そして喜三太はそんな風に押し寄せてくる騎馬武者を次次と切り伏せ突き殺ししていたが、向こうは大勢、やっとの思いで三人殺したと思ったら、こんだ五人で押し寄せてくる。しょうがないから気力を振り絞ってその五人をようやっと突き殺したら、次には十人で突撃してくるという有り様でやってもやっても切りがない。終わりが見えない。そうこうするうちにも血は流れ続け、全身が血でヌルヌルするようで動きが鈍くなってきているのが自分でもわかる。また、血と汗が目に入って前がほとんど見えなくなって半ばは勘で大長刀を振り回している、みたいな状態になって、「あかん、このままではやられてしまう」と思うにいたり、ついに邸内の私の方に向かって走ってきた。

というと、「なーんだ。強いとか、すごい武者とか言いながら結局、やられて逃げてんじゃん。たいしたことねぇのな」「やっぱ、燕人張飛《えんぴとちょうひ》と比べるとぜんぜんだよね」などいって根拠不明の高みからこれを批判する人がいるかもしれないが、私は断言する。そんなことはない。喜三太は間違いなく二十年に一人出るか出ないかの武人だった。あり得ないくらい数多くの武者を間近で見てきた私が言うのだから間違いない。っていうか、そういう奴を例えば喜三太の前に一対一でもよいから立たせてみたらどうなるだろう。おそらく、「暴力はやめろ」とか、「話し合いで解決しろ」とか言うのだろう。或いは、喜三太が全身から発散する暴力の気配に圧倒されて立っていられなくなり、お気に入りのデニムに小便を垂れ流しながら膝から崩れ落ち、一瞬で殴り殺されてその後、話題にもならず忘れられるのが関の山だ。

と、まあそれはよいとして、とにかくそういう訳で、喜三太は庭のど真ンで大黒に騎乗して督戦する私のところまで退却してきた。近くで見ると思ったより重傷で、大黒の鼻を持ってようやっと立ち、肩で息をする体たらくで、大黒は非常に迷惑そうな、嫌そうな顔をしていた。私は、その大黒の目の下をポンポン叩き、「まあ、そう言うな」と宥めてから喜三太に、「けっこうあれですか、重傷な感じですか」と問うた。したところ、喜三太は、「ええ、そうですね、割とやられた感ありますね」と強気なのか弱気なのか判然としないような答え方をして、注入した気合いもなくなってしまったのか、と思ったので、「じゃあ、後ろに下がってたらいいじゃない。後は私が代わりましょう」と言い渡した。ところが喜三太が惘然《もうぜん》として下がらない。その間も敵は間合いをつめてくる。早く下がらないと死ぬので重ねて、「早く下がりなさい。死にますよ」と言うと喜三太は言った。

「戦で怪我すんのって格好いいじゃないですか。戦で死ぬのあたりまえじゃないですか。大将、俺、最初から死ぬ気っすよ」

私は呆れ果てて、「じゃあ、好きにしなさい」と言い、また、少しばかり気合いを注入してやった。そのとき私は、こいつと自分さえいれば絶対に負けない。私もこいつも死なない。誰も死なない。殺させない。ただ一方的にこっちが殺すだけ。と思っていた。

さあ、それで私が門の外に出撃していったかというと当然、そんな阿呆なことはしない。というのは当たり前の話だ。たった一騎で大勢が待ち受ける門外に討って出るよりは、門内で待ち受ける方がよいに決まっている。戦争というものはそうして当たり前の判断ができる者が勝つ。にもかかわらず多くの人がともすれば当たり前じゃない判断をしてしまいがちなのは、あちこちで人がバンバン死ぬという当たり前じゃない光景を目の当たりにして、こんな当たり前じゃないときに当たり前のことをしていたら負けるのが当たり前だと当たり前に思ってしまうからである。なので、上司とかそういう立場の人が当たり前じゃないことをやり始め、異議や疑義を唱える者に、「なにを言う。いまは非常時だぞ。そんな当たり前のことを言っている場合か」なんていいだした場合は、諸共に滅んでしまう可能性が高いのでその上司を殺すか、それが無理ならそっと戦線を離脱した方がよい。

ただしひとつだけ注意しなければならないのは、そのときの自分の判断の方が当たり前じゃなくなってしまっているかも知れない、という点で、自分が当たり前じゃなくなってしまっていると、当たり前のことをやっている人が気がおかしい人に見えてしまう。その場合は自分の方が、急に異常なことを言い出した挙げ句に錯乱して上司をぶち殺そうとした人、になってしまうので、その点だけはくれぐれも注意して欲しい。どう考えてもこれが当たり前でしょう、と一点の曇りもなく思うときほど立ち止まって自分の正気を疑うべきなのである。

って私はなにを言っているのだったっけ、って、そう、私はそのとき徒《いたずら》に奇智奇略をめぐらすのではなくもっとも当たり前の戦術を選んだ、ということを言っているのだった。

そしてそれは私が例の抑鬱状態から完全に脱却したことの証左でもあった。つい先程までの状態ならば私は、「殺したいんやったら、殺したらええやないか、あほんだら。おまえらこそ皆殺しじゃ、ちゅうねん」などおらびながら門外に突撃し、もちろん六韜を心得ている私のことだから、空中を高速移動、謎の飛翔体と化して喜三太の百倍の速さで矢を射かけて皆殺しにはしただろうが、病みあがりで酒も入っていたから、殺されるということはないにせよ、多少は斬られたり突かれたりして腕の一本、脚の一本も失っていた可能性がないとは言えなかった。けれどもいまは違う。久しぶりの戦場の空気が私を蘇らせた。私は全身に気力を漲らせ、大黒に打ちまたがって門外の敵をねめつけていた。

そしてその傍らには血みどろの鬼神・喜三太が控えている。松の木も生えている。

松の木は関係がない。

戦場は束の間静まりかえった。

もはや、その圧倒的な強さが早くも伝説と化しつつあった義経を実際に見て気迫に飲まれて動くことも声を出すこともできなくなってしまったのだ。

しーん。静まりかえる戦場に真白な月光が降り注いでいた。

とそのときである。背後の縁先で物音がするので振り返ると、ぬかった、ぬかりまくった。はっきりいってこういうときは大手から攻めると同時に搦め手から攻めるのが普通で、私自身、何十回となくその戦法を用いたというか、はっきりいって私自身、大手から攻め入ったことがほとんどない。大体は搦め手から攻めた。

だから本来であれば喜三太が戦っている間、急いで搦め手に行き、そこにいる奴らを急いで殲滅し、それから表に戻ってくるべきだったのだ。ところが腰越以来のボケでそのことについてまったく考えていなかった。

こういうことを指して、当たり前を疑え、と私は言っているのだが、もちろんそのときはそんな余裕はない、喜三太に、「とにかくこの場をつないでおいてください」と言って手綱を引き、大黒の馬首をめぐらせて縁側を見ると、バケモノのようにでかい武装した法師が、ヌウ、と立っている。

なるほど。たった一名か。しかし、まだ後ろに十人かそこいらはいるだろう。しかしいかにも強そうなこいつを取りあえず殺せばあとの奴は怯えて逃げていくはず。咄嗟にそう判断した私は矢をつがえて引き絞り、その首のあたりに狙いを定めたうえで、

「おい、そこの坊主。名乗りをあげなさい。名乗らないと死に損ですよ」と言った。とそう言えば戦場の常として普通は名前を名乗る。なんとなればそうして名前を内外にアッピールしておけば、誰かがこれを記憶して後日の証拠となり報酬を受け取ることができるし、最悪、死んだとしても家族が土地や金を貰えるからである。ところがこれを言わなかった場合、たとえ怪我をしたとしても、それが戦場で受けた傷であることを証明できないのでなにも貰えない。

なので大抵は聞かれてもいないのに名乗る。また逆に名乗りを聞かないでいきなり射殺するなどしたら今度は射殺した方が、「なんなんだよ、あいつ」と批判される。そのあたりの機微をうまく利用して正尊は喜三太を射殺しようとしたのだし、私は、その法師に名乗る機会をきちんと与えたのだ。

にもかかわらず法師は名乗らない。名乗らないで縁をズンズン進んでくる。こっちが気を遣い名乗る機会を与えてやったのに名乗らないのならやむを得ない。射殺しよう、と矢を放たんとして、なんだか嫌になってやめた。

一応、もし外した場合、こいつは一気に肉薄してくるし、そうなるとこの坊主の後ろで様子を見守っている連中も、前面でいまは私の存在感に圧倒されて攻撃を躊躇っている奴も、いまやっ、と一気に攻めかかってきて、そうなると面倒くさいな、と思ったことは思った。けれども私のなかに、そういうんじゃない、なんか嫌だな、なんか矢を放ちたくないな、という気持ちが生まれて、と同時にそういう生半可な気持ちで射つと絶対に当たらない、かならず外す、という考えも生じ、私は引き絞った弓を元に戻して矢をケースにしまった。

といって、でも、殺さないわけにはいかない。というか確実に殺さなければならない。そこで私は太刀を用いることにした。これなら間違いがない。ひとりとひとりの太刀での闘いで私が負けるということはあり得ない。なんでって、そらそうだ、ぶらー、っと行って、ぱっ、と空中に飛んで脳天を突き刺せばそれでよいのだから。

そう考えて私は太刀を、ずらっ、と抜いた。その際、鞘の装飾金具が、からっ、と鳴った。私はよい音だと思った。さほどに戦場は静かだった。月が松や大黒を青く照明していた。

さあ、斬ろう。そう思ったとき、またひとつある嫌な思いが脳裏に浮かんだ。それは、「もしこいつが喜三太のごとき下郎だったら後々、まずいことになるのではないか」という疑念であった。

どういうことかというと、なにをやっても、どれだけ結果を出しても、後になって横からグチグチ文句を言う奴が必ず出てくるということで、この場合も、「いやー、相手が名乗らないということは喜三太と同様、下郎、ということは容易に推測できるでしょう。なんで、って当たり前じゃないですか。ついさっき目の前で同じことが起きたじゃないですか。それで正尊は組み討ちを避けて、射撃に切り替えた。ってところが義経は逆のことをした。すなわち下郎とわかって一対一の勝負をした。っていうことがなにを意味するか、みなさんおわかりですか。つまり武将としての器量、品格において義経は正尊よりはるかに下、ってことになるんですよ」

なんてことを真顔で言う痴れ者が出てくるに決まっているのである。そういう奴に限って、「じゃあ君、そのとき現場にいたのか」と問うと、「現場には、いませんでした」「現場には、って、じゃあ、どこにいたの」「越ヶ谷で回転寿司食べてました」「関係あらへんやないかいっ」てなことになる。

そのような事態を防止するためにも、私は念のため、もう一度、

「君はいまから死ぬんだ。誰ともわからないまま戦死したら死に損だ。もし君が名のあるものなら名乗りたまえ。下郎なら正直に下郎と言いたまえ。そうなんだったら、また別の殺し方をするから」

と情理を尽くして説得したところ、法師は、「わかりました。そこまでおっしゃる

のであれば名乗りをいたしましょう」と言うと居住まいを正し、

「さっ。という訳で自己紹介をさせていただく訳ですが、後ろの方、聞こえますかねえ、おーい、聞こえるかー。ヘイ、ホイ、チェックチェック、ワントゥー、ワントゥー、チェック、チェック、ワントゥー、ヘイッ、フウッ。って、あの、もし聞こえにくいようでしたら前の方に来てくださいね。あ、ほんで近くの、そうそこにいる人、もうちょっと、もうちょっと前の方に詰めてもらえます？　その方が後ろの人、前に出てきやすいんで。あと、その方が、よう見えるでしょ。じゃあ、ぼちぼち始めさしてもらいますけど、さあ、こいつ、こんな坊主の恰好しとるけど、どこの馬の骨やねん、どうせどっかこの辺の貧乏タレの子ぉやと思てるんでしょうねぇ。いやいやいやいやいやいや、思てますて。なんでてさっきからそんな顔してますもん、どうせ下郎やろ、みたいな。図星でしょ。でも違います。実は僕、こうみえてけっこうええとこの子ぉなんです……」

　と、名乗り始めたが途中から私は呆れ果てていた。なぜか。近くに来い、というから少し前に出て、それからすぐに気がついたのだが、この法師こそたれあろう、武蔵坊弁慶その人であったからである。もちろん弁慶も私がわかったことがわかったはずである。だったら、その時点で謝ってやめればよいのだが、なおもまじめくさって、「天児屋根命《あめのこやねのみこと》の苗裔《びょうえい》、熊野別当弁聖《べんしょう》が嫡子、西塔武蔵坊弁慶と申すはそれがし。判官殿の御内にて一騎当千と恐れられたつはものでござりまする」などいって白目を剝いて見得を切っている。

私は弁慶に言った。

「あのー、射殺してもいいかな」

「ええ、御主君がお手討ちになさるというのであれば本望ですが、なんででしょうか」

「いや、あの、なにから説明したらいいのかわからんのだけれどね、とりあえずいまは、ふざけてる場合じゃないと思うんですよお」

「あ、まあ、それはそうですね」

「っていうかね、さっき、マジで射殺してしまうところだったんですよ。いったい、なんのつもりなんですか」

「あ、それは大丈夫っす。このアーマー、むっちゃ硬いんで」

「あ、そうなの？　なんか将軍用じゃなくて兵隊用の安いやつみたいだけど」

「そうなんですよ。実際、安いやつなんですよ。ところがね、この横の金具ね、むっちゃ強いんですよ。実際の話、大将用の高いやつ、ってほら、色とかテクスチャーはむっちゃええけど、実際の強さって大したことないっていうか、逆に弱かったりするじゃないですかあ？　といって本当の安物だったらもちろん弱いっていうか、走っただけでバラバラになったりするでしょ。ところがこれはそんなことなくて、値段はそこそこで、でもむっちゃ強い、普通の矢ァやったら大体、跳ね返すんですよ、コスパ、むっちゃ、ええっていうか」

「そういう話じゃないんだよ。いまさら私に名乗ってどうすんだ、っってんだよ」

「申し訳ありませんでした。しかしお言葉を返すようで申し訳ないのですが、名乗れというご命令なので名乗らないわけにいきませんよね、けど、この機会を逃すと、名乗る機会がその後にはもうないような気がして、そうすると命令に背くことになって、そういう命令違反のようなことは、子供のとき親に捨てられたからですかねぇ、私、性格的にどうしてもできなくて、だから意味ないなー、と思いながら名乗りをあげたのかなあ。お宅、どう思われますぅ?」

「知らん。っていうか、君、いつまでふざけてるんだ。もう、敵、そこまで来てるんですけど、はっきり言って」

　私がそう言うと弁慶は、

「だから申し上げたじゃないですか。それを聞かないで、帰れ、とかいうからこんなことになるんですよ」

　と初めてまともなことを言った。

これは後に弁慶本人から聞いた話だが、私が静にたたき起こされている頃、弁慶は自宅で就眠しようとしていたらしい。というのは、このところ疲れが溜まっていて、普段、意識しないで持ち歩いている蛇矛などが重く感じられ、まあしかし、なにもない日なら、なんとなくその日をやり過ごすのだけれども、明日か明後日には間違いなく土佐坊正尊が攻めてくるに決まっていて、そのときに備えて体調を万全に整えておかなければならない、とこう考えたからである。

ところがなかなか眠れなかった。というのは、私との諍いというわけではないが、なにかこう気まずい感じというか、私が非常に怒っているのではないか、とくよくよ気に病んでいたからだった。

弁慶は思った。もちろん悪気はなかった。けれども考えてみれば、御主君は腰越で命懸けの起請文を書いた。いやさ、あの起請文は御主君にとっては生命そのものであったのだ。もちろんそれを知らなかったわけではなく御主君の気持ちは痛いほどわかっているつもりだったし、御主君が提出した起請文が無意味だなんてあのときもいまも思っていない。だから僕が、起請文なんて意味ねぇじゃん、といったその起請文というのはあくまでも土佐坊が出した起請文のことであって御主君の起請文ではない。つまり僕は起請文という形式に意味があるのではなく、その中味・内容にこそが意味がある、つまり、内容がいい加減ならたとえ起請という形式をとったとしても意味はないし、内容が真正だったら別にそこらのチラシの裏とかに書いてもいい、というようなことを言いたかったんだけれども、それが御主君には伝わらなかった。って、え？でも本当にそうなのだろうか？　伝わらなかったのだろうか。って、いま急に思ったんだけど、伝わらなかったから怒ったんじゃなくて、伝わったから怒ったんじゃねぇの？　つまり、御主君は内容よりもなによりもまず起請という形式が先にあって、その起請という形式が空疎な内容に神罰という実質を与えるのであって、心がこもっていようがいまいが起請文を提出した瞬間、それは神仏との約束となり、それが現世では虚偽であっても提出すれば間違いのない真実と化す、それが起請することのもっとも重要な意味であり、本質である、と考えていた。ところが僕はそれを真っ向から否定しちゃったわけで、それは怒るのは当然だ。っていうか僕は、さっき帰れ、って言われたけど、明日、行ったら、「もう一生、来んでええ」って言われるのだろうか。って、あああああっ、もう、なんか、もうなんか考えが、なんかどんどんネガティヴになっていく。っていうか、大体において僕はこんな、起請文の形式と内容について、みたいなまるで伊勢三郎みたいな理屈っぽいことを考える人間じゃなくて、どちらかというと、どんなことでも暴力で解決するようなさっぱりした人間なのに、今夜はなぜかネガティヴな方へネガティヴな方へと考えが傾いていって、ぜんぜん眠れない。ならばどうすればいい？　「そうだ。あれをやろう」

と寝床でつらつら考えていた弁慶、最後は口に出して言うと、がば、と起き上がり、走り元に下りた。

走り元に降りると天窓から月の光が差し込んで、へっついや流しや水壺を青く照らしていた。るほほ、ええかんじや。と弁慶はほくそ笑んだが、それは機嫌がよいから浮かんだ笑みではなく、これからやろうとしていることにとって都合がよい、と思って、つい浮かんだ笑みであった。

弁慶は流しの上の棚、普通の主婦とかだと伸び上がり手を伸ばすところ、屈み込んで、置いてあった桶を手にとった。

この桶に水壺の水を張り、こぼさぬよう留意しつつ天窓の真下にそっと置き、自らもつくもってこれをのぞきこんだ。

ゆらゆら揺れる水面に弁慶の顔が映っていた。弁慶は、「ぶっひゃー、やはり不細工だ。しかし、今日はどんな具合に不細工なのだろうか」と呟いた。これこそが弁慶が、ここぞ、というときに行うている「不細工占い」であった。どういう風にしてするかというと、いまも言うように水鏡を用意する。これはいまやったように桶に張った水でもよいし、美しい湖水でもよいし、そこいらにできた水たまりでもなんでもよい。要するに顔が映りさえすればなんでもよいのである。

そしてこれをのぞき込む。そこには武蔵坊弁慶の不細工な顔が映っているのだが、水鏡なので当然ユラユラと揺れている。それを凝視していると顔の造りが千変万化、一瞬も休まず様々に変化しているように弁慶には見えた。

あるときには実際以上に不細工に。あるときは少しマシな感じに。あるときは見たこともない変なおっさんに。或いは、おばはんに。弁慶はこれを見て何時間も飽きることがなかった。そう、最初、弁慶はこれを占いではなく、眠れぬ深夜の純然たる遊びとして行うていたのである。

ところが不思議なことに気がついた。そうして片時も休まず揺れて変化する面貌が、スウーッ、と固着して動かなくなるときがあるのである。そのときそこに映っているのは大抵が通常の不細工な弁慶であったが、実際よりも男前に映っている場合と、実際よりも不細工に映っている場合があった。

これを見た弁慶は、不思議なものだなあ。こちらの精神状態が影響しているのかなあ、なんて思いながら水鏡に見入っていたが、やがてその現象と弁慶の現実の生活との間に関係があることがわかった。

どういうことかというと、水鏡に映って固着した顔が比較的、よい顔であった場合は翌日、必ずといってよいほど弁慶の身の上に善きことが起こった。人に暴力をふるって楽しい思いをすることができたり、ムカつく奴の家に火をつけたところ思ったよりもよく燃えてキレーな白灰になったり、菊門関係で楽しい思いをすることができるなどしたのである。

ところが、どちらかというと不細工に映った場合、翌日、必ずといってよいほど嫌な目、すなわち政治的な判断を誤って権力者に嫌味を言われたり、犬の糞を踏んだり、自分の悪評を耳にして落ち込んだり、美しい稚児にキモブタと言われるなんて目に遭った。

そのことに気がついてから弁慶はこれを、「不細工占い」と名付け、ここ一番の判断をしなければならないときは必ずこれを用いた。その的中率は九割を超えていたという。

という訳で私の勘気を蒙ったのではないか、自分は解雇されるのではないか、と恐れた弁慶はあの夜も「不細工占い」を行うたのである。

さあ、その結果はどうだっただろうか。

弁慶は揺曳する小桶の水面に映る己の不細工な顔面を暫くの間、じっと見つめていたが、やがて、「あっ」と声を挙げ、そして、「こ、これは……」と呻くように言った。

さて、小桶にはどんな顔が映っていたのだろうか。

桶の水面には見たこともないような美男が映っていた。

不細工占いのセオリーではこれは当然、吉兆である。しかし弁慶は喜ばなかった。

なぜなら美男といってその美男の美男ぶりが度を超していたからである。弁慶は思った。

もしこんな美男が現実の世の中に存在したらどうなるだろうか、という問いは例えば八幡大菩薩や大日如来が普通にそこらを歩いていて、居酒屋チェーン店に入って焼酎湯割りを注文したり、自動車教習所に通ったり、レンタルＤＶＤ店に参って会員証を作るなどしたらどうなるか、という問いに等しい。つまり世の中の秩序というものが保てなくなる。なぜなら人の世は、こんなに美しいものが現実に存在するということを想定していないからだ。愛と憎しみの全体量が一瞬で増加して爆発する。戦乱、飢饉と同じくらいに人が死ぬ。餓える。つまりこの美しさは人の世にあってはならない美しさ。

そんなものが宿所の走り元の小桶の上に現出したのだから、なにか途轍もないことが周囲に起こっている、というのがなにかというと、勿論、御主君の命が危ないということで、こんなことをしている場合ではない。

そのように考えた弁慶はただちに戦支度を整え、私の邸宅に駆けつけたのだった。そしてその中途、弁慶の顔面には喜色が漲って、先程までの心配・不安の影が拭い去ったように消えていた。

急場に駆けつけ、その苦難を救えば勘気は許されると考えたからである。だから弁慶はあんな風にテンションが高く冗談を飛ばしてヘラヘラしていたわけだが、私とてあの状況でいつまでも怒っているわけにもいかず、また、私も久しぶりの戦争でテンションが高まっていたので自然とこれを許す形となって、弁慶が、だから言ったじゃん、みたいなことを言っても、「まあ、そう言うな」と言ってこっちもヘラヘラしていたのだった。

と言うと、「百対三でよくヘラヘラしてられますのねぇ。もしかしてお宅らアホなんですか」と言う人があるかと思うが、申し訳ない、私がちゃんとしているというか、二日酔いとか病気とか、あと落ち込みとかそういうのがなければ百対一でも楽勝で、実際の話、自慢になるからあまり言いたくないのだが一ノ谷とかもはっきり言ってそんな感じだったし、そのうえ、弁慶が居るとなったらもう、笑いながら戦争しても勝つナー。って感じで、冗談とかもそれは当然言う、っていうか、そんな感じだった。

そのうえ怪我をしているとはいえ喜三太もいる訳で、私はさらに弁慶に言った。

「それとねぇ、君は私ひとりだと思っているかも知れないが、喜三太というのがいてね」

「知らないんですけど」

「いえ、私も知らなかったのですが、も、これが意外に凄い。さすがに君と同等とはいかないまでも殆ど君と同等というくらいの闘いをする」

と言った瞬間、それまで上機嫌だった弁慶の顔色が変わって、「へー、そうなんだ。じゃあ、来ない方がよかったのかな、あたし」と口を尖らせて俯き、両手を腰の後ろで組んで、爪先で地面をホジホジするなどし始めた。私は心の底から、めんどくせっ、と思ったがいま拗ねられては困るのでこれを宥めるべく言った。

「いやいやいやいやいや、それはもう単なる、なんていうんですか、武芸、っていうね、まあ言わば練習すればアホでもできる、まままま、アホっていうと語弊ありますけど、まあいわば肉体だけのことでね、どこまでいっても兵隊の延長に過ぎない。つまりなにが言いたいかというと大将軍として指揮するにたるだけの資質というか品格というかそういうものがまったくない。それに比べて御辺《ごへん》はというと、やはり生まれなんでしょうね、或いはまた、比叡山で学んだというのも大きいんでしょうけど、将軍にふさわしい稟質《ひんしつ》がやはり備わっている。備わりまくっている」

「えええええええ？　そうなんですかあ？　でも、あたし、不細工だし……。その喜三太さんって、この人？　わあ、すごい綺麗な人」

私は政治的人間ではなく、そのせいで度外れた結果を残したのにもかかわらず、最終的にはああしたことになってしまったのだが、しかし、「ああ、その通りだ」と言わない程度の政治性はこの時点において備えていた。私は弁慶に言った。

「まあ、人によってはそう言うかも知れないが、少なくとも私はこの手の顔立ちは好みではないな」

「あ、そうなんだ」

と弁慶は気のない様子を装って言ったが、鉄砕棒を振り回して舞踊のようなことをするなどして機嫌が直ったことは明らかだった。そこで私は言った。

「っていうか、いま戦争中なんですよね。早く敵を殺さないとこっちがやられる状態なんです。なのであなた、さっさと大将軍として全軍を指揮してください」

「ですよね。わかった。じゃあ指揮するね。ええっと、君ね、喜三太君ね、じゃあ僕が将軍で君が実戦部隊ということでお願いしますがね、作戦本部としてはもう少し兵力が欲しい。もちろん君の実力を疑うわけじゃないよ、ただ、君も怪我をしているようだし、こういう場合、想定外のことも起こりうるからね。そこで、だ。とりあえずの敵は僕が防ぐから、君、声、大きいかな？　そうだろう、君みたいな男前はだいたい声が大きいんだよ、って嘘嘘。僕、不細工だけど声大きいの。たはは、って、ま、それはいいとして声、大きいんだったらね、櫓《やぐら》に登って、六条室町の義経亭に暴虐なる土佐坊正尊一味が攻めかかってきて、現在、弁慶とその部下が応戦しています。京都在住の兵の全員、武装して応援に来てください、と言ってもらいたいのだが、君にそれができるか」

「了解っす。『レジ応援お願いします』ってやつですよね」

「違うけどそうだ」

「押忍っ」

気合いを入れた喜三太は二、三歩行って立ち止まり、振り返ると馬上の私を見上げ、

「御大将、俺の顔、嫌いなんすか」

と言うと私の返事を待たずに櫓の方へ駆けていった。私は面倒くさくて死にそうだった。


櫓に登った喜三太は絶叫した。

「みなさーん。えらいことが起こっています。たいへんなことです。弁慶が不細工なんです。って、嘘嘘。そうじゃなくて、マジでえらいことです。六条殿に反乱軍が押し寄せました。現在応戦中ですが大変、混雑しております。レジ応援、お願いします。じゃなくて、現在、鎮圧されつつあります。京都在住の武士の方は完全武装のうえ、お集まりください。なお、来られなかった方は反乱軍に味方したものとみなし、明朝、反乱鎮圧後に、一族皆殺しのうえ、生ゴミと一緒に鴨川に捨てますのでご注意くださ い。繰り返します。六条殿に反乱軍が押し寄せました。現在、鎮圧されつつあります が、念のため、京都在住の武士は残らず集合してください。来なかった方は明日、殺

します」

　この京都中に響き渡った絶叫を聞いた武士は当然の如くに慌てふためき、

「マジですか。それはえらいことだ。とにかく行こう。おい、私は出掛けるからね。武具の用意をしてくれたまえ」

「あい。用意しました。装着なさいませ」

「うむ。けれども」

「けれども、なんですか」

「確か焼き魚が半分残っていたでしょう。あれでご飯を食べてから行こうかな。悪いけど、ご飯よそってくれる？」

「はよ、行け、ダボ」

　といった会話を交わして宿所を飛び出たし、武士だけではなく一般市民も義経によってやっと回復された治安が再び乱れるのが嫌で嫌でたまらなく、それを考えると鬱病になりそうだったので、その陰気な感じを払拭しようとして、そしてまた賊徒が逃げてくるのを防止するために、角角辻辻に灯りをともしたので洛中から白川にかけて真昼のように明るくなった。その町中を武装した人馬が駆ける。それに興奮した若い者が、きいいいいいっ、と叫んだり、「たたかーいは、なにーもかえやしなーい」などと琵琶を抱えて大声で反戦歌を弾き語りする者も現れ、市中はとんでもない騒ぎになった。

　さあ、驚いたのは正尊たちで夜陰に乗じて押しかけてこっそり討ってしまおうと思っていたのがこんな騒ぎになってしまい、しかも騒ぎは喜三太の広報によって拡大しつつある。正尊は慌てて言った。

「と、とにかく、あれを、あの櫓のスピーカーをとめろ」

「了解です」

　承って武士たちは一斉に矢を放つ。喜三太は雨霰《あめあられ》と飛んでくる矢を屈んで躱しながらなおも絶叫する。そしてまた、全軍の攻撃が櫓に集中するということは大手すなわち正面への攻撃が一時やむということで、この瞬間を逃すような弁慶ではない、ここが戦の勘所と瞬時に悟って、

「みなさん。義経軍中にその人ありと言われた西塔の武蔵坊弁慶ちゃんがただいまより皆さんを殺して差し上げまちゅ。そこを動かないでくだしゃいね」

　と、世にも恐ろしい嗄れた胴声で可愛い喋り方という荒業を使いつつ、六尺を超える長さの鉄砕棒を振り回しながら敵中へ乱入していって、正尊軍のみんなはもの凄く嫌な気持ちになったというか、それだけならばまだしも、実際に鉄砕棒が頭に当たって多くの貴重な人命が失われた。「痛いっ」と叫んだかと思ったら次の瞬間、その方は絶命していた。頭から脳がはみ出ていた。その脳はもはやなにも考えることができ

ないのだろうか。

つい先日のことなのにもはやその強さが伝説と化している私がいて、そのうえさらに弁慶まで現れ、実際に目の前で人が死んでいる。と、こうなると、もはやどんな強い武者も一般人と同じように臆病風に吹かれる、というか逆に戦場の恐ろしさを熟知している分、一般人とは比べものにならないくらい深甚な恐怖を感じる。なので正尊が、「あかんあかん、下がったらあかん。出れ、生き延びたかったら前に出れ」と声を嗄らしてさけんだところでそんなもの聞いちゃあいない、全員が我一人と弁慶に背を向けて逃げ始めた。

これまでこちらを向いていたものが向こうを向くということは後ろを向く、背を見せる、ということでこれは戦場においてもっともやってはならないことである。なぜというにどつき回す方からすればこれほどどつき回しやすい姿勢はないからで弁慶は大喜びで、「やったー♡」と可愛く言って鉄砕棒でみんなの頭脳を破壊、その様は悪童がスイカ畑に入りごみ、手当たり次第にスイカを叩きわって遊んでいるが如くであった。

「ひぃいいいいいっ」

「いたいいいいいいっ」

「こわいいいいいいいいいいっ」

正尊軍の兵士たちは数において自分たちが圧倒的優位にあることを忘れて逃げ惑った。

それへさして自分に向かって飛んでくる矢がなくなったのをよいことに喜三太が、「みなさーん、六条殿に集合してさーい。敵は逃げ始めました。早く来ないと手柄が立てられませんよー」と広報活動を続けつつも、矢を射かけ、なんせ強弓なうえにコントロールが凄いので、ずぼっ、と首筋を射貫かれてものも言わずに転がる者も続出、馬も殴られたり射られたりして機嫌が悪いというかもう完全に切れていて、「自分たちは馬上で斬り結ぶ勇壮な武者を乗せていることにこそプライドを感じているし、自分自身も楽しいのに、なんですかこの体たらくは。せっまいところに屯《たむろ》するばかりでいつまで経ってもびびって攻撃しないし、やっと戦争が始まったと思ったら半泣きで逃げている。こんな武者とも言えぬ武者もどきのデクノボーを乗せる筋合いはない。私は御牧《みまき》育ちだ。なめるな」と言っているような顔をして、嘶《いなな》きながら棒立ちになって持ち主を振り落とし、いずくかへ走りさった。そして振り落とされて倒れたところ、それらの馬に散々に踏まれて粉砕骨折して塩辛みたいな感じになる者も少なくなく、門前はよりいっそう凄惨なことになった。

となれば頼りになるのは自分の二本の足ばかり、可能な限りこれを速く動かして暗いところへ暗いところを目指して逃げるより他ない、という訳で自分自身を情けなく思う間もなく武者たちは角角辻辻を、それぞれの判断で右に曲がり左に曲がりして逃げようとしたが、なんということであろうか、喜三太の呼びかけに応じた京中の武者が、角角辻辻を右に曲がり左に曲がりして参集してきていたため下手をしたら一度も角を曲がらぬうちにこれに遭遇、やべっ、といってしかし戻ったらすぐ背後にあの恐ろしい弁慶ちゃんがヌウと立っているような気がして戻れないし、というのでほぼ全軍が六条室町亭周辺に追い詰められ二進《にっち》も三進《さっち》もいかなくなり、もはや戦意は皆無なところへ片岡の八郎がやってきて逃げ惑う正尊の軍勢のなかに突入して既に半泣きで、「やめてください、やめてください」と懇願している武者に、「天知茂」と言うなどしながら膝から下を切り落とし、抵抗できなくしておいてからゆっくりとどめを刺し、最終的にはその首を切断、血抜きをしてから紐で括って腰にぶら下げた。

というといまどきのナイーブな人のなかにはなんでそんな残虐なことをするのだ、おまえはサヂストかっ。と激昂して食欲がなくなったり鬱になったりして、おまえのせいでこうなったと訴える人があったり、或いは、そんなことをしたら戦時国際法に違犯するのではないか、と心配してくださる方があるかも知れないが、別に片岡の八郎は趣味やギャグでそんなことをしたのではなく、あの頃はそうするのが普通というか、それには明確な目的があって、どういうことかというと、そうした生首を後日、私とかに見せて、「ほれ、このとおり私はこんなにたくさんの敵をやっつけたんですよ。だからギャラください」と言うために首を切って持ち歩いたのである。

　と申し上げると、「え、普通、そういうのって専門の係の人がいるんじゃないの」と思うだろうが、戦争の現場にそんな人を配置する余裕は当然ない。「え、でもじゃあ、メモ取っといて後で申告すればいいじゃない」てなものであるが、そうすっと口は法楽、本人がどうとでも好きなように言えるということになり、手伝いのお爺さんの尻を刀でちょっと斬っただけなのに、大将軍を討ち取ったなんて針小棒大に言ったり、或いはもうまったくない、たった一人で大軍を全滅させました、みたいなことを言い出す奴輩も出てくるので、それを防止するために、やはり現物を持ってきてくださいということにどうしてもなる。

　とはいうものの戦の現場では首を切り落としている間に、後ろから攻撃される恐れも充分にあり、そのため首を持ち帰れないことも間々ある。そういう場合はどうするかというと、証言、というものによって武勲が証明される。

　つまり後日、戦功会議が開かれた際に、

「あのとき、片岡の八郎は間違いなく敵の大将を三人殺しました。私、見ました」

　みたいな証言をしてくれる人を探して証言して貰うのである。まあ、ここであまりいい加減なことを言うと立場が危ないし、自分が証言してもらうこともあるわけなので、割とこの証言というのは信用できて、これがあれば業績が認められて報酬をもらうことができるケースが多かった。

　まあもちろん武士といっても世の中にはいろんな武士がおり、なかには梶原君とか梶原君とか、後、梶原君みたいな病的な嘘つき、嘘をつかないと死ぬ、嘘をつかないと体調が悪い、みたいな人もいるから証言が完全に信頼できるかというとそうでもないのだが。そしてその信頼度の低い情報を政治的に利用する人もいるしね、ってああ、なんか鬱になる。

　ってとにかくまあそういう訳で片岡の八郎は三人の首を取り、さらに三人を生け捕りにするという戦功を上げた。

　ぐわあっ、と駆けつけたのはもちろん片岡の八郎だけではない。伊勢三郎義盛、亀《かめ》井六郎重清《いのろくろうしげきよ》、佐藤四郎忠信、備前平四郎《びぜんのへいしろう》なんて御連中がいっせいに駆けつけて泣きながら逃げ惑う土佐の軍勢の奴らを斬り伏せ突き伏せ、首は取るわ、生け捕るわ分捕るわ、のやりたい放題、気色がよいくらいの勝ち戦となった。

「ばはははははは。長いこと戦争してるけど、こんな楽な戦争おまへんわ」

「いやー、ほんまほんま。あっ、またなんか大将みたいな奴きましたわ。よっとこっと、ズバッ、とね、こんなもんですわ」

「痛い痛い痛いっ。助けてください」

「じゃっかあっしゃ、ぼけっ。いま斬ったるさかい、首伸ばせ」

「いやよー、いやよー」

「やかましい言うてるやろ、じっとせい、どあほ。バスッ、とね。まあ、こんなもんですわ。おほほ、ポイッ」

「ポイッ、って、君、せっかく斬った首、ほかしてもうたらあかんがな。なんでほかすねん」

「いや、大将の首かと思て取ったんですけど、よう見たらただの兵隊ですやン。僕もう六個も首取って重たいし、つけるとこもないし、生け捕りもおるから、もういいかなー、って。よかったらお宅、持っていってください」

「あー、ありがとう。でも俺も八個取ってるから」

「じゃあ、いいんじゃね。落ちてたら犬とかが食べるだろうし、それはそれでエコっていうか」

「ですよね。循環型社会っていうか」

みたいな感じで、一方的すぎるくらい一方的な戦闘だった。

この様子を見て正尊は首を捻って呟いた。

「おかしい。こんなはずじゃない」

脇にいてそれを聞いた副官的な立場の側近が言った。

「なにがおかしいんですか」

「いや、戦前の私の計算ではここまで負けるはずがないというか、五〇パーセント以上の確率で勝つ戦争だった」

「けど、負けてるじゃないですか。あのね、戦争っていうのは結果がすべてなんですよ。よく言うでしょう、敗軍の将、兵を語らず、って」

「それはそうだが、それにしても、ここまで負けるとは予測しなかった。なんで、ってそうでしょう、それは確かに僕は弁慶を見て小便をちびるような小心な男だ。でもそれは逆から言うと、緻密に物事を考えているということでね、よく世の中で、あの人は豪胆だ、なんて言われて称賛されている人がいるが、僕なんかからすればなにも考えていないだけだ」

「それがどうしたんですか」

「どうもしないよっ。どうもしないけど、僕はね、僕の計算ではこんなに負けるはずじゃなかった、っつってんですよ。まずね、百対一の闘いですよ。いくら義経が強いったって、百対一で闘って勝てるということは絶対にあり得ない」

「けどですねぇ、ちょっと異論、言っていいですか」

「どうぞ」

「ま、ま、まあ、百対一っていうのは諜報活動の結果、そういう情報、すなわち今晩、邸内には義経一人、あとは女性しかいない、という情報を得たわけですが、もしかしたらその情報が誤りである可能性だってある、っていうか実際そうで、あの変な喜三太とかいう若い奴がいて攻撃に手間取り、そのうちに弁慶が来て、みんな来てこんなことになってしまった訳で、そういうことはあなたの、緻密な計算、とやらには入っていなかったんですか」

「もちろんそれは想定した。だからこそ僕は例の狂気の印地集団に協力を要請したのだ。万が一、義経が一人ではない、或いはその他の理由で攻撃に手間取ったとしてもかの印地集団がいる限りは問題ない、と考えていた。その計算外の部分を印地の石礫が叩き潰すと考えていた。僕がさっきからおかしいといっていたのはそこで、僕は最初から冷徹な将軍の目で戦の成り行きを見守っていたのだが、はっきりいって一度も石礫が飛んでないんだよ」

「あっ、そういえばそうですね。あ、もしかして、逃げた？」

「うん。実は僕もそれを疑ってるんだよね。あいつらだけ命が助かって何事もなかったかのように明日から楽しく生きて、ときどきフルーツポンチとか食べて、うめー、とか言うその一方で、こっちは殺されるかも知れないかと思うと腹が立つ」

「私はこんな将軍に付き従ったのかと思うと腹が立つ」

「まあ、それは仕方がないとして、とにかく印地の連中の様子を見にいってみよう。

もう逃げておらないかも知れぬが」

「いいと思います。っていうか、さっきから矢がここに集中してるんですよ。なんか大きな人がこっちを指さして喚き散らしながら殺到してきてますし、これ以上、ここで議論していたら死にます」

「仰る通りだ」

そう言って正尊とその副官的な人物は六条亭の西側から裏手へ回った。打ち合わせによれば、私が疑ったとおり裏側から礫を打ちながら侵入し、私を殲滅するはずだったからである。

裏に回ってみると。ルルル、狂気の印地集団は逃亡しておらず、手はず通り搦め手に屯集していた。じゃあ、なんで攻撃しないの。いや攻撃はしていた。ところがその攻撃を阻む者があって、印地集団は邸内に突入できないでいた。

え？　その阻む者ってたれ？　もしかして喜三太の招集に応じて参集してきた武士のうちの誰かが印地の突入を防いでいたの？　違う。なんでってそらそうだ、印地は最初から搦め手に回ったが、喜三太が櫓に登って告知をしたのはそれから暫く経ってからだからそれはあり得ない。じゃあ誰が強いがうえにも強い印地集団の突入を阻んでいたのか。

江田源三であった。

私にムチャクチャに怒られ、疎んぜられ、帰れ、と言われた江田源三は、しかし帰っておらず、邸宅近くに蹲って窃かに警固をしていた。その脇を弁慶が通り過ぎたのは既に申し上げたところである。

それへさして印地の集団がやってきた。普通であれば、「えらいこっちゃ。印地が攻めてきた」と罵り騒いで仲間を集めようとするだろう。けれども江田源三は考えた。私は勘気を蒙っている身。しかも帰れと命令されている。その命令に背いてここにとどまっている以上、応援を要請することはできない。ならば。そう、私は独力でこの印地集団に対峙しよう。もちろん相手は名だたる白川印地。見た感じも非常に恐ろしいし、人数も、そうさな、ざっと五十人からいる。それにひきくらべてこっちは一名。しかしそれがなんだっていうのだ。まあ、一応、武勇には自信があるし、少なく見積もっても十人は殺せる。そのうちに応援も来るだろうし、工夫次第では二十人程度を殺し、後は逃走させる、という手立てもなくはない。おっしゃ。やってこましたる。生きるも死ぬも運次第じゃ、アホンダラ。

そのように考えた江田源三の工夫とはなんであっただろうか。それはそう、間合いであった。というのは私がかつて鬼一法眼《おにいちほうげん》の謀略によって白川印地と闘ったときもそうだったが、印地というのは結局のところ、石を投げる技術だから、敵と離れていて初めてその力を発揮する。というのは例えば自国の領土に侵入した敵に核爆弾を使うことはできないのと同じで、敵が近くにいたら投げられない。だから私はあのとき可能な限り敵に接近、具体的には待ち伏せ戦術を用いて印地を殲滅した。

このとき江田が考えた戦術も基本的には同じで、可能な限り間合いを詰め、直接的に斬る、突く、殴る、蹴る、という戦法を採るものであり、白川印地が刀槍を持ってどれほどの腕があるのか、というのは不明ながら印地集団である以上、そりゃあ、石を投げるのに比べれば下手に決まっており、合理的な戦術と言える。

といって思い出すのはちょっと前に見たムハンマド・アリーと猪木寛至という人の闘いで、私はこれをテレビ観戦したのだが、一定の距離を保ち、立って闘う場合はムハンマド・アリーが圧倒的に優位であり、上半身を組むか、或いは組み伏せてしまえば猪木がアリーをやっつけるのは三つ児の手を捻るより容易い、という闘いで、当然のごとくにアリーは立って闘おうとし、猪木は組み伏せようとして闘いはその位置取りに終始した。

このときの闘いもそれとまったく同じで江田はとにかく遮二無二白川印地の懐に飛び込もうとして大刀を振りかざして吶喊《とつかん》していった。

「やんのんかー、こらあー、ころすど。こらあー」

もちろん、白川印地が黙ってこれを見ているわけがなく、江田が自分らのところに到達する前に礫でこれを打ち殺そうとする。その距離は約五十メートル。

江田は全力で駆ける。それへさして、一撃必殺の石礫が雨よ霰よと飛んでくる。当たったら終わりなので江田は兜を目深に被り、顔と身体を斜めにして錣、すなわち兜の横に垂れた部分で首を保護すると同時に、鳩尾《みぞおち》や腹に致命弾を食らわぬようにし、また、姿勢もなるべく低くする。狙いを定めにくいように直線的に突撃するのではなく、ジグザグに走る。しかし、あまりにも姿勢を低くし、ジグザグに走るとなかなか敵集団にたどり着けないのでそこは適宜調節しながら疾駆した。

といって印地の礫を完全に避けるということはやはり難しく鎧兜越しにではあるが何発かは当たる。一応、鎧兜で保護されているので一発で倒れるということはないが、その衝撃はいみじく、どーん、という重苦しい衝撃とともに全身から力が脱け、闘う気力がまったくなくなって、暫くの間は動けない。

とはいうものの、その場に蹲るなどしたら忽ち礫が集中してマジで死ぬので、ない気力を振り絞って吶喊する。

そんなことを繰り返しながら江田源三は内心で舌を巻いていた。江田源三は思った。こ、これが、噂に聞く白川印地か。なんと激烈な。

正味の話が常人が耐えられる攻撃ではなかった。

通常、五十メートルも離れたところから大人の握り拳ほどもある石を投げたら、どんなに肩の強い人でも、その軌道は多少、山なりになるはずである。ところが白川印地の投げた石礫はというと、直線でズドンと来る。あのころ球速測定装置なんてものはなかったが、いまの技術で測ったら確実に二百キロを超えていたと思われる。

北山の奥で、地面近くの幹が不思議に窪んだ杉の大木を見たことはないだろうか。あれははっきりいって白川印地が礫の練習をした痕である。白川印地の礫は立木の幹を窪ませる。さほどに威力のあるものだったのだ！

一発、食らったらシステム終了だな。

そう思いながら江田がふと気になって後ろを振り返ると、遥か向こうの民家の木の壁にバスバス穴が空いていた。江田は、いっやー、と思った。

いっやー、特注の激堅アーマーを着てきてマジでよかった。安物の鎧だったら一撃でやられていたところだった。やはり武士というものはどんなに貧乏をしても武具だけは常に最高のものを用意しておかないとダメだな。妙なところを節約して命を落とすなんて馬鹿げているよ。いやー、よかった。

とよそ事を考えたのが悪かったのだろうか、江田がそう思ったその瞬間、ド正面から飛んできた礫が、ぐわん、江田の眉間にまともに命中、江田はもんどり打って倒れた。

もちろん直接、眉間に命中した訳ではなく、眉庇《まびさし》といって、額のところにそれこそ庇のように突き出たところに当たった訳で、直接、額に当たったのではなかった。っていうか、もしそうだったら額の骨なんて薄いものだから粉々に砕けて、脳の真ン中くらいまで石礫がめり込んで即死していたはずだった。こわいことだ。

また、眉庇越しに額に当たったわけだが、その当たるほんの一瞬前、歴戦のつわものである江田は殺気のようなものを察知して、咄嗟に上体をのけぞらせる、拳闘で言うところのスウェイバックのような体勢を取ったため、礫の威力を相当に減ずることができた。すごいことだ。

とはいうもののそこは白川印地の礫で生半な衝撃ではなく、江田の意識は瞬間、粉々に砕けて飛び散って、そして、次の瞬間にはもはや動かなくなった江田に百発以上の礫が命中、骨が砕け内臓が飛び出て、江田はまるで塩辛のようになって絶命した。はずであった。ところが飛んでくるはずの礫がなかなか飛んでこなかった。なぜだ。もはや江田は動けないのだからさっさととどめを刺せばよいではないか。なぜ白川印地の人たちはなかなか礫を投げなかったのか。

というのは、例えば普通の武士だと功名心・ライバル心といったものがあって、同僚が敵を倒したのを見ると、自分もそれ以上の功績を挙げたい、同僚に負けたくない、と思って頑張り、ここを先途と矢を射かける、この場合だと礫を投げる、などするものだが、白川印地の人たちはそうではなく、見た目の凶悪さとは裏腹に、きわめてフレンドリーというか、仲間を大切にするというか、仲間が敵を殺害する、という功績を打ち立てたこと、心の底から、まるで自分のことのように喜び、セレブレートするという心の優しい人たちで、今回も江田に礫を命中させた青年を周囲の人は、伸び上がって高く上げた掌を打ち合わせたり、抱き合って頰を密着させたりして祝福、「シンイチ、おめでとー、やったじゃん」「マジ、感謝」といったやりとりを五十人全員ではないが、少なくとも周囲にいた十数人と満遍なくしたため、かなりの時間を取ってしまったのだった。

その間に、江田はなんとか意識を取り戻した。まだ、頭はガンガンしたが立ち上がることはできそうだった。武人の本能で江田は敵の様子を窺った。敵との距離は十五メートルほど。敵はなんだかわからないががやがやしている。いまだ。いましかない。思考する間もなく直感で悟った江田は立ち上がって突撃、数秒後には、ザンッ、と白川印地のひとりを斬り殺していた。

あばゃあ。

仲間内のセレブレーションに夢中になっていた白川印地は一瞬にして恐慌をきたした。或いは、後ろの方で、あっ、あっ、と声をあげるメムバーもいたのかも知れぬが、身内ぼめに夢中になっている連中の耳には入らなかったに違いなかった。

額から血を流して羅刹《らせつ》のような、或いは悪鬼のような江田は斬り伏せ、突き伏せして忽ちにして五名の印地を殺害した。これに対して印地の連中は無抵抗で、いやー、こわいー、と悲鳴を上げて逃げ惑うばかりだった。少し離れたところから礫を投げるものもあったが、江田には当たらず仲間に当たって仲間が死に、これを見て衝撃を受け嘔吐するなど散々であった。

というと多くの人が、なんだ印地の人たちは凶悪な人たちではなかったのか。見ただけで発狂するくらい恐ろしい人、って言ってなかったっけ？　と思うだろう。然り。外見はきわめて恐ろしげでどこからどうみても世の常の人間には見えず、化け物と気ちがいの中間物、という具合の奇抜かつ醜怪な、マッドマックスと寄生獣の混淆物のようなファッションであった。

と聞いて、あっ、と思った人もいるのではないか。そう、いま私はファッションと言った。つまり、彼らのその恐ろしげな外見はただのファッションであって、彼らはそうしたデザインや風合いを好んで、ファッションとしてこれを着用しているだけで、それは彼らの内面とはなんらの関係もなく、その内実は、その仲間を大事にする姿勢からも知れるように、きわめてフレンドリーで平和的であった。というか、そうしたファッションを好む人は実は気が弱い人が多く、普通の人よりもなお、暴力が苦手といってよかった。

ではなぜ、印地打ち、などという人を殺傷するようなことを好んでするのか。矛盾しているではないか、という話に当然なるが、彼らの中でこれはまったく矛盾しておらず、彼らにとって印地は純然たる武芸、いまの人にわかりやすく言い換えれば、競技、であった。だからそれによって人が死んでも彼らにとって死者は抽象的な、点数、に過ぎず、それを彼らは暴力と結びつけて考えることはなかった。

それを可能にしていたのは技術への純粋な憧れと信仰、そしてバカにできないのが対象との具体的な、距離、で、目の前で眼球が飛び出たり、脳がはみ出たりすれば彼らとて暴力を意識せざるを得なかっただろう。

といってもちろんそれが社会で暴力装置として機能し、仏法や王法すなわち祭祀や世俗の権力と繋がりを持っていたことは間違いがないがそれが矛盾なく同居するにたる歪んだ空間が人間の内部には昔はあったし、今もあるということだろう。武道家に、「あなたは殺人の練習をしているのですよねぇ」と言ったところで、「違います」と言うに決まっている。その、言うに決まっている、決まり方に謎と秘密が隠されている。なーんてね。まあ、そんなことはどうでもよい。とにかく印地は接近戦に弱かった。

いまはそれで充分だ。

江田はたった一人で印地を押しまくっていた。

そして正尊とその副官が様子を見に来たのはそうして江田が十五人ほどの白川印地を惨殺した頃合いだった。

「うわあ、ぜんぜんあきませんやン。印地、弱っ」

「ううむ。確かに接近戦には弱いという話は聞いていたがここまで弱いとは思わなんだ。半数以上のものが恐怖で大量の小便をちびって直垂の股のところが膨らんでサルエルパンツのようになっている」

「印地の直垂は防水性が強いのでしょうかね」

「知らんよ。しかしそれにしてもあそこまでヘタレとは思わなかった。たった一人に追いまくられてニャーニャー泣きながら逃げ惑っている。猫かっ、つの」

「まあ、しょうがないですね。あれ？　そういえばあいつ、宵に使いに来た奴じゃないですか」

「あ、そうかも。確か江田源三とか言いませんでした？」

「そうですそうです。どうしましょ、射ちますう？」

「うんまあ、いまあいつ一人を殺したからといって戦況がどうなる問題でもないけど、とりあえずあっち方面に逃げるのに邪魔だから射っときましょう」

「ですね。敵と距離ができれば印地も復活するかも知れないし」

「じゃ、せーの、でいきましょうよ」

「了解、せーの」

というので正尊と副官は仲良く矢をつがえ弦を引き絞って同時にひょうど放った。

副官の放った矢は逸れた。逸れて脇にいた、スタッズだらけの革のジャケットを着た印地の若者の首に命中した。

げっ、げぶげぶげぶっ。

印地の若者は目を剝き血を吐き、地面に転がって海老のように痙攣した。見開いた目の上下に目の入れ墨がそれぞれひとつずつあるので合計六の瞳があって、それがみんなまん丸に開いて真ん中の正目が白目になっているので苦しがっているのだけれどもまるで笑わせようとしているようでもあった。剃った頭に鯉が六尾も彫ってあって、それはそれで鯉丼のようであったし。

とそれはよかったのだけれども（もちろん人道的見地に立てばよくないのだが）、問題は江田源三で、そうして副官の矢は逸れたのだが、拍子の悪いことに正尊の放った強弓が咽を貫通して突き刺さった。

「やりい」

と副官は声をあげ、次の瞬間、首をすくめた。なんとなれば矢を首に突き立てたまま江田源三が恐ろしい形相で自分を睨んでいたからである。

「ひっ」

首をすくめた副官は小さく声をあげた。そして暫くすると副官の直垂の股のところが異様に膨らんだ。

「おまえもサルエルかいっ」

「すみません。しかし、それどころではありません。見てください」

と副官が指さす方を見るなれば、首を射られた江田は、死ぬにしても自分を射たその奴を殺してから死のうと自らの弓に矢をつがえ、これを引き絞りつつあった。

「あっ、こっち狙ってる」

「江田源三って知らないけど弓とかうまいんですかね」

「そりゃうまいでしょ。判官のところの武将なんですから。必中でしょうね。&必殺」

「だったらこっちも早く、二の矢三の矢を射たないと」

「ですよね。だから、さっきからやろうとしているのだけれども、ケースの中で矢がこんがらかっちゃって」

「なにしてるんですか。早くしてください」

「ええ、そうなんですけど焦れば焦るほどグチャグチャになっちゃって」

「じゃあ、向こう向いてください。私が取りますから」

「了解です。ちょっ、ちょっと、こら馬、おまえ早よ、回らんかいな」

「なにしてるんですか」

「いや、馬が言うこと聞かなくて」

「言うてる場合かっ」

なんて正尊と副官は不手際の限りを尽くしていたが、どういう訳かいつまで経っても江田の矢が飛んでこない。というのはそれもそのはずで、首を射貫かれた江田は夥しく流れる血とともに体力と気力を失い、膝を突いて中途までは引き絞っては休み、引き絞っては休みしていたが、半分も引き絞らぬうちにそれ以上引き絞れなくなり、そのままどうと横様に倒れ、起き上がれなくなっていたのである。

「無念。私の命もこれまでか。死ぬ前にひと目、御主君にお目にかかりたかったが、それも無理っぽいな。ああ、悲しいことだ」

呟いて江田は血の涙を流した。

「早くしてくれ」

「早くしようと思ってるんですけど馬の首が邪魔で」

と、相変わらず阿呆なことを言う副官が急に大きな声をあげた。

「ああ」

「なんですか、急に大きな声出して」

「別に慌てることおまへんわ。見なはれ」

言われて正尊、副官の指さす方を見るなれば、江田横たわって虫の息、ならば慌てる必要はない、ゆっくりと殺しましょう、改めて矢を取り出そうとしたところへ背後から。

「あっ、正尊。ここにおったんか、こら。殺すぞ、こら」

と雷のごとき声がして振り返って見ると彼方からあの恐ろしい武蔵坊弁慶が六尺の鉄砕棒を振りかざして駆けてきていた。

「うわっ、弁慶来たっ」

「どうしましょう」

「そりゃ逃げるっしょ」

「ですよね」

「はいよー」

と、弓も捨てて潰走する印地とともに暗い方へと落ちていく。

「待たんかい、待たんかい」

弁慶は追いかけたがその中途で、道に転がる江田源三に気がついて立ち止まった。

「あ、江田じゃん。大丈夫」

「大丈夫じゃねぇよ。見りゃあわかるだろうが」

「あ、ホントだ。どうしよう」

「弁慶君、僕はもうダメだ。正尊のボケにやられた。最後にひとつ頼みがある」

「みなまで言うな。正尊のボケを殺してくれ、ちゅうんでしょ。わあってるわあってる。言われいでも殺す」

「ああ、それもそうなんだが、実は俺は……、俺は……、がくっ」

「って、死んでしまったか。いやあ、実に、江田は真の勇者だった。江田あっ、おまえの死をけっして無駄にしないからな」

「……弁慶……」

「おおおっ、まだ息があったのか。しっかりしろ。江田、聞こえるか、江田」

「弁慶……、おまえも、おまえも、た、達者で……、がくっ」

「江田あっ、おまえが勇敢に戦って死んだことはしっかり御主君にお伝えするからな。どうか、安らかに……」

「弁慶ぇー……」

「って、まだ生きとんのんか。ええ加減に死ね、アホンダラ。なんだったら僕が蛇矛で殴り殺してあげましょうか」

「いやいやいやいやいやいやいやいや、大丈夫です。っていうか、俺がなかなか死ねないのには理由がある」

「なんぞいや」

「それがさっき言った頼みというやつで、実は俺は正尊のところに使いに行って下手を打ち御主君に二度と顔を見せるな、と言われた。そのときはまた謝る機会もあるだろうと思うてとりあえず邸を出たが、どうやら俺は今日で死ぬ。ならば、最後に一目、御主君に会うて、詫びを言うてから死にたいのや、そやさかいに」

「とりなしてくれというのかい」

「そうやない、それは自分で申し上げる。けれどももう立つのもしんどい。どうか俺を邸まで」

「相わかった。連れて行こう」

というので江田、弁慶に助けられてようよう立ち、抱えられるようにして門をくぐり庭まで行くと、これが武士の意地というものなのだろうか、介添えを断って、ここからは一人で参る、と刀を杖に歩き出して三歩いかぬうちに倒れ、今度はなかなか立ち上がれず、仕方がない、半ばは這うようにして、ようやっと縁先にたどり着いてこれを上がろうとするのだけれども上がれない、何度も失敗して、ついに上がれず、階に腰をかけて荒い息が整うのを待ったが、呼吸はいっかな整わず、やむを得ない荒い息のまま、声を振り絞るようにして、「すみませーん」と奥に声を掛けたが、これだけで気絶しそうな心地であった。

暫くして奥から私の身の回りの世話をする若い女が廊に出ていった（名前は忘却した）。けれども縁には誰もいない。「おっかしいなあ」訝りながら端まで出ると、階で死にかけの武者がへたばっている。首には矢が突き刺さっている。

　普通の御殿勤めの女、或いは今日日のＯＬとかだったら、きゃあ、とか、すう、とか言い、ここを先途と騒ぎ立てる。警備員を呼ぶ。しかし私方の女はきわめて冷静に、「どういうことですか。なにがあったのですか」と問うた。なぜなら私方では日頃から教育に力を入れていたからである。まあ、慣れ、というのもあるけどね。

　江田は苦しい呼吸のもと、本物の武士だけが持っている恐るべき克己心を発揮して言った。

「江田源三です。戦闘中に負傷しました。おそらく数分後には死にます。最期に御主君にお目にかかりたいと申しているとお伝え願えないでしょうか」

「少々、お待ちください」

　言い終え意識を失った江田にそう言って女は奥に戻った。

　奥で女に事情を聞いた私は江田には可哀想なことをしたと思った。考えてみればあのとき江田がそれほど致命的な失敗をしたという訳ではなかった。ただ、ムシャクシャしていたうえに泥酔していたのでつい目の前にいた江田につらくあたってしまったのだ。

　がその時点ではまだ五分五分だと思っていた。

　確かに重傷には違いないだろうが、けれども適切な処置を施せば或いは命は助かるのではないか、と思っていたのである。というのはこれまでそんなことが何度もあったからで戦場においては、自分で重傷と思っていてもよく見ると軽傷ということがよくあった（その逆もよくあった。まったく大したことないと言い張って軽口を叩くなどしているのだけれども、見る間に青ざめて震えだし数秒で死ぬ者がけっこういた）。また、この場合の江田がそうだとは思わなかったが、後々の報賞のこともあり、武者が怪我について話を盛るのは普通のことだった。しかし、縁先に出て灯りをかざし、階によりかかって意識を失っている江田を見て、すぐにこれは助からないと思った。江田の首を貫通していたのは鷲の羽がついた立派な矢で、立派だけならまだしもムチャクチャに太い強弓で、頸動脈や脳幹に致命的なダメージを受けているのがちょっと見ただけでわかった。

だから私は直ちに、こりゃ、ダメだ、と思ったわけだが、それと同時にこれを食らったそのうえでここまで歩いてきたという、その気力に驚愕し、また感動もして、階を駆け下り、「おいっ、江田」と声を掛けたところ奇跡が起きた。

江田が意識を回復したのである。江田は咳き込み、血を吐きもって言った。

「殿様。正尊の前で弱気にふるまってすみませんでした。もう俺は死にます。なので、頼みます。俺の失敗を許してください。許すと言ってください。そしたら、思いを残さず死ねるんで、お願いします」

私は屈み込み、江田の頭を膝に乗せ耳に口を近づけて言った。

「許すに決まっているだろう。腹を立てたのは一瞬のことに過ぎない。いまは完全に許しているぞ」

しかし江田はもはや返事もできず、けれど満足したのか笑って頷く。その江田にいつの間にやってきたのだろう江田と非常に仲のよかった、鷲尾義久がこれを叱咤するように言った。

「ふざけんなよ。てめ、武士だろう。武士なんてものは矢、射かけられてなんぼの商売なんだよ。その武士がたった一本の矢で死んでどうすんだよ。俺ら悲しいだろうがっ。死ぬんだったらせめて地元の奴らに一言言い残してから死ねよ。俺が伝えてやっから」

けれどももう江田は返事をしない。できない。鷲尾は泣いて言った。

「てめ、誰の膝を枕にしてると思ってんだよ。御主君源義経公だぞ。あと、俺が誰だかわかってんのかよ、鷲尾の十郎だよ。おい、なんとか言え、おいっ」

と鷲尾義久が泣き叫ぶと江田源三は苦しい息を吹き返し、ようやっと以下のように遺言した。

「戦で負傷して御主君の膝に抱かれて死ぬ。武士としてこれ以上の幸福はなく、思い残すことはなにもありませんが、ただひとつの気がかりは実家に残してきた母親のことだ。忘れもしない去年の春、いったん帰省の折り、出がけに母親が、今度の仕事はいつ終わるのか、と問うので、年内には一段落するでしょう、と答えたところ、『ならば冬には必ず帰ってこい、ええ正月を迎えましょう』と言った。それに対して私は、『わかりましたお母さん。きっと仕事で結果を残して仰山の褒美をもろうて帰ります。冬にはきっと帰ります』と答えたが、こうなってしまってはそれは叶わない。使いの者が信濃に参り、骨となった私を母親に見せたら母親はどれほど悲しむだろうか。死ぬことはなんともないがそれだけが心の気がかりだ。なのでお願いします。あなたがお忙しいのは重々承知ですが、その時間と手段のあるときはぜひとも憐れみのお言葉を賜りたいと希うのです」

「わかった。そうする。だから安心してくれ」

私はそれしか言えなかった。握った手元が涙で見えなかった。江田も涙を流していた。こちらは嬉し涙であるらしかった。それからいよいよ本当に死ぬ感じになって、鷲尾が耳元で言った。

「おい、最期だよ。おまえ、江田、聞こえるか。おまえ、最期だ。念仏を唱えろ。いま唱えたら極楽に行けるから」

それを聞いて江田は素直に念仏を唱えた。

「なむあみだぶつ」

私たちも唱えた。死にかけているとは思えないしっかりした大声だった。

「南無阿弥陀仏南無阿弥陀仏南無阿弥陀仏」

「なむあみだぶつ、なむ、あみ、だ……」

ぶつ、と唱えて江田は私の膝の上で死んだ。二十五歳だった。


弁慶が庭の、少し離れたところでストレッチをしているのが先ほどから視界の隅にチラチラしていた。その隣では喜三太も膝の曲げ伸ばし運動のようなことをしていた。私は二人を呼んだ。

「そこの二人、ちょっといいかな」

弁慶と喜三太が並んでやってきた。夕方頃までは身分差があってまったく接点のなかった二人はもはや同格な感じだった。若い人は伸びるときは急激に伸びる。弁慶は江田を見て言った。

「江田君、死にましたか」

「ああ、武士らしい立派な最期だった」

私は感情を抑えて言った。

「マジすか」

と弁慶は言った。喜三太は腹を押さえて変顔をしていた。私は無人情な奴らだ、と思った。

「で、どうなんです？」

「なにが？」

「なにが、って戦況に決まっている」

「ああ、戦況。戦況は非常にいいですね。土佐坊のボケの軍勢は当初百騎程度でしたが、いまや勇猛なる我が軍の猛功により壊滅的打撃を受けて潰走、残存兵力は二、三十騎ほどと思われ、佐藤、伊勢、片岡らが追撃中です」

「わかりました。では君たちも直ちに出撃してください。ただし、命令します。江田を殺した土佐たちは憎い。憎いからこそこれを射殺してはなりません。全員を生かしたまま捕まえて連れてきなさい。よござんすね、みなにも伝えるのですよ。彼らは絶対に生け捕り、首で持ってこないでね、これを徹底してください。よろしくお願いします」

「了解です。よろしくお願いします」

と弁慶が言った。喜三太は、

「敵なんてものは簡単に殲滅できる。ただし、射殺していいんだったらね。それを殺さずに召し捕れという。これは実は割とミッション・インポシブルだ。けどまあ御命令とあらば仕方ない。まあ、やってみましょう。それが命令であればどんな困難なミッションもやり遂げる。それが喜三太という男なのだ」

と、えらそうな割に無内容な評論家が自己宣伝をしているような口調で言って、敵を探しに庭を横切って行った。これを聞いた弁慶が、

「あいつ、いつの間にあんなえらなったんや。しかもあいつ大怪我してたんとちゃうんか。どんな回復力やねん。虫か。っていうか、さっきの変顔、もしかして俺を馬鹿にしてやってた？」

言いながら大鉞《おおまさかり》をかたげて飛んで後に続いた。

喜三太に追いついた弁慶は言った。

「喜三太君、急いでるところ悪いんだけどちょっとだけいいかな」

「なんすか。早く行かないと佐藤たち、正尊やっちゃいますよ」

「うん、そうなんだけどね、喜三太君、腕の怪我は大丈夫なの？」

「大丈夫っす。なんか動いている間に治っちゃいました」

「マジ？　若いっていいよね」

「もう、若くないっすよ」

「俺らから見たら若いよ」

「あ、そうすか。弁慶さん、話ってなんすか。早くしてもらっていいですか」

「あのお、出撃前にひとつだけ確認しときたいんだけど、僕がなんだかわかってる？」

「あ、えっとお……、なんしたっけ？　店長？」

「店長じゃねぇよ。大将軍なんだよ」

「あ、そうでしたっけ」

「悪いけど、そうなんだよ。つか、君、隣で聞いてたよね。御主君が僕を大将軍にする、って言ってたでしょ」

「ああ、なんか言っててましたね」

「それと、君は身分的にはどういう身分なのかなあ」

「下人っす」

「僕は？」

「大将軍」

「君は？」

「下人」

「じゃあ、どういう態度とるべきかわかるね」

「わかります。さあせんでした。それにしても御大将」

「なんだ、下人」

「なんで殿様は殺さないで生け捕りにしろ、つったんでしょうね」

「それはな、下人にはわからないことだ。教えてあげましょう。つまり御主君は自分の忠実な家来を殺した憎い奴を自分の手で殺したいんじゃないですか」

「え？　自分で首を刎《は》ねたい、ってことですか」

「そうじゃないかな。或いはそんなことはしないにしても自分が裁判したい」

「僕は違うと思うな」

「え、どこが違うの？」

「忘れてません？　正尊は起請文書いたんですよ。ってことは、正尊を殺すのは人間ではなくて神様仏様だ、っていうのが殿様の解釈じゃないのかしら」

「なるほどねぇ。まあ、いずれにしても急ごう。早くしないと、佐藤たちが殺しちゃう」

「だから最初からそう言ってんじゃん」

「じゃかあっしゃ。誰に向かって口きいとんじゃ、この下人がっ。殺すぞ、アホンダラ」

「さーせん。さーせんでした」

と土下座しながら喜三太は、この法師が知らないか、一方的に嫉妬しているだけでいまや御主君は自分を武士と同格と認めているし、戦後はもっと上の地位に就く可能性もある。なぜなら真っ先に駆けつけて奮戦した、たった一人で主君をお守りしたからだ。そのときこいつらはなにをしていた？　家で酒を飲んで女と寝ていたのだ。滓がっ。戦が終わったら覚えとけよ、ぼけ。五条の橋の上でどつきまわしたら、ばかんだら、と内心で考えていた。

とそれはよいとして、さあ私はなぜ生け捕りを命じたのか。というと自分が殺したいとかそういうことではなく、法的な正当性を気にしたからだった。

なんでそんなことを気にするかというと、言ってなかったかも知れないが、あの頃、自分は別にずっと酒を飲んでいたわけではなく、一応、仕事をしていた。というと、え？　武将の仕事って戦争じゃねぇの？　と仰る方があるかもしれないが、そりゃあ、梶原君を筆頭とする喧嘩に強い以外になんの取り柄もない関東のジモドゴ（地元の土豪）だったらそうだろうが、一応、ここ京都なんでそういうわけにはいかず、別に重要な仕事があった。

どういうことかと言うとまあ言ってしまえば治安の維持ということで、人の生命や財産を侵害する悪い奴がいたら行って捕まえて裁判して殺すということなのだけれども、これが意外に難しかった。

というのは、財産が不当に奪われた、と言う奴が居るので殺しに行ってみるとそっちはそっちで、いやあれは元々はうちのもので五年前にあいつが強奪したんですよ。それが証拠にほらこの通り、と完全に整った証拠書類を出してきたりする。

じゃあ、こっちが正しいんじゃん、ということで最初に言ってきた奴のところへ行って、向こうが正しいみたいなんでやっぱおまえ殺すわ、と殺そうとすると、「いや、実はそれにはこれこれこういう隠された事情があって……」と込み入った話をし出す。

しかしいちいちそんな話を聞いていられない。そこで大雑把なところで判断を下して、どちらかを殺すしかなく、適当に書類を作って殺そうとすると、どこからともなく待ったがかかる。え？　なんでなんでなんで？　と事情を聞くと、これは飽くまでも譬え話として聞いて欲しいが、そいつはとある有力者の親戚の子供で、そいつを殺した場合、その有力者が怒って別の重要なプロジェクトに影響が出てくるので、ここは枉《ま》げて、相手が悪いことにしてほしい、と言う。やむを得ず、もうひとりの方を殺そうとするとそれはそれで、いや実はこの子は超大物の隠し子でこの子を殺したら、いまやりかけている改革プログラムについて抜本的見直しを迫られる、みたいなことを言われるみたいな難しいうえにも難しい案件が多かったのである。

つまり治安とかいっているがそれは利害の調整とほぼ同じで、そうした面倒くさいトラブルが一日に十個くらいずつ起きていて、私はその処理に追われていた。

要するに私は政治をやっていたのであり、武将であると同時に私は行政官でもあったのである。

それをするために必要な能力を私が備えていたか、というとまあ備えていただろう。

少なくとも義仲さんのように、なにを言っているかわからない、ということはなかったはずだ。

しかし、能力だけあっても駄目で、やはりこういうことをする場合、みんなの納得、ということが大事になってくる。どうすればみんなが納得してくれるのかというと、もちろん道理、というか、普遍的正義に基づいた決定がなされればみんなが納得してくれる。けれども御案内の通り普遍的正義は個別の問題に対応しない、というか、できない。具体的に言うと、さっき例にあげたケースやなんかがそうで、ああいう場合どうするかというと、もうひとり別の関係者を連れてきて全部そいつのせいにする、みたいなことをする。それでみんなの取りあえずの納得を得られるのである。

当たり前だがそれは普遍的正義ではない。普遍的正義ではないが、「みんな」がそれで納得するのだから仕方がない、という訳だ。そしてそれをするためには普遍的な正義とは別のパワーが必要だった。

当時、私は三つのパワーを持っていた。ひとつは私の武将としての神秘的な能力。ひとつは古代に繋がる権威を持つ院から分与された権威、具体的には左衛門尉、検非違使という役職、ひとつは鎌倉殿御代官というパワーで、私はこの三つのパワーを綯《な》い合わせて、みんなの利害をなんとか調整していた（一応、経済的なパワーとして愛媛県を領地として院から貰ってたけどこれは実質一文にもならなかった）。

ということはそれはけっこうギリギリの調整だったということで、少しでも不備があれば、みんなここを先途と、「ほら、ここがおかしいじゃないかあ」と突っ込んで、現状を変革してこようとする。だから正尊の処分に当たっても手続き上の不備がけっしてあってはならない、と考えていたのだ。

というのが一応の言い訳。それを一言で言うと、頼朝さんにびびってた、ということだ。

もし私が正尊を殺したら、

「私が使者として遣わした人間を惨殺するということの意味、わかりますよねぇ。私に喧嘩売ってるっていうことですよ」

と言うのがわかっていた。だからなるべくやむを得ない状況を作りたかった。ベストは起請文に嘘を書き、神罰で死んだ、ということになることだが、これは難しく、ならば突然、攻めてきたのでやむを得ず応戦した、ということにするしかないが、それについてもちゃんと本人の口述的なものは残しておいた方がよいだろう、と判断した。

しかしまあその一方で、そんなものなにもならない、という気持ちもあった。だってそうだろう、頼朝さんは初手からこっちを陥れるつもりの捨て駒として正尊を投入してきたわけだからね、そんなものが通用するわけはない。

といってでもこの時点で私はすべてが終わった。詰んだ。と思っていたわけではない。感情的には苦しかったが、政治的な打つ手はまだあると思っていたし、最悪、軍事的なことになっても負けるとは思わなかった。状況は一瞬にして変わる。わずか数人で千葉に逃げた頼朝さん。その頼朝さんにいま院とか朝廷の人はみんな頼ってる。気を遣ってる。

私はその実の弟。条件は同じ。しかも私は超人的戦略家。ルルル、負けないわよ。勝たないけど。と、そのとき私は思っていた。二十七歳。美男。私は、前途に、へっ、まだまだ希望を抱いていた。

いまの現実のことにかまけてどこまで話をしたのか忘れることがときどきある。というと、え？　それってどんな現実ですか、って問うてる人がある。有名人の私生活に並々ならぬ興味を持つ傾向にある人だ。いま私を語って一体なににになろう。猿の群舞、手作りかまぼこや自家製ベーコン。家の近所に笛の音が鳴り響いている。というと風流なように聞こえるが、笛は二十管もあって不協和な音を多く含んで風流というよりは芸術のような感じだ。やはり土佐合戦のことだけを語るにしくはないだろう。

そう、喜三太は土佐坊正尊を生け捕るべく卯の花の咲いている垣根の向こうへ駆け下りていった。もの凄い速度だった。早く捕まえたいと思うからだ。弁慶に後れを取りたくない、弁慶に負けたくない、という気持ちが強くあったのだ。卯の花の垣根を降りきると池に向かって突き出た建物がある。池と言って、もちろん庭のなかにある池で人工的に作った池である。というと、お父さんがホームセンターで買ってきたプラ池を掘り返した庭に埋めて悦に入っている、みたいなことをイメージするかも知れないがまったく違って、自然の池と変わりないくらいおおきな池である。そこへ泉殿釣殿などといって涼むための、本殿と渡り廊下で繋がった建物を拵えてあったのだ。当時の貴族はそんなものを庭に拵えていた。羨ましいでしょう。

喜三太は、「あ、泉殿だ。よおし、俺は泉殿の縁先に沿って西門の方に向かって行こう」と思ったのだろうか、いや、思わない。ただ、もう反射的に、泉殿の縁先に沿って駆けた。武者の直感というやつだ。そしたら武者の直感というやつはやはり凄い、そこに、月毛というのは、なんちゅえばいいかな、まあ、柴犬とイエローラブラドールレトリバーの中間くらいの茶色い馬に乗り、グラデーションがいい感じの、馬の毛並みとの色あわせが絶妙な鎧を着た若武者が居て、弓を杖のように地面に突き、疲れ切った馬を休ませていた。

「ああ、こんなところにええ敵がおりよった」

と喜三太は大喜びで、「おまえ、なんじゃや、こらっ」と言いながら駆け寄る。見るからに下郎って感じの奴がいきなりやってきて下品な言葉遣いで、てめぇなんだ、こら。みたいに言われて武者はむかついた。私を誰だと思っているのだ。と思った。そこで言った。

「私は、土佐の太郎乃《すなわ》ち土佐坊正尊の長男だ。十九歳の素晴らしい男の子だよ」

そう言うと相手は下郎、「ああ、これは、すんませんでした」と恐れ入って引き下がると思ったからだ。そのうえで逃げるところを後ろから弓の柄で嫌というほどどつき回して気絶したところに小便をかけよう、と土佐の太郎は思ったのだ。ところがおまえ、下郎はまったく恐れ入らず、それどころかますます昂然として胸を反らし、

「ほお、おもろいやんけ。儂は喜三太ちゅうもんや。かかってこんかい、こらっ」

と言いながら駆け寄ってきた。

土佐の太郎は驚愕した。先程は乱軍のなかでよく顔が見えず、声と名前だけを記憶していたのだが、ただ一人の敵軍として鬼神の如き活躍をしていた喜三太がまさか目の前に現れるとは夢にも思わなかったからである。

ただの下人と思っていたのになんということだ。僕は弱い相手にはムチャクチャ強いが強い相手にはムチャクチャ弱い。それが僕の人間的弱さでいずれ克服しなければならない課題だが、いまそれをやっていると死ぬ。なのでとりあえず逃げよう。

そう思った土佐の太郎は、「すんませんでしたー」と謝りつつ、馬首を巡らせて逃げようとした。

ところが、一晩中、戦闘に付き合わされ疲れ切った馬がいうことをきかないというか、狂ったように鞭打つ土佐の太郎に対して、「もう、無理っ、つってるでしょう」と言って逆ギレして、同じところをグルグル回るばかりでちっとも前に進まない。

したところ、土佐の太郎はもっと切れて、

「無理だかなんだか知らないけど、逃げないとやられるでしょうが」

と泣き叫ぶように言って馬を鞭打つ、そうすると馬はそれ以上に切れて、

「もおおおおおおっ、いやあああああああっ」

と言いながら白目を剝いて後ろ足で立ち上がるなどして反抗する。そうしたら土佐の太郎はもっともっと切れて、

「僕だって好きでやってんじゃねぇんだよ、ああああああああああっ、もおおおおおおおおっ」とか言って馬の首を両手の拳でがんがん殴る。そうすると馬は完全に発狂して……、という具合にいつまで経っても同じところをグルグル回っており、喜三太は暫くの間、無表情でこれを眺めていたが、「バカ過ぎて論評できない」と呟くように言うと、長刀を構え、間合いを見計らい、女学生が模範演技をしているようなフォームで、上から下に、ズン、と振り下ろした。馬の後ろ脚が両方とも美事に斬れて、可哀想に、躍り上がったあと、仰向けに転がり、乗り手は馬の下敷きになって、むぎゅう、と言っていた。それへさして、一応、「抵抗すなよ。抵抗したらどつき回さん

ならんから」と声を掛けたうえで、馬の下から引っ張りだし、鎧を着た上から腰を締める四メートルもある長い帯で高手小手に縛り上げたが、その間、土佐太郎は、ふて腐れているのかなんなのか、一切抵抗しないどころか脱力してグニャグニャで、話しかけても涎《よだれ》を垂らすばかりでなにも答えなかった。小便もまた垂れ流していた。喜三太はこれを連れ帰り、若い奴に言って馬小屋の柱に縛り付けさせた。

その間、いかにも、「俺はやった。俺が一番に敵を生け捕りにした。使命を果たした」みたいな顔をしており、これを見た弁慶は非常にむかつくというか、あんな昨日今日デビューしたみたいなガキになんで私がえらそうにされなければならないのか。まったく理解できない。このうえはもっと凄い奴を生け捕りにしてあいつの鼻を明かさないことには、もう気持ちが荒れて荒れて、「こころこころ乱れて飲んで飲んで酔いしれる。酒に恨みはないものを、あああああー、ながさーきぃーはー」って歌っちゃうよ、まったくよー。とぼやきながら弁慶、よい敵を探して走り回っていたところ、南御門の柱の陰のところに、三色に染めた革を、縄状の、フィッシャーマンセーター的なケーブル編みに編んだものでステッチしてあるという凝りに凝ったデザインの鎧を着た武者が居て、こんな凝った鎧を着ているのだから、そこそこの奴だろうと思い、「そこにおるんは誰じゃい」と声を掛けると、聞かれたからには答えなければならないが、そうすると戦闘になる。しかしいまは死ぬほど疲れていて、逃げるための体力を蓄えようとして休息していたくらいだから、戦闘なんて死んでもやりたくないというかやったら死ぬ。だから聞こえなかった振りをしたいのだけれども、死ぬほど疲れているからその演技をするのも面倒くさい。つか、あんな大声が聞こえないはずがないし、しょうがないから返事をしよう、というので、

「ああ、どこにいてはんのんかこっちからは見えませんやけどね、聞かれたから申しまふ。私は土佐坊正尊が従兄弟で伊北五郎盛直《いほうのごろうもりなお》ちうもんでふ。そういうお宅さんはどこのどなたさんでございますやろ」

と投げやりな感じでそいつは答えたのだが、これを聞いた弁慶は、言わんこっちゃない、やはり幹部クラスだった、と喜んで、逃げられない距離まで近づくと出し抜けに姿を現し、「西塔の弁慶ちゃんでーす」と可愛く名乗って、慌てて逃げ出す奴を余裕で追いかけ、やはり喜三太と同じく、本人をどつき回すと死んでしまって生け捕りにできないので移動手段、すなわち馬をどつき回す、という戦術のもと、大鉞を馬の腰骨、目がけて全力で振り下ろした。「いたいーっ」馬は悲泣して横倒しに倒れた。可哀想な馬。けれども戦争中だから仕方がない。「馬ちゃん、カワイソー」とか言っていたら自分が殺される。自分が生き延びるためにはなんでもする。それが戦場のリアルだし、もっというと人間というものだ。仕方のないことだ。

そして瀕死の馬には目もくれずその主、乃ち伊北盛直をやはり喜三太と同じ感じに

縛《いまし》め、馬小屋の柱のところに連行、そこにいた下人に必要以上の大声で、

「あのー、悪いんだけどね、私、弁慶って言うんだけどね」

と、声を掛けた。

「知ってます。知ってるんで、あの、すんません、その大声、やめてもらっていいですか。耳、潰れるんで。この距離なんで」

「ああ、御免、御免」

「あの、ぜんぜん、でかいんですけど」

「いやー、なんだろう、長年、戦場にいると自然に声でかくなっちゃうんだよね。ちょっと我慢して聞いてね。あのね、私、弁慶っていいますけどおっ」

「聞こえてます。ちょっと、もうほんとにやめて。耳がもう」

「このね、敵ね、これ、私が生け捕ったんです。なんか、敵の幹部クラスでぇ、この、なんだっけ、だれだっけ、あの下人。キサン、ダ？　ジ？　ごめん、名前、忘れちゃったんだけど、とにかくあの下人が捕まえたこの土佐太郎って奴よりぜんぜん地位、上みたいなんで、逃げないように、太い目の縄で柱に括っておいてください。よろしくお願いします」

と、そう頼む弁慶に下人は返事をしなかった。というかできなかった。なぜなら耳元で直径六メートルの銅鑼《どら》を連打しているが如き弁慶の大声によって脳がジンジン痺

れ、耳も完全に聞こえなくなっていたからである。

仕方ない、弁慶は自らこれを馬小屋の柱に括り付けた。

その弁慶の自己PR活動は全軍に轟いた。私も聞いた。そして正尊もまたこれを聞いていた。そしてどぶどぶに落ちた。なぜというに、実はこの伊北というのは正尊が右腕と頼んでいた男で、盛直が敵の手に落ち、我が太郎も捕まえられた。もはや、頼む者はない。もうだめかも知れない、と思ったのである。あたりを見渡せば、残存兵力は先程の小便タレの副官を含め、たったの十七騎。とてもではないがこれでは勝てない。

といって生きている以上、人間は希望を捨ててはならない。たしかにこれは窮境かも知れないが、生きてさえいればなんとかなる。とにかくいまより以降は出世をして土地を貰う、とか、戦争に勝つ、とかそういうことではなく、なにがなんでも生き延びる。これを目標にしよう。その一点に集中していこう。

そう考え直した正尊は、「みなさん。これ以上の戦闘は不可能です。とりあえず弁慶が来ないうちに離脱しましょう」と言い、馬の腹を蹴って駆けだした。先程はグニャグニャして言うことを聞かなかった馬であったが、同僚の馬がグズグズしているうちにどえらい目遭わされて死んだのを間近で目撃して衝撃を受けたのか、今度は言われた通り真面目に駆けだした。これをみた雑兵が、「あ、逃げくさった。待たんかい」と追いすがった。馬は、「じゃかあっしゃっ」と言いこれを踏み、雑兵四、五名が胸や腰を強く打ち、重軽傷を負った。これを見て怒った同僚が矢を放ち、また騎馬武者も追撃したため、正尊の将兵は次々と脱落して、なんとか鴨川の河原まで落ち延びたときはたったの七騎になっていた。

「ああ、もうなんか負けるときって一瞬よね。さっきまで百人居た仲間が七人になっちゃったわ。いやね」

正尊は試しにキャラクターを変えて言ってみた。誰もなにも言わなかった。みな疲れ切り大小の傷を負って血と泥にまみれていた。骨が露出している者もあった。一行は川筋を北へ、鞍馬の山を目指して落ち延びていった。

そのときみなの心にあったのはなにか。みなはなにを頼りに進んでいったか、というとそれは、とにかく鞍馬までいけばなんとかなる、という気持ちだった。鞍馬まで行けば傷の手当てができる。このはみ出た腸を押し込んで包帯を巻くことができる。鞍馬まで行けば水が飲める。横になることができる。そんな希望を抱きながら落ち延びていった。

それでようやっと鞍馬にたどり着き、

「ああ、ようやっと着きました。とにかく一分でいいから眠りたいです」

「私はかなり前から小便を我慢していました」

「私はもう腸がほとんどありません。ボンジリを塩でお願いします」

「なにを言ってやがるんでぇ」

疲れていながらもようやっと鞍馬にたどり着いた安心感からそんな戯談を言いながら僧坊近くにいたった一行は目を疑った。

完全武装した僧兵が山門付近にウヨウヨいてかがり火を焚き、互いに声を掛けたり、陰茎をこすり上げたりしながら警戒監視にあたっていたからである。

「こ、これはどういうこってっしゃろな」

訝っていると、

「あっ、怪しいやつらがいてますで。正尊と仲間たちやおまへんか」

「間違いおまへん」

「いきまおか」

「いきまお」

と、声を掛け合い、おらびながら殺到してくるので、

「あかん、逃げ、逃げ」

と言いながら山の中に逃げ込んだ。それでも執拗に追ってくるし、矢は飛んでくる

し、腸ははみ出てるしで、はっきりいって半泣きで、「なんでやー」と言いながら鞍馬山中を逃げ惑った。

なんでこんなことになったのか、というと、それはまあ一言で言えば私の政治力というか人気というかそうしたもので、前にも少し言ったが私はマアマア緻密に行政をやっていて、みんなの顔が立つように配慮してきた。それはもちろん自分のためでもあるけれども、公のためでもあり、ということは結果的に鎌倉殿のためでもあると思っていた。ところがそれが鎌倉殿の不興を買ったわけだがそれはまあよいとして私は、まあ自分で自分のことをこんな風に言うのは気ちがいぢみていて嫌だが、好かれていた。みんなが私に好意的だった。それは院や朝廷の人たちもそうであの人たちは一般の常識では考えられないくらい無人情な人たちだったけれども、それでも私に対してだけはときどきほんの僅かだけれども人情のひとかけらを示して、心の底から、にこっ、と笑うときがあった。

もちろん出自が出自だから仏教関係者からはとても好かれていて、私のことを利益代表のように思うと同時に、心の底から応援してくれる人が何人かいた。

実はこの鞍馬の責任者もそうで、ってそらあたり前だ、私は鞍馬出身だ。その頃、一緒に修行した同期はみな幹部クラスになっているし、まだ健在な師匠も多い。私に同意・同心するのは当たり前だし、しかも責任者だけではなく、こんなことを自分で言うのは、まるで自慢親爺みたいで嫌だが事実なので仕方ないから言うと、私はあの権勢を誇った平家を西海に沈めた伝説的英雄であり、かつまた超絶美男であったため、実務スタッフである大多数の僧の支持があって、私に敵対する奴が逃げ込んできて、これを匿うということはまずないと思われた。

そしてまた、洛中の騒ぎは当然のことながら既に伝わっており、もしかしたら正尊、来るかも、来たら捕まえて連れて行きまひょな、と言って警戒を強めていたところへ逃げ込んできたのだから当然そんなことになる。笑う。

じゃあ正尊はなぜそんなこともわからなかったのだろうか。もちろん寺だから、いま民意を完全に無視して権力を行使できないのと同じように当時は神意を無視できず、寺域＝神域を兵馬が侵すことはできなかった、そこへ逃げ込めば追手がそれ以上、追ってこられない、という判断だろうけれども、私が鞍馬出身というのは有名な話で、それを知らなかったとはとても思えない。じゃあなんで、と言うに、一言で言うと、馬鹿だから。ということになる。

というのは、そういう人は昔も今もけっこうな数、いて、高い教育を受けていろんな知識はある。演算処理能力も高い。ところがそうして頭のなかにある知識や得られた計算結果を現実に対応させ、自ら決断して行動する能力がきわめて低い、というか、ない。

ならば、俺にはそういう能力が欠けている、と自覚して慎重に行動すればよいのだけれども、なまじ頭がいいものだから自分に自信があって、この賢い俺が判断を間違うわけがない、と自信をもって間違うのである。

そして間違った後、その原因を究明するためにいろんな分析をするのだけれども、自分が判断を誤ったかも知れない、という可能性だけは絶対に考えないので、永久に間違い続ける。

正尊はそっち系の人であった。

「ううむ。まったく理由がわからないな。なんで鞍馬の方が私を捕らえようとするのかな」

そんなことを呟いて首を傾げている。周囲の人のなかには、あたりまえやんけー、と思っている人もいたが疲れきっていたり、腸がはみ出ているし、それよりなにより矢は飛んでくるし、敵が追いかけてくるのでゆっくり説明できず、

「まあ、当然なんですけどね」

と呟きつつ山中を駆けた。

さて一方その頃、私は、というと激怒していた。ってのはそらそうだ、土佐坊正尊を逃がしてしまったのだから。そして馬小屋の前には多くの将兵が数珠つなぎになっ

ていたが大抵はどうでもいい奴だった。私は弁慶、喜三太以下の麾下の者に言った。

「あのですね。あそこまで追い詰めたわけです。最初の辛いところを凌いで、後半はもう勝ち戦だったわけです。だったらさあ、こんなつまらない奴を集めるんじゃなくて正尊を捕まえないと意味ないと思うんですよ。違いますか」

みなが黙っているので、仕方なくだろう、弁慶が答えた。

「ええ、まあ、そうなんですけど、なんていうんですか、生け捕りにしろ、って言われたんでやはり数値的なっていうか、数もある程度、大事なのかな、と思いまして」

「こういうのは数、集めればいいって問題じゃないんですよ」

「ええ、そうなんですけどね、喜三太が……」

「えええええっ、俺すか？　待ってくださいよ。俺、関係ないじゃないですか」

「関係ない、ってなに言ってンだよ、君、いったんは大将軍に任命された人だろうが。その君が一生懸命に数をこなしているのに僕らがそれを無視して大物を追う訳にはいかないだろう」

「そんなこと言ったら、正尊、逃がしたの、俺のせいみたいじゃないですか」

「いや、そうとは言わないが、まあ、そうだな」

「えええええええ？　マジですか。じゃあ、言わせてもらいますけどねぇ。俺、さっきまで下人だったんですよ。だから、正尊の顔とか、ちゃんと見たことないんですよ。

付き合いないんで。けど、あれですよね、弁慶さんは使いに行って会ってるから顔、知ってますよね、つか、連れてきたんですよねぇ、ここまで。だったら顔、知らない俺が無理して探すより、知ってる弁慶さんが探して捕まえた方がぜんぜん早いじゃないですかあ？　なのに俺とおんなじことやって、数、集めてたのって、ちょっとアレですよね」

「アレ、ってなによ。はっきり言いなさいよ」

「いや、俺の口からはとても言えませんよ」

「言えないってことは、馬鹿って言いたいの」

「まあ、結果から逆算すればそういうことになりますよね」

「ひどい。ひどすぎる。みんなの前で私のこと馬鹿って言った……」

と弁慶が面倒くさいことを言い始めたので私は慌てて、

「いや、そうではなくね、そうやって責任のなすり付け合い、とか、罵り合いをしているうちにも正尊はどんどん逃げて行ってる訳です。そのうちに京都を脱出するかも知れない。そうなったらより難しいことになるわけなんですよ。だから早く……」

「捕まえに行け、ということですね」

「その通りなんです。わかったら早く行かないと殺します」

「わかりました。捕まえに行きます。その前にひとつ聞いていいですか」

「なんだ」

「大将軍は変更なしですか」

「あ、じゃあ、ここへ来てください」

「じゃあ、私が大将軍なんですね、ヤッター♡」

「殺します」

「行ってきます」

という経緯を経て数名の警備を残して精鋭は全員が出動した。私はその後ろ影に、「逃がしたら殺しますからねー。頑張ってねー」と声援を送った。


さあ土佐坊は一行はどこへ逃げただろうかというと、僧正《そうじょう》が谷《たに》へ逃げた。鞍馬の北、貴船《きぶね》の領域で、覚えておられるだろうか、昔、私が復讐の念に凝り固まって武芸の習得に励んだ、邪霊が吹きだまり、鬼なども多く棲む、どちらかというとアングラ感満載の神域である。ここであれば同じ敗北者の霊魂に護られて容易に攻められないのではないか、と考えたからである。

しかしそれは甘い考えだった。なぜなら邪霊は人にそんな親切にしないからで、もちろんボロボロの正尊一行が逃げてきたのは見て知っていたが、別にこれを助けようとは思わなかったし、見ても、「知らん」「関係ない」と思うか、或いは逆に、「滅びろ、ぼけ」と思うかだった。

　なので追討軍は難なく貴船に侵入できたというか、逆に、鞍馬まで追ってきて僧兵・大衆から、貴船に逃げ込みました、という情報を得た私の武者たちも、鞍馬だったら神意を憚って入りにくいが、「貴船だし、別にいいか」って感じでガンガン侵入していった。

　またしても正尊は判断を誤ったのである。或いは、貧すりゃ鈍す、ってやつか。

　まあしかし状況から考えて貴船くらいまでしか逃げられなかったのは確かで、もはや頼るのは貴船大明神のみと思ったのか、鎧を脱いで奉納した。そうして逃げるうちに部下とも散り散りになってついに頼る者ない、ただの一名となった。馬すらちょっと目を放した隙に、こんな奴と付き合っていたら命が幾つあっても足りない、と思ったのか、ささささ、とどこかへ逃亡していた。

　ああ。ただの一名となってしまった。いっやー、でもオッケーかな。軽いよね。一人の方が軽いよね。だってそうでしょう、大勢でいると、ほら、見つかりやすいじゃん。その段、一人なれば見つかりにくいわよね。音とかも大きい訳だしな。訳だしね。どっちがいいんだろう。どっちでもいいよ。とにかく僕は身軽になって助かる確率が、グン、とあがった。グン、って音したんじゃない、いま。それはやばい。うーんがあ、見つかるからね。音したらね。でも、でも、僕はポジティヴだからなあ。もう、どんなときでもなんでも前向きに考えるのが儂という人間の特色じゃよ。だからあ、ほら、向こうのっていうのは、追討軍の立てる音の方が遥かにでかい。だからかかる、グン、なんて音はなんということはない。といってただここに立っていたら見つかる。見つかってしまう可能性が高い、って言ってたら、ワササ、斜面を滑り落ちてしまった。ううむ。でも泥が付いただけで骨とかは折れていない。よかったことだ。しかしといって喜んでばかりもいられない。隠れないといけない。だからどこかに隠れるところはないかと思ったらホラネ。ホラネ。ホラネ。大木があって、なかに十分、人が入れるくらいの空洞がある。こういうものがね、隠れようと思った瞬間にすぐに、ばっ、とある、っていうのが幸先がいいっていうかね、非常に肯定的な気持ちになる。気持ちになっていく。と思う一方で大木というのは非常に目立つ。だから大木があったら人は、「ややや、こんなところに大木がある。すーごいね」と思う。だから僕もすぐに大木を見つけた。ということは敵もすぐにこれを見つけるのではないか、という考えが浮かんでくる。そしてそこには洞《うろ》。逃げ込むには最適の洞。これを見たら追手はどう思うか。あああああっ、あかん。なぜだ。なぜかいつになくネガティヴな想念が浮かんでくる。キャラもあまり変幻しない。なんか素の感じになってしまっている。しっかりせんかいっ。俺は土佐坊正尊。生きている限り希望を抱き続ける男。死んでも領地を貰う男。って、ちがーう。僕は死なない。生きる。絶対に生き延びる。生き延びるという信念。これが最も重要なことだ。信じること。念ずること。このふたつ。これが大事だ。僕は僕を信じる。僕は大木を信じる。木の洞を信じる。はあ？　木の洞？　そんなしょうむないものを信じていいのか？　という疑問なんて浮かばない。浮かんだとしたら僕はバカだ。僕はバカか？　バカかも知れない。賢かったらこんなところで木の洞のことなんて考えていない。家で糯米《もちごめ》を食べ食べ花を眺めている。て、いやあああああっ、そんなことは、ないっ。もうもう、どうだっていい。俺はもう休みたい。木の洞で寝る。それが家族の幸福につながる。

という感じで駄目になりつつあった正尊が大木の洞に隠れた、その直後、弁慶、片岡を初めとする武者どもが正尊を追ってその場所にやってきた。

「いっやー、どうも見失ってしまいましたなあ。このあたりはもう山でしょう。街道なんかだとね、ほら、こっちはこっち、こっちはこっちてきまってますやん。ほやさかい、こっちか、場合によってはこっち、と大まかな見当ちゅうもんがつきますわいな。或いはまた、店やとか人の家やとかがありますからね、こういうもんが逃げてこなんだかと、たんねることもできますわ。ところがここは山だっさかいね、道も特にないし、尾根越えて、谷越えられたら、どこへいったかその方角すらわからない。たねようにも人が住んだない、こら困ったことになりましたなあ」

「それはそうだが、といって見つけないで手ぶらで帰ったら私ら全員、殺されます。

なんとしてでも見つけないと」

「うーん。そこまでされますかねぇ。僕のイメージだとけっこう部下思いなイメージあるんですけど」

「いやいやいや、君、あれでしょう。近侍したの最近でしょう。最近はねぇ、あんまり現場なくて、政治ばっかりだったからアレですけど、いざとなったらなにするかわからん人ですよ。割と切れやすいし」

「マジですか。ほんだらなんとしても見つけんとあきまへんな」

「さよさよ。けんど、いてまへんなあ」

「いてまへんなあ。見当すらつかん」

と、武者どもが正尊が隠れた大木の洞を探しあぐねていたのには理由があった。というのは正尊は斜面を切った細い杣道《そまみち》から斜面を稍滑り下ったところに大木を見つけ、その洞を見つけた。ところが武者どもは杣道にいたので、大木の根方にある洞が見えなかった。しかし大木はわかるのではないか、というとそれもわからなかった。なんとなれば彼らは正尊を探し、正尊正尊正尊、と思い詰め、ひたすら正尊に集中していたので余のことには神経が行き届かず、大木も小木も等し並みに木としてしか認識しておらなかったからである。

「いてまへんなあ、伊勢はん」

「いてまへんなあ、って、鷲尾はん、あんた元は猟師だっしゃろ。猟師してたとこ、御主君に見出されて武将デビューしたんすわなあ。こういう山ン中、得意なんとちゃいますの。なんぞの勘、働きまへんか」

「いっやー、お恥ずかしい。確かに元は猟師をしておりましたがねぇ。最近はもうすっかり武将としての活躍がメインで、しかも寿永の戦以降は京都でデスクワークばっかりでしたでしょ。いまももう、ちょっと山道歩いただけで息が上がって。勘とかもうぜんぜんあきませんわ」

「なるほどねぇ、そんなもんですかねぇ」

「そんなもんでふわ。しゃあけど、その段、やっぱ喜三太君とかは、ついさっき、昨日の夕方まで下人やってましたからね、身ぃ、軽いんでしょね、あんなことしたはりますわ」

「あんなことってなんでんね」

「後ろ見てみなはれ」

　言われて伊勢三郎が振り返ると喜三太、巨大な倒木の上に立っている、驚き呆れた佐藤が言った。

「喜三太君、そんなところに登ってなにしてるんですかねぇ。危ないから降りたらどうですか」

「ほほほほ。侍が危ないとは笑止っすね。事に当たっては危険を顧《かえり》みず身を以て責務の完遂に務めるのが武士じゃないすか」

「そりゃまあそうだが、遊戯的観念を以てしてそんなところに登って怪我でもしたらつまらんじゃないか」

「ほほほほほほ。だからね、玄人の武士は戦争が弱い、っつんだよ。あんたら、視点、水平的すぎんだよ」

「どういうことだ」

「要するにあんたたち専門家はいつも自分と同じ目線の上に敵が居るものだと思ってる。だからいつも水平目線なんだよ。でも俺なんかは違う。俺なんかは敵はいつも上か下に居ると思ってる。つまり、垂直視点なんだよ」

「それと倒木の上に乗んのとなんの関係があんにゃな」

「わっからん人だなあ。ちょっと、後ろ、その鷲尾さんの後ろ、見てみ」

「ああ、斜面なってますわ」

「そこに大木があるでしょう」

「大木……、あ、ほんに」

「洞、ないっすか」

「洞、そんなもんおまへんで」

「そっから じゃ見えないかも。もっと斜面の方に行ってみ」

言われて鷲尾や伊勢三郎、そして弁慶も斜面に近寄ってのぞき込むように見れば、喜三太の言うとおり根方におおきな洞がある。これは怪しいというので、一同、ざざざざざ、と音を立てて斜面を下っていく。

洞のなかにいて一部始終を聞いていた正尊は、くっそう、あの喜三太のぼけが余計なことしやがって。考えてみれば今回の戦はあいつ一人にやられたようなもの。それをば最後の最後まで邪魔をしやがるとは、どこまで俺の邪魔をしたら気が済むのか。マジでむかつく小僧だ。しかしまあ、いまそれを言っても仕方がない。とりあえず逃げるしかない、逃げよう、というので、洞から飛び出して斜面を駆け下り始めた。

「あっ、おったど。待たんかい、こらあっ」

おらびながら弁慶はこれを追った。他の者も追った。ところが追いつくどころか距離は開く一方で、最初、二、三メートルに過ぎなかったその距離が、あっという間に三十メートル以上開いてしまった。

なんでそんなことになったのかというと、言うのを忘れていたが正尊は当時、日本一の駿足ランナーであった。というか、当時そんなものはなかったが、世界大会があったとしても一位になっただろう。というか、いま五輪やなんかに出ても金メダル間違いなしだと私は思う。

もちろんそのころタイムを計測した訳ではない。訳ではないが、百メートルなら五秒を切っていたし、戦場では十六里を一刻で駆け、誰もついて行けなかった。もちろん私はそれより速かったけどね。まあ、それはよいとしてだからいま、人類最速、とか言って騒いでいるのが私やなんかからすればおかしくて仕方ない。

だってあの頃の武者は弓箭《ゆみや》、太刀鎧を身につけて、大抵は騎馬だったが、走れと言われれば、十里を三時間以内で駆けることができた。もし、鎧もなにも脱いでマラソン大会に出たらほぼ全員が二時間以内にゴールしただろう。熊野水軍の人たちがボート競技に出たら、なんて考えただけでも恐ろしい。馬術競技などにいたっては、私ら垂直の崖も馬で駆け下りるからね、もうなんていうか、お話にもならない。いまの奴らが遅すぎて、もしかしてSF？　って感じになるだろう。

というのはまあよいとして、そんななかでも正尊は足が速いので有名だった訳で、その正尊が本気で駆けたら誰も追いつけない。もちろん、馬で追いかければ馬の方が速いが、あのときは言ったように全員、徒《かち》だった。

そして谷底へ向かって斜面を駆け下りながら正尊は内心で、へっ、ざまあみさらせと、思っていた。戻ってきた、戻ってきた、とも思っていた。

へっ、ざまあみさらせ。棒鱈どもめが。おまえらが俺に追いつけるわけがないでしょうが。って、いっやー、しかし戻ってきたなあ。なにが、っておまえ、俺独特のポジティヴな感じがやんけ。って、俺は誰に言ってるのだろうか。けど、いいよ。正尊、いいよ。こうやって誰もいないのにキャラを自在に変幻させてポジティヴに斜面を駆け下っていく。それが土佐坊正尊の青春なのかなあ。わからないけれども、ただまあ、はっきりしていることは、このまま行くと谷底にたどり着く。そうしたらどうするか。谷を遡行《そこう》して尾根筋にたどり着き、尾根を越えて隣国へ逃れ、再起を図る。これが一番でしょうね。あああ、ひっさしぶりにポジティヴな考えが浮かぶ。っていうか、グングン、ポジティヴになっていく。で、どうしましょうかね。このまま丹波から播《ばん》州《しゅう》に抜けて、素麺かなにかをよばれつつ西国に逃げますかね。いや、それはあんまりかな。素麺があまり好きじゃないっていうのもあるが、あちらには縁故も知己《ちき》も殆どないから殺される可能性が高い。だからどうするかというと、そう、なんとかして北陸方面に逃げる。そうすれば、やはり越前蟹とかそうしたものを食べることができるし、鯖寿司、鱒寿司といった寿司関係も楽しみながらの逃亡生活を送ることができるのではないか。もちろんその可能性は低いが、と同時に殺される可能性も低い。ヤッター。と、俺は真に思う。

そして谷底が近づくにつれて追う弁慶たちの気配が遠ざかり、正尊はいよよ花やいだ、ポジティヴな気持ちになっていったが、さあ、ついに谷底、というところまで来て、突然ポジティヴな気持ちがなくなり、ドブドブにネガティヴな気持ちになった。

なぜか。いったいどういうことなのだろうか、これぞ義経仕込みの六韜の兵法なのだろうか、谷底には一人の武者が待ち伏せており、正尊の顔をド正面から真顔で見つめ、

「お待ちしておりました。片岡経春と申します。あなたを拘束させていただきます。よろしくお願いします」

と言ったからである。片岡経春といえば、私の麾下の中でも有名な男で、一時は千葉の方でブイブイ言わしていて、向こうから片岡が来るのを見たら、あのヤンキー全開の千葉介常胤《ちばのすけつねたね》君やなんかでもびびって、目を合わさないようにして通ったくらいだった。

もちろん正尊もそれを知っているから、ドブドブに落ちた訳だが、しかし、人間は最後の最後まで希望を捨ててはならない、と無理矢理に頭で考え、もうしょうがない、傍らの崖としかいいようがない斜面を直登し始めた。

これも言うのを忘れていたが、実は正尊はいまでいう岩登り、ロッククライミングの達人で休日は近隣の山に出掛けてけっこう山とかに登っていた。

といってこれはいまの人のように趣味や娯楽でやっていたのではなく、修験《しゅげん》、という宗教的な修行の一環で、修験の修行では人跡未踏の山奥を非人間的な速度で移動することを要求され、それを追求するうちに超人的な岩登りのスキルを獲得していたのである。

ばはははは。そりゃあ、片岡は強いかも知らぬ。けれども修験を知らないから、このようにして崖をスルスル登ることができない。弁慶やなんかは少しはやっただろうが、こんな垂直の崖を登るのは無理に決まっている。つまり、もう誰も追ってこられない、ということだ。ははははは。ついさっきはマジで落ち込んで、無理矢理、前向きになっていたけれど、また、ポジティヴな気分が蘇ってきた。ヤッター、という気分が。

そんなことを思いつつ軽快に登っていく正尊を、片岡経春とその周辺の武士が驚き呆れつつ見上げていた。

「よお、あんなとこ登っていきよんな」

「天狗か」

「なんか、すー、って行きますよね」

「天狗か」

「あっこなんかおまえ、庇みたいなってんのに楽勝でいきよる」

「天狗か」

「どうでもええけど、おまえ、天狗か、しか言われへんのか」

「天狗か」

「まだ言うとおる」

などという武者どもの称賛の声は正尊の耳に春風のように心地よく、ますます気をよくしながら正尊は崖を登りきり、登り切ったところで谷底、そしてさっきまで駆け下りていた斜面を眺めた。武者たちが罵り騒いでいる。

ふっ、岩も登れない武者とは哀れなものだな。まあ、そこへいくと俺は岩にも登れる。火の上を駆けることもできる。義経君が壇ノ浦とかで凄かった話は既に伝説化しつつあるが、ははは、後日、私が名をなした際もこの逃亡劇は人々の語り草、伝説となるに違いない。正尊、崖のぼり、的な。ってでもそれってちょっとださいかな。鯉の滝のぼりみたいでださいかな。そうすっとなにがいいだろう。正尊、怒りの登攀《とうはん》、みたいな感じかな。なんか怒りのアフガン、みたいな感じするな。アフガン国っていうのが天竺《てんじく》の先にあるらしいが、なんかそんな感じがしてちょっと渋いよね。とにかくまあ、正尊、と最初に付くのは間違いがないわけだが、はっきり言っていま決める必要はない。とにかくいまは逃げるときだ。逃げよう。しかしどうやったって奴らがここまで追いつける訳はないわけだから慌てることはなにもない。ゆっくりと悠然と逃げる。その方が、後日、伝説化されたときに格好がよいからね。正尊法師些かも動ずる気配なく悠然としてやがてその姿消ゆ。みたいな、ね。余裕をかます感じね。だからといって下で口惜しがっている奴らにべかこうをしたりおしりペンペンをしたりはしない。そういう不作法はせず悠然として姿を消す。これが正尊の生き様なのだ、感嘆符っ、的な。そういう感じで行こう。

と正尊は、歩みかけ、すぐに立ち止まった。

私の部下の中でもっとも優秀な男、佐藤忠信が狩猟用の大きな矢をつがえ、いつでも発射できる体勢で、ド正面に立っていたからである。

後ろは崖。崖下には弁慶たち。行く手には佐藤忠信。ルルル、進退窮まったとはこのことね。ルルル。ああ、もうこうなったら仕方がないわ。捕まってあげるわよ。捕まってほしいんでしょ。いいわ。捕まえなさい。プンプン。と、キャラクターを変えたところでもはやどうなるものでもないが、いろいろやり過ぎて元の自分、オリジナルな自分がどんなだったかを忘れてしまった。水もあまり飲んでいないのでちびる小便もない。切腹をしたいが刀もない。ルルル。もう僕はどうしたらいいのかわからない。どうとでもしたらよい。僕はもう知らん。僕は疲れた。ああ、ご苦労さん。捕まえてください。殺してください。ああ、すぐには殺さないんですか。そうですか。じゃあまあ、行きましょう。

そんな心境だった、と正尊は最後、弁慶に語ったらしい。

とまあ、そんなことで取りあえず、弁慶らが鞍馬へ連れて行き、もし残党がそこらにいて、私を殺そうとした段階で、朝廷にも院にも刃向かった、国家的犯罪人である正尊を奪還されでもしたらえらいこと、というので、東光坊から僧兵五十人が警固して、もちろん弁慶らもガチガチに警固して、私のところへ連行した。

私の邸宅の庭に引き据えられた正尊は最後のキャラクターを決めているようだった、すなわち、泰然自若《たいぜんじじゃく》として死んでいった立派な武将というキャラクターである。もちろんそれは後世に名前を残そう、とかそういうことではなく、鎌倉への聞こえ、という実際的な効能を期待してのことであった。

けれども弁慶以下、私の麾下の武士たちはそうした正尊の見え透いたキャラ作りにむかついていた。なぜなら、必死のパッチで生き延びようとしていたくせにしらこいんじゃ、と思ったからである。

なので弁慶は縁に出てきた私の前で、「はよ、座らんかい、だぼっ」と怒鳴って、乙に澄まして容子《ようす》をしている正尊の背中を蹴り、庭に座らせた。

そのとき私は完全武装をしていた。このように正尊が捕らえられているのだからもはやその必要はないのだが、まだそこいらに残党が潜んでいて矢や礫が飛んでくるかも知れない、という用心のためであったが、それとは別に、鎌倉殿の代官である私の邸宅に正尊が軍勢を率いて攻めかかってきたので防戦した、いわば公的な役務であるということを内外にアッピールする意味もあった。

疲れているからといってラフな服装で、それをすると、なんとなく気に入らないから鎌倉殿の御使者を捕まえて庭に引き据えて尋問した、ということにどうしてもなってしまう。

という訳で小具足佩楯《こぐそくはいだて》をつけ着剣した私は引き据えられた正尊を見た。頭の悪い河豚《ふぐ》のような顔をしていた。庭の土がピンぼけのように正尊を取り巻いてグルグル渦巻いているように見えた。私は疲れていた。疲れすぎていた。私は正尊に言った。

「なんで嘘の起請を書いたんですか」

正尊は俯いて答えない。

「起請に嘘を書けば死ぬ。というのは違うか、起請に背いたことをしたら死ぬんです。そんなこともあなたはわからなかったんですか」

正尊は黙っている。

「起請というのは重要なものなんです。神に誓う正当な文書なんです。乱発してよいものではないんです。本来はね」

と私はついに言ってしまった。起請の現状を認めてしまったのだ。けれども私は偽りの起請を書いたつもりはなかった。だから私は正尊を殺したくなかった。なんとなればいま正尊を殺すということは兄の使者を殺すということで、つまり兄に弓を引く、兄と全面的に敵対するということになってしまい、あの起請の内容と現状が違ってきてしまうからだ。

そしてまた政治的にも、ここは正尊を殺さず、生かして返すことが重要だった。嫌味な感じで「なんや攻めてきはったけど、どういうことどっしゃろなー」と言って生かして返す。これが王朝流で鎌倉には有効だった。

けれどもそのためには正尊の自白が必要だったし、自白させるためには正尊が助かりたいという意志を持っていなければならなかった。そこで私は正尊に言った。

「まあ、どうしても助かりたい。命あっての物種《ものだね》だ。生きていればこそいろんなことができる。死んだらなにもできない。そんな風に思うのなら助けてあげないこともないですが、どうですか。土佐坊さん」

それに対して正尊は額を地面にこすりつけて言った。

「額が痛い。って、駄洒落かいっ。というようなことを私は言いたいのではありません。私が申し上げたいのは名誉についてです。猩々《しょうじょう》という動物は血を惜しんで大事にするそうです。また、犀《さい》という動物は角をとても大事にします。そして日本国の武士はなにを惜しんで大切にするのでしょうか。そう、名誉です。武士はなによりも名を惜しみます。命よりも名前の方が大事なのです。安い名前を持って帰るより、死んで価値ある名前をこの世に残したいです。もし、少しでも私のことを考えてくれるんだったら、できるだけ早い刑の執行を望みます。よろしくお願いします」

「なるほど。人間の命はなによりも大切だ、と言っているのだな」

「いや、そうではなく……」

「いやいや、みなまで言うな。君の、命は尊い、というメッセージはこの義経、しかと受け取った」

「いや、違いましてですね」

「わかってるわかってる。おい、弁慶君、ここでは話しにくいこともあるだろうから別室で……。わかってるだろうな」

そう言うと弁慶は意味ありげにニヤリと笑い、「わかってます」と言うと正尊を引っ立てて行き、後で報告を聞いて、いや、もうはっきり言って嫌になった、「やっぱりこういう人はすぐに殺さないとね」と言いながら六条河原にて正尊を斬殺した。実際に斬ったのは駿河次郎《するがのじろう》という奴で長男と伊北盛直も同時に斬った。長男は十九歳、伊北は三十三歳、土佐坊正尊は四十三歳の命であった。

兄は、「僕の使者を殺すなんて信じられない」と息巻いて周囲の人たちは、「ですよねー」と同調したが、兄の居ないところでは、「ああなったら、普通、殺すよな」「殺す殺す」と言い合っていた。

このことで私ははっきり兄と敵対することになった。

当時はいまと違って京都の情報が鎌倉に伝わるのに数日を要し、私が正尊を殺したことが頼朝さんに伝わったのは二十日を過ぎた頃だったらしい。それから頼朝さんは割とすぐに京都に向けて出発すると言って人数を集めた。

その前、治承・寿永の戦争の際ですら鎌倉を出なかった、そして、再三再四、院サイドに言われても鎌倉を出なかった頼朝さんが、である。

でも、というのは当たり前の話で、私の軍略家としての声望は全国に広がり、早くも伝説化し始めていたし、院とも南都とも北嶺とも熊野とも関係がよく、伊勢にも伊予にも地盤があったので、例えば私がいったん西国にくだってそこで勢力をたくわえたら、頼朝さんが伊豆で挙兵したときとは比べものにならない大勢力となって鎌倉を脅かすのは間違いがなかった。

しかも鎌倉の背後には佐竹がおり鎌倉に与同する勢力と激しく対立、小競り合いはしょっちゅう、常に鎌倉を潰すタイミングをうかがっていたし、そのさらに奥には奥州藤原、すなわち秀衡さんという一大勢力が不気味に存在していた。

もちろん私と秀衡さんの関係が悪いわけがない。

そしてなにより私は源氏の正統で、そういう意味では頼朝さんに代わって源氏のトップになる資格があって、これが大きかった。もし現状に不満があって、これを打ち破りたいと思った人が代官所を襲撃したら単なる強盗だけれども、私が一緒に行けば正義の鉄槌というか、はっきり言って法的な正当性が備わる。

その私に西国・畿内を押さえられ、北には秀衡さん、京都はとりあえず自分たちの既得権益を確保してくれるんだったらなんでも誰でもいい。仏教勢力もそんな感じ、となると一気に鎌倉の旗色は悪くなる。だから、ここで頼朝さんが慌てるのは当然だった。

しかし頼朝さんとしては賭けに近かっただろう。というのは。そう、仰る通り、もし頼朝さんがいない間に、佐竹と愉快な仲間たちが全力で侵入してきたら。残っている奴らは自分の所領が一番大事で、自分の所領のことしか考えていないから、勝ち目がないと思えば戦わないで逃げる。

というと今の人は、「え？　マジですか。主君のために命を投げ出して戦うのが武士とちゃうんですか」と言うかも知れないが、当時、そうした武士道的な概念はなく、もちろん、戦うときは命を懸ける、だからこそみんながびびっていた訳だが、それはあくまでも自分と自分の一族・仲間、部下・使用人が生きていくためであって、それは忠誠心などというものではなかった。譬えて言うなら会社より家庭が大事、みたいな感じじか。

だから頼朝さんが留守で頼りにならない、ってことになれば戦う理由がない。それが関東武士ってやつよ。と、嘯《うそぶ》いてレンタカーに乗りこんで去って行くのがまともな奴、とされていた。

ってなんの話をしてたんだっけ。あ、そう、そういうことだから頼朝さんは関東を離れられない。でも自分で行くって判断したってことはそれだけ私を怖がってたってこと、という話を私はしていた。

といってもうひとつ言うと、そのように慌てた頼朝さんが、普通だったら、「一刻も早く軍勢を率いて進発しよう。そうしないととりかえしのつかないことになる」と焦り、いまやっていることをすべて中断して出発するところ、そうはしないで、そのときやっていたことをすべて完璧に終わらせてから出発したのは、さすがというか、うまいというか、やるなあというか、やられたなあ、って感じだった。

というのはそのとき頼朝さんがやっていたことと関係していて、そのとき頼朝さんは亡き父の遺徳を偲ぶために建立したお寺・勝長寿院の落慶式、すなわち竣工記念行事を執り行っており、これを完全・完璧に終わらせてから出発するから人数を集めよ、と命令を出した。

このことがなにを意味するかというと、そう、亡父の追善のための寺を建てたのは俺、したがって源氏の正統は俺、ということを内外に印象づける。そうすると、その正嫡に逆らった私には源氏の正統という資格がなくなって私の味方をする者が減る、という、わかりやすく言うと源氏の正統アピを行った、ということで、時間との闘いの中でこの判断ができたのはこちらにとっては痛かったかも知れない。

それをせずに慌てふためき、ヒステリックに喚き散らしてあたふたと進発したら、関東の武士の多くは形勢からして頼朝さんを見限った可能性が高かったからである。だから呼びかけに応じて多くの武士が参集した。かというと、まあそうでもなく、その場で参加者名簿に署名したのは、そこにいた二千人のうち、五十八人に過ぎなかった。それ以外の者は、私とまともに戦ったら死ぬ、と信じていたのだ。なので先遣隊として出発したのは五十八名。有名どこでは小山朝政《おやまのともまさ》、結城朝光《ゆうきのともみつ》やなんかがメンバーで。

まあ、でもそれは後でわかったことで京都には違った情報が齎されており、私が受けた報告ではどこでどう話が違ったのか、今回は前回辞退の畠山重忠を初め武蔵七党すなわち埼玉県東京都神奈川県東部の武士団の方々が先陣として既に名古屋の熱田《あつた》宮まで来ており、後陣としては小山朝政ちゃんが一千余騎を率いて関東を出発、ということになっていた。

或いはそれも関東が意図的に流したガセ情報だったのかも知れないけれども。で、それを受けて、というか、正尊を殺して以降、私が考えていた戦略はどうだったかというと、さっきちょっと言ったように、いったん豊後《ぶんご》とかあの辺に行って勢力を蓄え、再度、京都に攻め上り、奥州と連携して鎌倉を圧迫する、という戦略を立てていた。

そしてそれに際して私がどうしても欲しかったのが、宣旨、ってやつだった。いまの人に宣旨なんていってもわからない、なんと言えばよいのだろうか、いわば命令書で、天皇が出した命令書ってことだ。

でもこれは手続きがメチャクチャ複雑で担当者が百人くらいいるから簡略化した綸《りん》旨《し》ってやつをけっこうつかってた。

ああ、説明、疲れる。まあ、要するに天皇の命令書ってやつ。これがあるとないとでは大違いで、例えば頼朝さん、石橋山の戦争で負けて千葉とかあっちの方に逃げて、凶悪なヤンキーの人たちがみんな頼朝さんに味方したのは、それはさっきも言ったように亡き父・左馬頭殿の遺徳、源氏の御曹司という立場が大きかったからだけれども、それとは別に、そうした命令書があったのが大きい。また、それに加えてなぜ他の地域、木曾、甲斐とか、あんなところで同時多発反乱が起きたかというと、それも命令書があって、実はこんな命令書がありまんねん、と見せて歩いたからで、地方に行けば行くほど、こうした宣旨とか綸旨の効果が大きく、ある意味、絶大と言えた。「ああ、もう、それやったらこっちに味方しといた方が絶対に得やな」みたいにみんなが思ったから。

で、ここを声を大にして言いたいのだけれども、いま私、「そうした命令書があったのが大きい」と言いましたよね。言いました。あえて宣旨とも綸旨とも言わず、命令書といったのはなぜか。それは頼朝さんが持っていたのが宣旨でも綸旨でもなかったからで、じゃあなにかというと頼朝さんが持ってたのは令旨《りょうじ》だった。

だからなに？　っていうか令旨ってなに？　と仰るだろう。説明しよう。また、説明か。また説明だ。ええっとですねぇ。宣旨とか綸旨というのは天皇が出す。院宣というのは上皇（含む法皇）が出す。令旨というのは皇太子とか皇后とか親王が出す。つまり、宣旨とか綸旨とか院宣に比べると一段格落ちというか、宣旨とか綸旨とか院宣がロイヤルストレートフラッシュだとしたら令旨はただのストレートとかフラッシュみたいな感じでカードとしてはかなり弱い。

けれども田舎者はそういう細かい差がわかんないから、令旨ってだけでありがたがって、へへえっ、ってなる。今で言うと、どんな中古のボロでも、ルイ・ヴィトン様あっっっっっ、メルセデス・ベンツ様あああっ、みたいな感じ。内容を問わず外国語（フランス語や英語）で書かれたものを権威と思ってしまう心性に似ているという説も。

で、その令旨が大いにものを言ったわけで、だから私はそのうえを行く宣旨を貰おうと思った。宣旨というのは覚えているね、そう、天皇の命令書。これを持っていれば、いくら頼朝さんが、俺は源氏のトップ。勝長寿院も造ったし。と胸を張ったところで対抗できない。るふふ、これをみたか。あのとき頼朝さんは流人。諸国の源氏のひとりで直接名指しって訳では実はなかった。それに比べて私は朝廷と太いパイプが繋がっているから直接、頼朝討つべし、と明記した宣旨を賜ることが出来、そうすれば世間は源氏の統領、八幡大菩薩の氏子代表は当然のことながら九男の私と認めざるを得ない。そうすれば西国の武士は雪崩を打って私のところに集まり、私は頼朝さんを簡単に圧迫することができるのであって、こんな嬉しいことはないっていうか、すごくいい状況が生まれてくる。

なので私は宣旨をもらいに行った。

というと、私がぶらぶら歩いて、なんか看板を掲げてある役所みたいなところに行き、申請書類を書いて命令書を発給して貰ったように聞こえるが、そんなことはなかった。じゃあどうしたかというと、宣旨にしろ綸旨にしろ、古《いにしえ》に比べればかなり簡略化されているとは言い条、それなりに面倒くさい手続きがあって。

また説明で申し訳ないがその手続きを説明すると、天皇に話を通してくれるジャーマネ的な公家《くげ》さんが何人かいてそのなかの一人に頼んで、天皇に折を見て話をして貰うのだけれども、私がそのジャーマネ的な人に直接、言うことはできず、私の担当というか、話を通せそうな感じの、日頃から付き合いのある仲のいい公家さんに頼んで、そのジャーマネ的な人に話して貰う。もちろんそれはそれなりの身分の人でなければならず、自分の身分が低い場合は、自分と同じくらいの感じの人に頼み、その人がその上司に頼み、って感じで下から上げて行くからなかなかジャーマネまでたどり着かない。幸いにして私の場合ははっきりいって英雄で都の守護神だったから一撃でいけた。そうすっと、そのジャーマネ的な人が帝に、「義経がこんなん言うてきてるんですけど、いいでしょうかね。どうでしょうかね」と問う。そうすっと天皇が口で、「いんじゃね」と言う。これすなわち宣旨である。しかしそれではなにも残らないから、ジャーマネ的な人が、私の担当の公家さんに、天皇はこう言ってました、と書いて渡す。で、それを直接、私に渡すかというと、そうではなく、その担当の公家さんはその書類を書類を作る専門の役所に持っていって、こういう書類が出たから、こうしなさいや。という内容の書類を作って貰い、それを私に渡してくれる。それで初めて正式の宣旨となるのであるが、私はそれを貰った。凄いでしょう。って、わからんか。じゃあ、もう一回言うと、

義経↓義経担当の人↓天皇のジャーマネ的な人↓天皇↓天皇のジャーマネ的な人↓義経担当の人↓書類作成担当の人↓義経担当の人↓義経

という経路になる。凄いでしょ。っていうか面倒くさいでしょ。でもその分、権威があって西国の住人とかにはアッピール力がある訳。だからどうしても欲しかった訳。

というと、ただ面倒くさいだけみたいに聞こえるけれども、もちろん一番難しいのは天皇が、「いんじゃね」というかどうかで、天皇が、「無理っ」と言えばそれでおしまいで、私の場合ももっとも難しかったのはその点であった。

なので私は以下のような文章を奉った。すなわち。

私が死を顧みず反逆者を滅ぼしたのは個人的な動機もなかあないですけど、最終的には帝に安心していただきたかったからです。なので猛烈に褒めて貰ってあたりまえです。ところが嫉妬なんでしょうかねぇ、なんなんでしょうかねぇ、二位の将軍が私に意味不明の敵意を抱いて私を滅ぼすために軍勢を差し向けたようです。ちょっと意味わかりません。でもこうなったうえは自衛権というものがありますから、戦わざるを得ません。そこでお願いがあります。日本全国とはもちろん言いませんが、情勢から考えれば、逢坂の関より西、すなわち、関西、中国四国、九州地方は私に預けるという内容の宣旨をお願いしたいです。でもそうすると京都が最前線ということになってしまい、義仲将軍のときのようなことになってみんなが迷惑します。庶民が苦しみます。なので私はいったん京都を立ち退いて、中国四国九州方面に行って戦争の準備をしようと思います。もちろんあの平家の人たちのように帝をお連れするようなことはいたしません。もちろん天皇様も法皇様もです。なのでご安心ください。けっしてご迷惑をお掛けいたしません。だからください。西国をおまはんに賜う、と明記した宣旨が下りますようお手配ください。よろしくお願いします。

文治元年十一月一日　源義経

この文書のミソは、そう、京都の人たちには絶対に迷惑をかけないと誓っている点で、なぜかというと義仲さんとの合戦の際、義仲さんの軍兵がムチャクチャ、すなわち放火掠奪強盗強姦民間人の殺傷など見境のない行為をしたことがみんなの心の傷となっていたからで、あのときは各家や宮中の宝物がその価値のわからない山の猿同然の兵によってバキバキに壊され、或いは燃やされ、はっきり言ってけっこう高位の女性が凌辱され、もし仮にあんなことになるのだったら絶対に宣旨なんて出せない、って話に絶対なる。だから私は、宣旨が賜れなかったら逆に京都が戦場になる、という意味合いも文章にこめた。このあたりに私の政治家としての急激な成長を見て取るのは私だけだろうか。ってただの自慢やんけ。後、日付はテキトーです。

ってことで逃げようのない文書を提出したので天皇はすぐに、「いんじゃね」と言ってくれた。

という訳では当然ない。なぜならそんなことをしたら頼朝さんが怒るからで、頼朝さんが怒ってしまったらそれはそれでいまのいい感じの生活が維持できなくなるからである。そういう場合はどうするかというと、取りあえず会議を開いてみんなの意見を聞く。そしてみんなで決めたことだから、という納得感、安心感に基づいて物事を進めていく。けっしてトップの個人的なリーダーシップに任せない。これが私たちの社会そして組織の昔からの特色である。

という訳で天皇も、そんな大事なことを俺に聞くな。おまえらで大まかな方針を示せ、アホンダラ、と仰ったので、公卿僉議、という名前の会議が仙洞御所《せんとうごしょ》というか、まあそんな感じのところで開かれた。

「まあ、とにかくね、えらいこってすわ」

「えらいこってす」

「どないしましょな」

「そらまあ、あれでしょうね、やっぱり言ってる中味は義経の言うてることの方が普通、っていうか当たり前ですよね。同じことされたら僕だって怒りますよ」

「ですよねぇ。じゃあやっぱり西国をやるってことですかね」

「でもそれって意味合いとしては頼朝追討宣旨ってことになりますけどね」

「そうなりますかね」

「そりゃあなるでしょう」

「そしたらどうだろう。怒るかな」

「誰が？」

「頼朝ちゃん」

「えら怒りでしょ」

「じゃあ、やっぱ宣旨、やめとくう？」

「そしたらでも今度、義経君が怒るでしょ」

「やっぱ、怒りますかね」

「激おこでしょう」

「そしたらどうなるでしょうかね」

「そらあれでしょう、上申書見たらわかるでしょう。自分は義仲君みたいなことはしたくない。だから西国に立ち退く。と言ってるんですよ。これを逆から読んだら、もし賜れなかったら同じことやる、って言ってるんですよ」

「マジですか。あっれは二度と思い出したくない。あー、なんか心臓いたなってきた」

「じゃあ、やっぱ出しますか、宣旨」

「けどそうすっと鎌倉が怒るしなあ」

「マジですか。じゃあ、どうすればいいんですかねぇ」

「だから、みんな仲良くやってくれればいいんですよ。いま折角、いい感じなんだから。もう、揉めないでほしい。はっきり言って。黙って生産して、黙って僕らに生産物の一部を貢納してくれればそれでいいんですよ。そんな簡単なことがなんでできないんですか」

「なに、切れてるんですか。切れたってしょうがないでしょう」

「じゃあ、どうすればいいんですか」

「知りませんよ」

「ああああっ、もう、わかった、っていうか、もうしょうがないよ、とりあえず、とりあえず、間に合わせで宣旨、出しましょう」

「え、いいんですか。まずくないですか」

「まずいですけど、取りあえず目の前の危険は回避しないとどうしようもないでしょう。だから取りあえず、出すだけ出してですねぇ、後はもうばっくれるっていうか」

「ばっくれるってどうするんですか」

「だからもう、なんていうんですかねぇ、ああああっ、なんか、そうかっ。あれ、宣旨だったのかー。あー、なんかついうっかり、ぱって渡しちゃった、みたいなのでは駄目ですかねぇ」

「駄目でしょうね」

「やっぱりねぇ。でもまあ、じゃあどうします？　とりあえず」

「とりあえず、まあ、でも出すしかないんで、後のことは後で考えましょうよ。っていうか」

「っていうかなんですか」

「もしかしたら意外に怒んないかも」

「マジですか」

「ええ」

「なんでですか」

「いや、いま思い出したんですけどね、みんな忘れてるけど、義仲の時も実は院宣、出してんですよ」

「そうでしたっけ」

「出してます。頼朝追討院宣。でもほら、あの後、義仲が滅んでそんなものがあったことすらみんな忘れてる」

「っていうか、都合悪いからなかったことにしてただけじゃないですかね」

「それもあるけど、でも源二位もなにも言わなかったじゃん」

「ですねぇ。なんで言わないんでしょうかね」

「やっぱあれじゃないですか、向こうは向こうで朝敵という立場に立ったことをなかったことにしたかったからじゃないですか。それに肝心の義仲はもう死んでるわけですよ。もし義仲がどっかに逃げてまだ院宣持ってたら、そりゃあ、どうしてくれるっ、おまえらのせいだ、って文句言うかも知れないけど、死んでるわけですから実害がない。実害がないのに、ぎゃあぎゃあ言ったって損、ってことを知っててんですよ。あの人は現実主義者だから」

「なるほどね。でも義経はまだ生きてます」

「でもあれじゃないですか。頼朝が軍勢を率いて鎌倉を出たよ、つったら畿内の源氏はみんなあれっしょ、頼朝の味方して義経、つぶしにかかるでしょ。そしたら義経も大物《だいもつ》の浦あたりで討たれて死ぬんじゃないですか」

「なんで大物の浦なんすか」

「わかんない、いまパッと思いついただけで、まあそれは冗談ですけど、とにかくどっちが勝っても我々は責任を問われない。なぜって、義経が死んだら現実主義の頼朝は敢えてそのことで騒ぎ立てることはしないし、仮に義経がつぶれなかったとしても、出した宣旨が効いてくる。僕らは最初から応援してました、って言えるんすよ」

「なるほど。完璧なロジックですね。じゃあ、出しましょう。宣旨、出しましょう」

みたいな感じの公卿僉議を経て私に宣旨が下った。

そのジャーマネ的な人が出した宣旨の内容は、

文治元年十月十八日　宣旨
従二位源頼朝、偏に武威を耀かし、已《すで》に朝憲を忘る。宜しく前備前守源朝臣行家《ゆきいえ》、左衛門少尉同朝臣義経等をして、彼の卿を追討せしむべし。
蔵人頭右大弁兼皇后宮亮藤原光雅奉

という内容で、やる気のなさが文面に滲み出た極度に簡便な宣旨で日付もテキトーであった。はっきり言って頼朝が威張ってるから行家と義経でどつき回せ、ってたったこれだけの内容で、普通はもうちょっとらしく、どこがどうあかんとか書くはずなのだ。それを書かない。そのうえ、西国を賜るとかそういうことは明記していない。けれどもまあ、追討せしむべし、とはっきり目的が書いてあるので、手段については任せるといっている、という解釈は十分可能、と解釈して私はこれに担当者の命令書を添えたものを受け取ってよしとした。

さあ、そいで行くわけだけれども、当時、京都周辺には多くの西国の実力者、すなわち地元のヤンキーの有力者が内裏《だいり》警固などするため駐留していた。

なんのためにかというと、まあ一言で言ってしまえば中央の著名貴族とより深く繋がることによって、自分の地元の支配力をより高め、ええ感じ感を伸張するためで、それを地元で敵対する奴にやられたらえらいことになる。こっちは中位くらいの貴族と繋がりをつけ、それでも在所では雲の上の人だから偉そうにしてたら、知らないうちに向こうはそいつの上司の上級貴族に取り入って、「あー、おまえの持ってる土地の権利書、それ無効だわ」みたいな文書を貰ってこられたら勝ち目はない。なので、みんな必死で畿内に来て取り入り競争をし、番役など命ぜられてもへーへー、これをこなし、或いは、収益の上がらない土地の管理を任されてわずかな利得を得たり、また、それによってゴミクズのような位を貰って喜びのあまり、涙と小便を垂れ流すなどしていた。

といったことができるのも戦乱が鎮まり、束の間の安定、均衡が保たれていたからで、いざ戦乱となればみな国へ飛んで帰る。なのでそうなる前に味方を集めておかなければならない。

あー、ほんで、もうこの際なのでぶっちゃけた話をしておく。まあ、なんていうか、このとき私が追い詰まって京都を逃げ出した、誰も味方してくれないなか、寂しく落ち延びていった、みたいな、そんな感じをみんな抱いているかもしれないけれども、実はそんな感じはぜんぜんまったくなかった。

なぜかというと私は軍事的なことをしようとしていたからで、ならば政治の場所である京都に拘泥する必要はまったくない。だから私が京都を退去すると最初言ったとき、帝とか貴族の人たちはみんな驚愕して、頼むからおってくれ、と言った。戦争になるから出て行ってくれ、とは言われなかった。なぜなら私がいなくなれば保たれていた安定と均衡が一気に崩れるからだ。それを避けるためには私が安定の中で一人で静かに死ねばよいのだが、もちろんそんなことをするアホがいるはずがない。だから私は半ば義務的に京都に居たのであって、だから概《おおむ》ね、私の評判はよかった。私は政治的な安定のために軍事行動を抑制していたから。だから京都を放棄することは私にとってはより合理的な判断だったというわけで、文学的なイメージのつきまとう、都落ち、などというものではけっしてなかったのだ。

それどころか逆に追い詰まっていたのは頼朝さんの方だった、というのは右にも説明したところ。私ははっきり言ってこの時点ではイケイケだったし、打つ手はいくらでもあり、私は最善手はどれだろうか、と考えていたのだ。だから。

畿内に多く駐留していた畿内・西国の武士や社寺のうち誰と交渉して、組もうかという選択権もこっちにあった。具体名を言うと、その系譜上にあって、いまなお繁栄している人が文句を言ってきて、そうするとこっちも対抗上、祟ったりしなければならず、それも面倒くさいからあまり上げないけれども、差し合いのないところで言えば、そうさな、例えば九国九州の奴らなんかを選ぶときもこっちに選ぶ権利があって、私は大分県大野郡緒方《おがた》町にそこそこの権力基盤を築いていて、戦争も上手な緒方三郎《さぶろう》惟義《これよし》ちゃんあたりを味方につけておくとよいなあ、と思って、これを呼び出した。

そうしたら、それがこっちに選択権がある証拠で、こっちに選択権がなかったらなかなか来ないところ、緒方三郎ちゃんはすぐ飛んできた。こっちに選択権がありゃあこそのことである。そいで私は、

「今回、鎌倉と戦争をすることになりました。そこで私の陣営に加わってください。私は西日本全体の代官となりましたので、参加してくれたら、あなたに九州の支配権を預けます。どうですか。ご参加いただけますか」

と単刀直入に話を切り出した。普通であれば一も二もなく飛びつくはずの話で、その時点で私は二秒待つとは思っていなかった。ところが緒方が思いも寄らぬことを言い出した。緒方は言った。

「ありがとうございます。とてもうれしいです。でも」

「でも、なんですか」

「確か、菊池君も京都に来てますよねぇ。肥後《ひご》の」

「ええ、菊池次郎さんいらっしゃってますねぇ」

「菊池君にも呼びかけるんですか」

「まだ決めてませんが、おそらくお声掛けすると思います。なにしろ菊池さんは熊本県に強い権力を行使して軍事力も凄いですからね」

「あ、そうですか。じゃあ、僕、やめときます」

「なぜですか。九州を全部、差し上げますが」

「菊池君が参加するんだったら僕は参加しません」

「マジですか」

「マジです」

緒方はそう言ったきり、強情に横を向いて口をきかず、こちらを見ようともしない。しかし、緒方の軍事力はどうしても必要で、私は困り果ててしまい、しょうがなく、

「じゃあ、菊池さんをお断りしたら参加してくれるのですね」

と折れて出た。ところが。

なにがあったのか知らないが二人の仲は相当にこじれているらしく、こちらが相当の譲歩をしているのにもかかわらず、こちらに背を向けて膝を抱え、頬を膨らませて涙ぐんでいる。そういうこっちには事情のわからない地元の揉め事を中央にまで持ってこられるのが一番困るのだが、まあ、それを解決するのが仕事みたいなものだったから、

「じゃあ、どうすればいいの」

と優しく聞くと、

「菊池君を殺してくれたら参加してもいい」

と呟いた。

非常に面倒くさいことになった、と思ったが、しょうがないので、「ちょっと待っていてください」と緒方を待たせ、それから伊勢三郎と弁慶らと別室で協議した。

「とまあ、そういう訳で菊池が参加するんだったら緒方は参加しない、とこう言っているわけだが、どうしたらいいだろう。忌憚のないご意見を仰ってください」と言ったところ様々の意見が提出され最終的には、両者の参加が望めないのであればどちらかを選ぶしかないが、ではどちらを選ぶべきか、という議論になった。

その結果、行政手腕や見識においては緒方だが、軍事力においては菊池で、この場合はやはり軍事力を重視すべき、という理由で菊池が選ばれた。

なぜなら、軍事力がある者が敵の側に付いたら戦闘において不利で戦争に負けたら行政もへったくれもないからである。

といった議論はなにかと弁の立つ伊勢三郎が主導した。伊勢三郎は言った。

世の中の評判というものはあまり当てになりません。ときに真逆の場合があります。というのはかくいう僕なんかがそうですよ。僕は世間的には豪快なパンクの人みたいに言われているが、実際は理屈っぽい、ネチネチした陰気な男です。或いは、いま、ホント、その通りだ、と呟いた武蔵坊弁慶なんかもそうです。鬼をもひしぐ荒法師的なイメージがあるけど、実際はメンタルを病んだ不細工なダメ人間です。いやいやいやいや、そうじゃないですか。まあまあまあまあまあ。どうどうどうどうどうどう。よーし、よしよしよしよし。という訳で、なにが言いたいかというと世間のイメージなんて当てにならないってことです。いくら政治力がある、行政能力がある、なんて言われていても、実際は、ただの宴会好きの調子こきなんて可能性が高い。ならばここはより現実的で客観的な評価が可能な軍事力、これを中心に判断するのが望ましいと思われます云々。

それで、「わかりました。じゃあ、菊池君に参加を促しましょう」ということになったが、そのとき、「あのお」という声が上がった。

「そしたら、緒方さんどうしましょうね。別室に待たしてるんですけど、やっぱ菊池さんにお願いすることになったんで、もういいです、って言って帰ってもらえばいいですかね」

「そら、駄目だよ」

「なんで」

「なんで、ってそんなこと言ったら傷つくじゃん」

「しょうがないじゃん」

「おまえは鬼か。ちょっとは緒方の気持ちも考えてやれ」

「いやいやいやいや、そんなんどうでもいいんだわ。仲良しグループじゃないんだわ」

「じゃあ、なんだって言うんですか」

「戦争だよ」

「あ、そうか。忘れてた」

「しばくど」

と笑いのうちに、じゃあまあ、しょうがないので緒方は殺す。殺すけれども抵抗されるのも気分が悪いので、暫くの間、ここにいて貰って適当にご馳走とかして、油断したところを殺すと段取りを付け、同時進行で菊池から参加の約束を取り付けるべく、菊池の宿所に使いが走った。

その間、別の者が緒方に鮎の塩焼きや分葱《わけぎ》のぬた、きじ肉のステーキなどを振る舞って機嫌をとっていた。

「僕、お腹空いていないんですけど」

「いやいやいやいや、この鮎はね、落ち鮎といってね、落ち武者の味がするんです」

「いらねーよ」などと。


一方。菊池方に走った使いの様子はどうであっただろうか。

そこそこの家の庭に面した部屋で菊池次郎と使者が面談した。

「という訳で、是非ともエントリー願います。九国はぜーんぶ、あーたの御支配ということにいたしますので」

と使者は言い、そして、「あ、それはもう、ぜひぜひ。でも、マジ、僕でいいんですか。だったら嬉しいなあ。いやあ、緊張してきたなあ。でも、頑張りますんで、よろしくお願いします。判官さんにくれぐれもよろしくお伝えください。菊池は死ぬ気で頑張ります、って言ってたって」という菊池の喜色に溢れた返事を待った。ところがなかなか返事が返ってこない、そこで改めて菊池の顔を見ると、浮かぬ顔でなにか思案する風、それを見た使者はすかさず言った。

「顔色がすぐれぬご様子ですが、みなまでおっしゃいますな。あーた、緒方のこと心配しているんでしょう。なめたらあきませんよ、判官殿の情報網を。あなたが緒方君と地元で揉めてることとなんてこっちはもうとっくの昔に摑んでる。だから、そのことでしたら心配はご無用。実はいま緒方三郎本人を私どもに押し籠めてあります。もし、お返事を頂けたら。ふっふっふっ。その瞬間、これですわ」

そう言って使者は首を掻ききるような仕草をした。しかしそれを聞いても菊池は特に驚いたような反応も示さず、平坦な声で言った。

「そんなことしていいんですかね」

その反応の薄さにたじろぎながら使者は言った。

「ええ、大丈夫です。こっちには宣旨がありますから。はっきり言って宣旨さえあればなんでもありなんですわ、うちらの世界」

そう言って使者は笑った。菊池は笑わなかった。菊池は言った。

「結論から言います。エントリーは辞退します」

「マジですか」

「マジです」

「宣旨あるんですけど」

「ええ、だからこっちとしてもエントリーしたい気持ちはあるんです」

「じゃあ、すりゃいいじゃん」

「ただですねぇ、私の息子が鎌倉に仕えてるんですよ」

「マジですか」

「え、知らなかったんですか」

「ぜんぜん、知りませんでした」

「情報網があるんじゃなかったんでしたっけ」

「ええ、あるんですけど、それは引っかからなかったです」

「ダメじゃん」

「ダメです」

「僕、いま、すごく呆れてるんですけど、その程度のインテリジェンスであの頼朝さんと互角に戦えるとは思えません」

「そんなことは絶対ありません。あなたが来てくだされば、もう、絶対っていうか、誰も勝てない」

「いや、そんなことはないと思いますが、仮にそうだとしてもそうしたら父と子が別々の陣営に分かれて戦場で相まみえることになってしまいます」

「その点についてはこちらとしても細心の注意を払わさせていただきますが」

「具体的にどういう注意を払うんですか」

「ああ、まあ、それはこれから考えるっていうか、やはり神に祈るとか、そういうことにどうしてもなってきますねえ」

「わかりました」

「あ、じゃあ、エントリーしてくださいますか」

「無理ですね」

「ですよね。わかりました。じゃあ、失礼します。あの、気が変わったらいつでもご連絡くださいね。僕、夜中でも連絡つきますんで。じゃあ、さようなら」

　というやり取りを交わして使者は戻ってきた。

私は傍らの者に尋ねた。

「緒方、もう殺しちゃいましたか？」

「あ、まだ殺してません。蕗《ふき》とか食ってます。甘露煮的なやつ」

「あ、じゃあ、もうちょっと待たしといて貰えますか？　後口に菊池の首、持ってくるから、と言って」

「どういうことでしょうか」

「やはり緒方を選ぶということです。弁慶と伊勢三郎は直ちに兵を率いて菊池邸を攻撃して菊池の首級を取ってきてください」

という訳で弁慶と伊勢三郎が出撃していった。伊勢三郎は、「これまでの議論、いったいなんだったんだろうね」など言って不満そうだったが、そんなことは関係がない。この世界はなめられたら終わりで、まあ、いまの私がこんなことを言うのもなにだが、こんな奴を放置していたら生きていかれない。

菊池は全力で抵抗したが、一騎当千どころではない、ひとり核爆発といっても過言ではない弁慶と死ぬほど嫌なところばかり攻めてくる伊勢三郎義盛に攻められて勝てるわけもなく、七分も戦わぬうちに勝てぬと悟り、邸に火を掛けて自害した。

弁慶が死骸を探し当て持ち帰った菊池の首を緒方に渡すと、緒方はこれを抱きしめて嗚咽号泣した。

いったいふたりの間になにがあったのか。知らないし、知りたくない。という訳で九州勢では緒方三郎が私の傘下に入った。

さあこれからまた始まるぞ。そう思って私はむしろ浮き立つような気持ちでいたのだ。いや、ほんとに。


さあそれでいよいよ私は西国に下ることになったのだが、その際は叔父の行家と一緒に行くことにした。一応、備前守だし、血統的にいけており、何度も言うようだが地方に行った場合はやはりこういう風に朝廷との距離が近い、源氏の御曹司であるなんてことが非常に大事になってくるので、やはり一緒に行って貰った方がよい。経験豊富な歴戦の勇者なので戦争の場合は司令官として指揮を執ることができるのは言うまでもない。ほな言うな。うるさいっ、言う。

ってことで私は行家を伴って都を出発した。文治元年十一月三日のことである。私はやる気に充ちて、くんくんに張り切っていた。にもかかわらず、

「いっゃー、ついに都落ちですなー」

「となると思い出しますなあ」

「なにを」

「いや、だから平家の都落ちですがな」

「ほんまやね、哀れやねー。こないだまで英雄扱いやったのに。マジで悲劇のヒーローやね。一栄一落やね」

「六条油小路ブルースやね」

なんて、事情も知らないくせに知ったような顔をして言う奴が必ず出てくるに違いなく、っていうか実際にいたので、私は都落ちではなく、花のように光り輝く源義経が初めて領国入りをする、みたいな雰囲気を演出したかった。

つまり、その道中の陽気なことおっ、ではないが、平家の都落ちのように、半泣きで取るものも取りあえず慌ただしく落ちていくのではなく、もうなんていうのかな、エレクトリカルパレードみたいな、もうビカビカな感じで行きたかったのだ。

というと、私の趣味というか虚栄心というか、落ち目と思われたくない、という一心でそうしたように聞こえるが、いや、そうではなくこれには実際的な意味もあった。

というのはホント何度も言って申し訳ないが、地方の場合、さっき言った宣旨とかも大事だが、こんな見た目の感じが非常に有効だった。つまり、都から来た著名な人、については無条件にこれを歓迎し、歓待し、迎合し、服従する、という傾向が田舎の人にはあって、それはいまに譬えて言うなら、なにかというと、世界、世界、と言い、世界に認められた、とか、世界で通用する、など言って世界を権威として崇拝する立場に似ている。

その際、その世界なる権威が権威であるためには、英語や仏語を話すこと、が重要で、国語はなるべく話さない方がよいし、話すにしてもけっして滑らかに話してはならない。そしてまたその際、重要なのが外見で、見た目が自分たちと隔たっていればいるほど、権威は増す。ただし、その場合、方向性は重要で華美・豪奢の方向を向いている必要がある。

普段、粋だのchicだのほざいている仁もこの点では在所の人間なので考慮する必要はなく、虚仮威《こけおど》しだってなんだって構わず、下手に渋くすると、「なんか、あまり権威を感じない」みたいなことを学術的な言葉でほざく奴がいるので注意が肝要である。

そういう意味で、私は華美でいった。

私が静や多くの白拍子《しらびょうし》を連れて行ったのはだからそういうことだ。田舎ではちょっと考えられないデーハーな美女が私の周囲にキャアキャア言いながら侍っている。それを見て田舎の男はなんと思うだろうか。なにも思えない。なにしろ都の女だ。直視したら頭がおかしくなって、短刀で腹を切って腸を引きずり出して振り回し、笑いながら新体操をする、みたいなことになるのはほぼ間違いがない。

チラチラ見て、なんというい女だ。天女とはこういう女のことを指していう。と思う。そして、こんな女を何十人も引き連れている、義経公のパワー、素晴らしい。

この方に随っていれば、自分にもあの中の誰かと付き合うチャンスが巡ってくるかも知れない。っていうのはあり得ないにしても近くにいられるだけで嬉しいというか、気持ちが華やぐ。連れに自慢できる、と考えて私に臣従する、という実際的な効能がある。権威というのは神仏。血統。金銀財宝に飾られて光り輝いて触れられない神秘であるから欲望、情緒を刺激し、情念を形成して人を動かすのだ。るくく。

という訳でだいたい私はいつも華美にしてきたのであり、戦闘・戦争ということだけを考えれば女子供は足手まといだし、服装も動きやすい方がよいに決まっているのだが、戦闘を含む全体の戦略を考えれば、そうしないと生き残れないのもまた事実だった。

それができなかったから木曾の義仲君は滅んだとも言える。言語障害のみならずファッションが、アートが駄目だった。音楽もわからないし、あっちの方と言えば菊門一本槍。もちろん菊門も大事だが、それだけでは駄目なのだ。

はっきり言ってあの頼朝さんですら、いまでこそ菊門中心主義だが流人時代は貴公子然としてチャラチャラしていた。

そして私は、こんなことは弁慶には絶対に言えないが、醜いものを恐れ憎む傾向があって、自分の周り、目に入る範囲には、それが人であっても物であっても美しいもの以外は置きたくない、という気持ちがあって、もちろん耐えられないとかそういうことはなく、武者とかそうした人は武芸に秀でて勇猛であれば別によいのだけれども、自分で振り返って恩賞の与え方などを客観的に評価してみると、やはり眉目秀麗な人には厚く、不細工な人にはやや薄目になっていたし、まして身の回りの世話をする子供や女は多少無能でも美少年美少女でないと嫌、という別に自分でそんなことを言った覚えはないし、募集要項に美女に限るとも美男歓迎とも書かなかったのだけれども、自然にそういう人間ばかりだった。

といってファッションとかがださいのも駄目というか、逆にそっちの方が耐えられなくて、いくら美女でも変な帯を締めていたり、奇妙な織り柄を着ているなどするのは見ていて心がつらくなってくる。

そしてこれもまあ、あくまでも経験的なものなのだけれども、武者でも、鎧とかに金をかけてなかったり、かけてても実用一辺倒、スペックばかり気にしてデザイン性を気にしない人は戦争も弱かったように思う。あの梶原とかがまさにそうで、変なミリタリールックっていうか、まあ、戦争だから当たり前なのだけれども、変な服ばかり着ていたものだ。

と言うと平家の人たちはやっぱセンスよかったんじゃねぇの、でも負けたじゃん、という人があると思うが、まあ、そりゃ関東の人たちよりはいいっちゃいいけど、やっぱださい人はいたし、不細工な人も多かったし、もちろん、その他の軍略・戦略とか政治的な諸条件とかあるし、っていうか敵が私だったのでそりゃあ勝てるわけないっていう。

ってなんの話だったっけ、っていうと、そう、私は身の回りを美しくしておきたい方ってことで、だからこれまでも話してきたように自分のファッションにも最大限、気を遣ってきた。

そしてまた今回は、只でさえ落ち目と思われているというか、別に落ち目でもなんでもないのに、そうしたい、そういうことにしておきたい、そういうことにしないと自分の精神の安定が保てない奴らによって落ち目ということにされているのでそれを払拭したい気持ちもあった。

だから私自身かなりいい感じの装束で出発した。

まず下に着る直垂だけれども、これは光沢のある赤地のファブリックにして、その上から、あえて鎧をつけず、レガースとグローブだけつけて、黒毛の馬に白をシルバーで縁取った鞍を置いて跨がった。

隣にはミリタリー調で小粋に決めた静がいる。

そして私の周囲を固める百騎のうち、半分の五十騎はブラックの組み糸でステッチした鎧を着て黒い馬に白い鞍を置いて跨がり、後の五十騎は赤く染めたレザーでステッチした鎧を着て薄いブラウンなんだけどたてがみと尻尾と脚はブラックの馬に跨がった。

本当は全軍この感じで揃えたくて奥州に発注をかけていたのだけれども、さすがにそれ以上は数が揃わなかった。なにしろ全部で一万五千騎いたから。いや、マジで。

つまりなにが言いたいかというと、見た目凄いし、数も多いし、いま残っている資料と違って実際のところはぜんぜん落ち目感なかったということ。何度も言って悪いけど。

それで前、言った宣旨もあるし、実は私、それに加えて西国の知行を私がする、それから豊後とかの人は私に協力するように、って書いた院宣も実は発給して貰っていて、これってはっきりいって頼朝さんが寿永二年に貰ったのと内容、同じで、だからこの時点では東国＝頼朝支配、西国＝義経支配みたいな空気になりかけていたのだ。

だから船だってすげえ、月松丸、というその頃、誰でもその名前を知っていた、当時の人が感じていた印象をいまに譬えて言うと、空母エンタープライズとか護衛艦いずもみたいな感じの、超弩級の大船に、私は乗船した。

船には華麗な軍装の兵員五百名、厳選された名馬二十五頭を伴ったが、もちろんこれは戦闘に備えてのことではなく、私の権威を増すための飾りであり、かつまた名馬は贈答品であった。なのでありったけの金銀財宝も積み込んだ。わかりやすいでしょ。

昔、って、これは割と最近の昔だが、豪奢な嫁入り道具が透けて見えるように、でも雨に濡れないように、透明の幌をかけた嫁入り道具専門のトラックがあったと聞くが、まあそういう感じだ。かなり恥ずいが、美意識を云々してたら権力闘争には勝てないし、あの頃はまだそうした、恥ずい、を根底に包んだ微妙な美意識は根付いておらなかったようにも記憶する。

という訳で私はデーハーに船出した。

けれどもやはり船出には寂しさが伴った。なぜかというと、船が次第に陸から離れて、まず人の表情が見えなくなり人影が景色となり、もろともに小さくなっていって、気がつくと目の前には渺々《びょうびょう》たる海が広がるばかり、という船出の景色に人は、どうしたって死を重ね合わせてしまうからだろう。

どれだけ派手に装っていても、どれだけ事実に基づく予測が希望的なものでも、そうした個人の心のなかに湧き上がる感情はコントロールできるものではないし、また、そうした寂しさや哀感を愛おしみ、慈しむのが日本人の心、魂とも言える。

伊勢の男の漁師の袂は常に潮に濡れて乾く間がない。それと同じように私の袂も乾く間がなくいつも濡れている。あなたとの別離を悲しむ涙がやまぬから。

海から伊勢の漁師を聯想《れんそう》し、そんな古い歌があったのを思い出した。イセオノアマノヌレゴロモ、ホスヒマモナキタモトカナ、てなもん。

そんなことを思うとそもそもがダウナーなタイプなので正尊の襲撃以来、高揚していた心がなんか盛り下がって暗い想念が次から次へと湧き上がってきて閉口した。湊の岸辺には陰鬱な感じで葦が生い茂っている。その葦の根元に小舟がもやってある。藻刈舟という、藻を刈るための小さな舟だ。この藻刈りという発音から殯《もがり》という言の葉をどうしても想起してしまう。その頼りない小舟に乗り（実際に乗船しているのは大船なのだがそんな心理になってしまうのだ。それが人間の心理の妙味）、沖へと漕ぎ出す。そうすると、それぞれの岸辺で千鳥が啼く。

逢うが別れのはじめとは
知らぬ私じゃないけれど
せつなく残るこの思い
知っているのは磯千鳥

なんて今様《いまよう》が確か昭和の中頃に流行したのを記憶しているが、私はそれを聞いて、あのときのことを思いだしたものだった。千鳥は私たちの切ない思いを確かに知っているのだ。けれどもそんな思いを残しつつ船は沖に出る。

そうすっとこんだ鷗が鳴いている。ああ、鷗だ、と思う。それでずっと聞いていると、なんだろう？　なんでだろう？　その鷗の声が敵の精鋭部隊の攻撃の音に聞こえてきて、怖っ、てなる。ああああっ、てガタガタ震えて両手をこすりあわせ、肩を撫でて不安にうち震える。強がっているが心の奥底では怖がってる。自分はそんな弱い人間。傷ついて震える、ちっぽけな自分。汚れつちまつた悲しみに。今日も小雪の降りかかる。的な。

そんな悲しみはもはや自分の意志でコントロールできない。悲しみは風に吹かれるまま潮に流されるまま漂っていく。

いま自分はどこにいるのだろう。ぜんぜんわからないじゃないの。と不安になって周囲を見渡すと、左に住吉《すみよし》の明神の森、右には西宮《にしのみや》のえべっさんが見えて、ああ、大丈夫だ、私、まだ守られてる、と安心して、それから芦屋《あしや》の沖を通ってるときも、生《い》田《く》神社の森が見えてよかったけど、潮、メッチャ速くて、風、けっこう強くて、言ってるうちに、和田《わだ》岬も通り過ぎて、淡路《あわじ》海峡に入って淡路島辺を通る頃からなんか雲行きが怪しくなってきて、いやだなー、と思ってると雨が降ってきて、「雨かー」と向こうの方を見るなれば、なんか見たこともない高い山が、ぼう、と見えて、知らない、高い山が、なんか異境の象徴みたいな感じで心に迫ってきて、せめて山の名前だけでも知りたいと思い、周囲の者に、

「あの山、なんて名前の山なんだろう。知っときたいかも」

と問うたのだけれども、周りのものも不安げな顔つきで、「さあ」と首を傾げて、いろいろ推論を述べるのだけれども確定できず、私はますます悲しく寂しくなったし、周りの者もザワつき出して、船全体に不安と悲しみが充満した。

そのとき、武蔵坊弁慶は船端を枕にして仰臥していた。が、眠ってはおらず目覚めていた。目覚めて人々の話を聞いていた。批判的に聞いていた。弁慶は思っていた。こいつらはなにを弱気の虫に取り憑かれているのだ。バカか。俺らはこれからなにをしにいくのか。みんなでポエムを作りに行くのか。センチメンタルジャーニーか。違う。俺らはこれから戦争をしに行くんだよ。切った張ったの命のやりとりをしに行くんだよ。それをばなんすか？　この人たちは？　磯の千鳥がどうしたこうしたとか、乙女か？　ぼけがっ。

弁慶はそう思いつつも、もうこんな奴らにはなにを言っても無駄だから黙っていようと心に決め、あえて異論を唱えないでいたのだが、山の名前がわからないから不安、とか言って涙ぐむ奴が出てくるにいたってついに我慢ができなくなり、がばっ、と起き上がり、一段高いところへ登って言った。

「おーい、君たち。しっかりしろ」

「あ。弁慶さんだ。弁慶さん。相変わらず不細工ですね」

「じゃかましわ。おまえかて不細工やないか」

「おまえよりマシじゃ」

「殺すぞ、アホンダラ。つうか、おまえらあの山の名前がわからん、ってマジか」

「マジです」

「メンタル弱すぎやな。まだ全然、進んでないのに、むっさ遠くまで来たって思い込んで、知ってる山も知らん山に見えてる。よお、見てみい、あれはおまえ、書写《しよしや》山《ざん》やん。ちゅうことはおまえ、まだ姫路かその辺、ちゅうことやん。しっかりしてくださいよ」

と弁慶が最後、敬語になったのは私が近づいていったからである。

この時点で、船出によって病み気味であった私のメンタルがやや復活した。っていうか、無理に気力で復活させた。というのは、こんな風にして部下の弁慶にメンタルの弱さを叱責されているようでは、西国の武士はおろか、部下の心すら離反するからで、「判官殿も前はよかったけど落ち目になって、めっきり弱々しくなったよね。見る影もない。もう脱走して別の人に仕えた方が将来的にもお得かも」なんて思う奴が続出する。この商売はなめられたら終わりなのだ。しかも私は落ち目ではない。どこの落ち目がこんなギンギンの恰好をしているのか。こんな芸能人級・モデル級の美女を何十人も連れて、シャンパンを飲みながら豪華クルーズ旅行をするのか。ふざけるな。でも、人間というものは思い込みの激しい生き物で、いったんついたイメージを払拭するのは難しい。でもこの場合は払拭しなければならない。

　そこで私は雲を睨んで弁慶に大きな声で言った。

「いや、違う。狼狽者は弁慶、君の方だ。山が書写岳だということで間違いがないのかも知れないが、それがわかったからといって私の心が晴れることはない。なぜなら私は他の多くの者のように、山の名前がわからない、と言ってメンタルを病んでいる訳ではないからだ」

「じゃあ、なんです。なにが原因でメンタルを病んでいるのですか」

「だから、病んでいない。私は、ある懸念を抱いて、ううむ、どうしたものかな、どう対処するのがもっとも合理的かな、と考え込んでいるに過ぎない」

「だから、なにを気にされているのですか」

　言われて困惑した。山の名前がわからないこと以外、なにも気にしていなかったからである。そこで咄嗟の思いつきで、前後のことをなにも考えないまま空を指さして、言葉の流れるままに言った。

「だから私が気にしているのは、あの山の西からかかってきた黒雲ですよ。あれが、山頂にかかってきてるということはですよ。これから暗くなるにしたがって暴風が吹き荒れる確率が高いということですよ。気象学的に言えば。その場合は、やはり、どこでもよいから島なり磯なりを見つけて船を寄せておいた方がよいから、そうしてくださいね、っていつ言おうかな、なーんてね、そんなことを気にしていたんです」

「なるほど。そうだったんですね。じゃあ、ちょっと待ってくださいね」

そう言うと弁慶は一段高いところからピョンと飛び降り、軽くステップを踏みながら、袂をヒラヒラさせつつ無患子《むくろじ》で作った大数珠をもみ合わせ、首を左右に振り振り経文を唱え始めた。わけがわからない。そこで、

「なにしてん?」

と問うたが答えずに、相変わらず数珠を揉んでいるのでついに狂うたかと思って、それで初めて、ああ、なんかそういえば自分も鞍馬でこんなこと習ったな、ってことを朧《おぼろ》に思い出し、それからは黙って待った。そうしたところほどなくして弁慶は静まり、ふうっ、と息を吐いてそして言った。

「ちょっと見てみましたけど、あれは気象予報の関係じゃないですね」

「じゃあ、なにさ」

「だから、あれですよ」

「あれってなによ」

「あなたねぇ、忘れたんですか。あなたねぇ、あなた、平家の人たちをどうされました」

「どうされましたって、別に、海に沈めました」

「どこの」

「ここの」

「だからですよ。あのとき平家の人が言ったことをねぇ、私はいまだに忘れられませんね」

「なんと言いましたかね」

「マジ、忘れたんですか。テキトーな人ね。こう言いましたよ。ま、ま、ま、自分らが滅亡するのは厳島《いつくしま》明神の意志、そしてまた向こうさんが勝つのは八幡大菩薩の加護。それはもう神仏のことだから人間である私たちがどうのこうの言えることじゃない。でもね、相手の大将は人間。滅ぼされるこっちも人間。当然ながら恨む。死霊、悪霊、怨霊となって祟りをなします。それにはかなりの努力が必要かも知れませんが、どんな犠牲を払ってでも成し遂げます。絶対です。そのことだけは覚えておいてください。そいじゃあ、さようなら。ぶくぶくぶく、ってね。つまりあの黒い、異様な雲こそが悪霊、怨霊であって、かなり具合の悪いことであるのは間違いなく、放置すればあなたも私たちも海に沈んで骨になるということですよ」

　と弁慶は言いやがった。なんということを言うのだろうか。たとえそうだったとしても、そんなことを大声で言ったらみんなのテンションが下がってしまう。だからそういうことは小さい声でこそっと言いなさい、と私は常々弁慶に教育していなかった。面倒くさかったので。だから言っていいというものではない。そこで私は、

「そんなことないいんじゃない」

といなすように言ったのだが、そしたら弁慶はよりいっそう依怙地《いこじ》になり、

「あなたさあ、いっつもそうですよね、私の言うことには、まず、いや、そうじゃなく、って否定から入ってくる。それはもうはっきり言ってアレじゃないですか。あなたはこの弁慶の言うことは全部間違ってるって話を聞く前から思ってるからですよ。いいえ、そうです。じゃなかったら、なにを言っても、いや、そうじゃなく、っていうはずがないじゃないですか。ときには、あっ、そうか。とか、成る程ね、とか、言うはずじゃないですか。でしょ。って、ほら、また、そうじゃなくって言ってる。そいでこないだみたいに私の意見を聞かないで後で後悔するんですよ。そんことあったっけ。って、いつもそうじゃないですか。ほら、こないだだって、ここのうどんまずいですよ、って言ったのに、そんなことはない、とか言ってうどん頼んで、まず過ぎて後で吐いてたじゃないですか」

「ああ、そんなことあったな」

「でしょ。だからあ、今回もそうなる、っつってんですよ。とにかく、いま私が怨霊を追い払いますから。よおく見ててください。私が言っていることが正しいっていうの

がわかりますから」

　そう言うと弁慶はソフト烏帽子を被り、太刀長刀ではなく弓矢、それも弓、矢、ともに無塗装、白木、羽根も白鳥の羽で矧《は》いだ、いまで言うなら無印良品みたいな感じの矢を手にとった。なぜかというともちろん、ごてごてと装飾的なものより、そうした無印っぽいやつの方が神意に適う感じがするからである。

　そして弁慶は船の舳《へ》先《さき》に立ち……、というとなんでもないようだが、揺れる船の舳先になににもつかまらず、すくと立つ、なんてなことはかつて鳥も通わぬ山中を飛び歩いて修行をした弁慶や私にとってはなんでもないことだが、並の兵にできることではなく、弱気の虫に取り憑かれたポエムちゃんたちはこれを見て、「おおおおおっ」と讃嘆し、すっげえー、と讃仰して、私は大将として、「なかなかよい流れになっている」と実は思っていた。

　さて、その弁慶が矢をつがえて、まるで生ける人に語りかけるがごとき口調で言った。

「あのやあ、天神七代地神五代はイザナミやイザナギやちゅて神代のこと、わしゃよう知らんけど、神武《じんむ》この方人皇四十一代でもっともいみじき戦は言わずと知れた壬申《じんしん》の乱、それ以降でいちばんえげつなかったのはやっぱし、保元平治《ほうげんへいじ》の戦いやろ。その二度の戦の最大のヒーローは誰か、ちゅうと、そらおまえらもよう知ってる鎮西八郎《ちんぜいはちろう》為朝《ためとも》やけど、いや、この人は正味、凄かった。なんしょ、大の男が五人がかりで撓《たわ》めて、ようやっと張った、ありえないほど強い弓に、長さ一メートル以上ある矢を番《つが》えて射るわけやからね。射程距離といい、殺傷力といい、半端やなくって。それまで無名やったこの人は保元平治、二度の戦いでいっぺんに名ァをあげよった。知ってると思うけど。で、まあ、それ以降、あんな人はもう二度とでまへんな。不世出でんな。とみんなが言ってた訳やけれども、まあ、なんていうか、この、弁慶、つまり僕なんだけど、僕なんかは、一応、一応ですけれども、まあ、弓矢においては、一応、いまの時代の第一人者、っていうか、まあ、はっきり言えばトップ？　そんな風に言ってもらってて、なかには、為朝と同じくらい凄いんじゃね？　ちゅう人も、まあ、いなくはない。っていうか、まあ、もう言っちゃうと、かなりの人が言っているわけ。その私、鎮西八郎の再来と言われた私が、いまからあなたに向かって矢を射ます。もし、あなたが単なる自然、気象現象であれば、人間である僕が矢を射たから消える、なんてことはないでしょう。しかれども。もしあなたが平家の死霊・悪霊ならば、一撃で撃退されるはずです。なぜなら私の矢には悪霊を退散させる霊力、不思議なパワーがあるからです。嘘とは言わせない。あなた方はかつてそれを目撃したはずだ。そしてだからこそあなた方は敗亡し、西海に沈んだ。そして未練がましいというか、根性悪というか、そうやって悪霊化して人に意地悪をして愉しんでいる。そういうことはよくないことだし、神の道・仏の道に反することで、こんなものを赦しておく神ならば存在価値がなく、お祀りする必要もないです。だから神さん、よろしゅう頼みますよ。私の矢に霊力として宿ってくださいや。と申します私は、いまは源氏の家来でございますが、元々はかなりの家柄で、言ってしまえば、天児屋根命の子孫、熊野別当弁聖の子、比叡山の西塔の武蔵坊弁慶ですよ」

そう言って弁慶は、黒雲に向かって矢を射た。無茶苦茶に射た。おりしも夕景。西に傾いた日が海面に射して輝いて揺れていた。そうして海面が輝いているので、人々は矢の行く末を肉眼で確認することはできなかった。

そして気がつくと死霊＝黒雲がかき消すように消えていた。

船のなかの人々はこれを見て、どよめいた。どよめいて、

「なんちゅうことでしょう。もし弁慶がいなかったら私たちどうなっていたでしょう」

「もちろん、死霊に滅ぼされて海に沈んでましたよ」

「本当ですか。こわいー」

「こわいー、こわいー」

と、悪霊がいなくなったのになおも恐れ、涙を零したり、茶を飲むなどしていた。

私は呆れ果てていった。

「なにを恐ろしがっているのですか。死霊はいなくなったのですよ。弁慶、ありがとね。私が間違っていた。あれは死霊だった。黒雲などというものは大体が悪霊なのだ。さあ、死霊がいなくなったのだから、どんどん漕いで、どんどん進んで行こう」

「こわいー、こわいー」

「泣くな。さあ、頑張っていこう」

「こわいー、こわいー」

「わかった。じゃあ、もう漕がなくていいわ。その代わり、戦力にならない奴は積んでいても意味がないので海に捨てます。さあ、怖がってる皆さんは船端に並んでください」

「さ、漕ごか」

「張り切っていきましょう」

といった具合で、もうガンガン行って、潮満島という島の東の端が、ぼう、と霞むように見えるのを眺めながら進んで行った。そうしたら、なんだろう、さっきの山の、こんだ、北側の麓（さっきは西側だった）に、また黒雲が湧いている。まったく性懲りもない死に霊ね、と、まるで嫌味なおばはんみたいな口調で言いたかったが、そんなことを言ってもなににもならないので普通の口調で弁慶に言った。

「武蔵坊。まだ、矢はあるかな」

「ございます」

「じゃあ、ちょっと撃ってもらえますか」

「なにをでございます」

「君、またキャラクター、変わってますね。いや、さっき撃ってもらったんだけど、まだ死霊が少し残ってたみたいです。ほら、あの北っかわ、見えるでしょう」

「ああ、見えますね」

「じゃあ、撃ってください。射てください」

「無理っすね」

「なんでだー」

「なぜならあれは私の見るところ……」

平家の死霊ではなく、気象現象としての黒雲だからです、と、弁慶が言い終わるか終わらぬかのうちに、えげつというものがまったくない、烈風が山の方角から、どーん、と吹いた。

「じゃあ、駄目じゃん」

「駄目です」

そんなことを言ううちにも風は烈しく吹いてくる、十一月の初めのことで、そのうち霰も烈しく降ってきて、右も左も見えなくなり、ますます烈しい風が六甲山の方から吹いてくるわ、沖の方も雨と霰の混合物でドシャメシャだわ、もうなにがなんだか、って感じだったのが、暗くなるにつれていよいよいみじくなってきて。

それでもう武士の御連中は意気阻喪してしまって、またぞろ、「こわいー、こわいー」と泣き叫び始めたので、仕方ない、私が先頭に立って、水夫・航海士たちに指示を出した。

もちろん風雨はえげつない。えげつないが、こんなことは私にとっては大したことはないし、正しい対処をすれば普通に乗り切れる事態である。それをばひたすら恐怖して、こわいー、こわいー、と怯えるのは正しい知識がなく、また正しい情報を得ていないからであるが、こうした人々はいくら丁寧に説明をしたところで聞く耳を持たず、「でも、こわいものは、こわいー」を繰り返し、よく見ると、「こわいー」と絶叫することに快感を得ている節すらあるので、こうしたときはいちいち相手にせず、無視して事に臨むのが大将軍としての正しい判断である。

というわけで私は倒れ伏して怯える武士どもを踏み越えて水夫・航海士のところに行き、

「風がますます強くなることが予想されます。根気よく帆を引いてください」

とびしょ濡れになりながら大声で命じた。それで水夫たちは頑張って帆を引いたが下りない。

「なんでおりひんのでしょうか」

「帆柱の天辺のところの滑車に雨に濡れて固まったみたいになった綱が引っかかって、びくともうごきまへんのや」

　と水夫どもが怒鳴るように言った。そうしないと風の音にかき消されてなにを言っているかわからないからだった。その段、日頃からアホ声大声の弁慶は普通に喋ってよく聞こえる、その弁慶が片岡に普通の、しかし大きな声で言った。

「西国でこんなことよくありましたよ。こういうときは、綱手縄というものを船から垂らすのさ。つまりね、船尾から縄を二本垂らす。その縄に苫《とま》やなんかを結びつけておく。そうすることによって海水の抵抗を受けるからその分、風の影響が相殺されて、船が安定する。かく言う私は天児屋根命の子孫、熊野別当弁聖の子、比叡山の西塔の武蔵坊弁慶」

「西塔の武蔵坊弁慶はわかってますよ。ただ、簡単に言うけど、ただ立ってるだけで風に飛ばされそうなこの状況のなかで、そうした作業をするのは命懸けなんですよ」

「わかってるよ。だから君に頼んでる」

「なるほど。そこまで僕を信頼してくれているんですね」

「違う。こいつ死なねぇかな、と思っているからだ」

「むかつくなあ。でもやるか。やらなくてもこのままじゃ死ぬから」

そう言って、片岡は使い物になる部下数名と水夫を指揮して、ずぶ濡れになりながら、なんとか作業を終えた。しかれどもなんの効果もなかった。

「なんの効果もないじゃないですか」

「おっかしいなあ、西国の戦のときはこれで十分、いけたんだけどなあ。君、ちゃんとやりました？　苫とか、忘れてません？」

「やりましたよ」

「なるほど。わかった」

「なにがわかったんです」

「きっと、あれですよ。西国のときより、風がね、強いんですよ」

「やる前にわかれ、ぼけ」

片岡は憤激した。弁慶はヘラヘラ笑った。私はこの状況でよく笑っていられるな、と思った。そうするうちにも風は猶、強くなってきて、揺れるとかそういう次元の話ではなく、垂直にそりくり返ったかと思うと次の瞬間には真っ逆さまに墜落、みたいなことになり、いまだ転覆していないのが、不思議に思われた。これにいたって漸く水夫が具申した。

「あのお、いいですか」

「この際、発言を許す。大きな声で言え。どうすればいい」

「あのですねぇ、出帆の際ですねぇ、船の重量を調節するための石をですねぇ、船底に積み込みましたよねぇ」

「積み込みましたね」

「あれをぉ、ロープで縛ってぇ、もう片っぽを船尾に括り付けてぇ、海に投げ込んだら重しになると思うんですよお」

「成る程。さすがプロの意見だ。やっぱ、苫なんかじゃ軽すぎて駄目なんだよ。石じゃないと。よし、やろう。片岡君、ちょっと頼むわ」

「えええええっ？　また、俺っすか」

「君しかいないんだ。頼む」

　というのはしかし真実で、烈しい風と波の音で、もはや弁慶の声ですら聞き取りにくく、風と波の低い音に混じって馬が怯えて嘶く高い声が混じるなか、もはや誰がどこでなにをしているかすらわからなかったからである。或いは海中に没したものも多くあったのかも知れない。

　そんななかまたぞろ片岡は半泣きになりながら作業をやり終えた。まったくもって有能な男で、これからはなにか困ったことがあったらとにかくこの男にやらせよう。文句を言ったら殴ろう、と思ったものだった。

　ところがそれはよかったのだが、あまりにも風が強いため、なんということであろうか、石を括り付けた綱が空中に舞い上がり、石が空中にヒラヒラ舞っていた。

「駄目じゃん」

「駄目ですね」

など言ううちにも疾風怒濤《どとう》はますますえげつなくて、先ほどまで半ばはわざと殊更、「こわいー、こわいー」など言っていた人たちも、もはや、そんなことを言う余裕すらなく、船底に倒れ伏し、揺れる度に為す術もなくゴロゴロ転がりつつ。吐瀉物にまみれて呻き声を上げていた。なかには嘔吐しつつ号泣している者もあった。

こんなゲロまみれの兵隊を連れて上陸したら西国の住人たちはなんと思うだろうか。関東でいう、えんがちょ、西国では、びびんじょかんじょ、というやつを食らって、領国支配どころの話ではなくなる。

それを防止するために仕方ない、私が直接的に命令を出した。

「とにかくこうなったら、やはりなんとかして帆を下ろすしかないのだが、それができないのであれば、そう、帆の真ン中に穴を開けて風を通したらいかがだろうか。そうすると風がスウスウ抜けますでしょう。そういたしますと風の影響が減るのではありませんか。どなたか、やってみてください」

「なるほど。やってみましょう」

というので、片岡は薙鎌《ないがま》を持ってきて、伸び上がって帆をひっかいた。薙鎌というのは極度に柄の長い鎌のような武具で、これで馬の脚を引っ掛けると馬の脚が斬れ、馬が痛がって倒れたり棒立ちになる。そうすると乗っていた武者は落ちる。その落ちたところへ襲いかかって半殺しにして生け捕ったり、全殺しにして頭部を切断して持ち帰ったりすることができて、たいして技術のない兵にも取り扱いが容易で、非常に便利な武具であった。いまでもときおり池袋とかで薙鎌を持って歩いている人をチラホラ見かけることがあるくらいだ。

その薙鎌でせんど引っ掻いたわけだから、いくら丈夫な帆と雖《いえど》もひとたまりもない、真ン中という訳にはいかないが、まあまあ破れてグランジ的な感じになった。

しかれども、なんといみじい波であろうか、舳先にぶち当たってくる波の勢いは少しも衰えず、その衝撃たるや恰もレールガンで撃たれてるが如きであった。

「駄目じゃん」

と言われ、おのれ、大将軍に向かって、西国総追捕使に向かって、駄目じゃんとはなにごとか。斬る。と怒る気力はもはや失われていた。

そのうちに日が暮れた。日が暮れて真っ暗になった。前後を行く船なく、したがってそれらの灯りなく、また、普段であればこのあたりの海域には行き交う船も多いが、こんな日なのでそうした船の灯りもない。黒雲に覆われているので星座も見えず、なんの手がかりもない真っ暗な、巨大な虚無の中で私たちは訳もわからぬままワヤクチャになっていた。

しかしとはいうものの、私はその時点ではけっこう忘れてしまっていたが六韜とかもやったし、若い頃からいろいろ修行して身体を鍛え、また、「土民に服仕《ふくじ》せらる」というくらいのもので、けっこう苦労してきたからメンタルもまあまあ強い。ところが可哀想なのは京都から連れてきた女たちで、本当に可哀想なことになっていた。っていうのはそらそうだ、地方出身の屈強な荒武者ですら、ゲロを吐きながら「もおーーー、いやややややややあああああっ」などと泣き叫んでいるのだ。そんな過酷な状況に、京都から一歩も出たことのない、ええとこのお嬢さんや売れ売れで人気絶頂の芸能人がいきなり遭遇したのだ。それがどれほど耐えがたいことか。

そして彼女らをそんな目に遭わしたのはいうまでもなく私だ。西国を支配するためには、なんとしても京の美女を連れ歩く必要があったからだ。だから私はよりすぐりの美女、二十四名を連れてきた。

というと権力者が権勢に任せ、女性を擅《ほしいまま》にして、女性の人権を侵害している、みたいな感じに受け止める人があるが、申し訳ない、違う。彼女らは自分から来たいと言った。そしてそれは私の権勢や権力に阿ってのことではない。じゃあなになのか、というとそれは、「唄の文句じゃないけれど。お金も着物もいらないわ。貴方ひとりが欲しいのよ」というやつで、そうあの頃は恋愛なんてことは言わなかったが、いくら時代が変わろうとも人が人を好きになる気持ちが変わろう訳がない、いまで言う恋愛というか色恋というか、そうしたもので女たちはみんな私を愛していた。そして私も女たちを愛していた。

っていうか、正直に言うと、西国に行きたいという女は、はっきり言って百人以上いた。百、そうだな、五、六十はいただろうか。当初、私はこの全員を連れて行こうと思っていた。しかし、船に乗れる人数には限界があり、そのため、絞れないところを無理に絞ったものをさらに二十四人にまで絞った。断ちきりがたい思いが募って死ぬかと思った。

それでも菊門を専らとする武者や法師たちは、「えー、女、連れてくんですかあ」と不満タラタラだった。

そこで私はさっき言ったような、西国において領域支配を行うためには、国人を懐柔するために都の美女が不可欠という理論を拵えて彼らを説得した。もちろんそれは嘘ではない。嘘ではないが、私の本当の動機というか、いまの文学とかの人たちが言う、「内面」の感じで言うと、やはりそれは愛情というか愛欲というか、そういったものだったと今更ながら思う。執着というと一番近いのかな。とにかく私は女を連れて行きたかった。そして女も来たがった。その結果、女たちはこの世に生きてありながら地獄の苦しみを味わっていた。苦しみの最中、女たちは私を恨んだだろうか。いやさ、そんな原因と結果について思いを到らせるような状況ではなかっただろう、と思いたいのだが。わからない。人の心はわからない。女の胸の底の底にはなにがあるのだろうか。それすらも吐瀉物のまにまに漂っていたのか。

二十四人の女、全員について言及したい気持ちがいまの私のなかにはある。あるけれども、ちょっといまその時間がない。それと、忘れてしまった、という部分がかなりある。そこで私の艦に乗船していた、乃ち、その二十四人のなかでもさらに寵愛というか、一緒に居たかった十名についてのみ言うと、まず、平大納言時忠《へいだいなごんときただ》さんの娘さん、久我《こが》さんのお嬢さん、唐橋大納言《からはしのだいなごん》さんとこの娘さん、中将惟実《これざね》さんのお嬢さんである。普通、こうした高位に昇った方々の娘さん、ええとこのお嬢さんと付き合う場合、出世というか、自分の昇進とかそういうことが、第一の目的なので、その娘さん自体は、もちろんいい女に越したことはないが、身なりとか化粧に金かけてる割にはそうでもないなあ、みたいなことが多く、時に、「うわあー」みたいな場合もあるのだが、もちろん美意識というものが極度に発達した私は、どんなに自分の立場がよくなったとしてもそんな方とおつきあいすることはできず、これらの方々は、まあ、はっきり言って、育ちがよく教養もあって、内面から光り輝いているような素晴らしい娘さんたちで、はっきり言って宮中にあがっておられる方々もこの子たちの前では目を伏せていた。嘘じゃない。

それから静を初めとする芸能人グループが六人いて、この六人はそうした、育ちからくるしとやかな感じ、清楚な感じというのはあまりなかったが、色香・エロい感じというのは、もう凄絶というか、前も言ったかも知れないが関東の武者などは遠目に見ただけで発狂して気を遣《や》ったものだった。つい近くで見てしまい、恋い焦がれるあまり悶死した者、頭がおかしくなって目を潰す者、絶望して出家する者も多く、戦場で有能な武者を失うのを怖れた私は近侍する者には目隠しや色の濃いサングラスを支給したが、そうすると目が見えないので、用事を言いつけても役に立たず、大事なものを踏みつぶしたり、馬にぶつかったりして随分と困惑したものだった。つまりなにが言いたいかというと、それくらいに蠱惑《こわく》的で美しかったということである。

そうした女たちは普段は私の寵愛を得るべく競い、争って、心の内に微妙な感情の揺らぎや隔てを互いに抱いていたが、ちょっとだけ早業を使って様子を見にいくと、いま死を眼前にして、寄る辺ないものどうし、心を寄せてひしと身を寄せ合い、誰かが、「こんなことになるのであれば、都にいるうちに死んでしまえばよかったと思う。死ねばこんな辛い目にあわないで済んだ」と言うと全員がこれに同意して泣き始めた。

愛する女がそんなことを言う。

男としてこんな辛いことはない。なんとかして助けてやりたい。そう思って甲板に戻り、耳を聾《ろう》せんばかりの風と浪の音のただなかに私は唇を噛んで濡れていた。

「もう何時くらいになりましたかね」

そう怒鳴ると、誰かが、「一時を回ったところでーす」と怒鳴り返した。

「ああ、そうですか。ああ、そうですか。早く夜が明けて欲しいですね。どうせ死ぬんだったら明るいところで死にたい。こんな真っ暗闇のなかで死ぬのは嫌じゃないですか、お互い」

というのは、だから兎に角、明るくなるまで持ちこたえよう、と諸将・兵卒を励ます意味で言ったのだが、みな、「死にたい」という文脈だけを読み取ったらしく、今度は誰も返事をしなかった。それでしょうがない、

「もう、誰でもいいですから、誰か帆柱に登れる人、いませんかね。帆柱に登って、薙鎌で滑車の綱、切って欲しいんですけどね」

と怒鳴ると、「怖っ」と大声を上げる者があった。

「怖っ」

「いま、怖っ、って言ったのは弁慶君？」

「はい。そうです」

「やっぱりそうか。なにが怖いの」

「いや、なんかもう、この波濤のなか、帆柱に登る、って考えただけでなんかゾーゾ

ーしてきました」

「あのさあ、君、日頃から、この世に俺ほど強い者はない、って自慢してましたよね。日本一の勇者じゃなかったんですか」

「ええ勇者には違いないんですけど、不思議なものです。人間、いよいよこれで最期、とわかった瞬間、普段はまったく存在しなかった恐怖心というものが身の底から、生の根源、みたいなところから湧き上がってきますね。死は人間にとって最大の謎です。そう考えると生もまた巨大な謎ということになりますね。いずれにしても難しい問題です。皆さんはいかがお考えでしょうか。それでは今夜はこの辺で、ごきげんよう」

「なにをいい加減にまとめているのだ。心配するな。比叡山出身で山育ちのおまえが海で働けるとは初手から思ってない」

「ああ、よかった。助かった。じゃああの、代わりにといってはなんですが、常陸坊《ひたちぼう》海尊《かいそん》君はどうですかね。彼は琵琶湖をしょっちゅう船で行ったり来たりしてましたから、船は詳しいはずですよ。帆柱の構造なんかも熟知してますよ」

「ああ、彼か。彼はでもなあ、船って言っても小舟しか乗ってないからなあ。こういう大船のことはよくわからないんじゃないかなあ」

「じゃあ、伊勢三郎はどうすかね」

「君は自分がいかなくてよいとわかった途端、急にポジティヴな感じになったな。別にいいけど。で、なんだっけ、伊勢三郎？　彼は群馬だから海、知らないっしょ」

「じゃあ、佐藤はどうですかね、佐藤忠信」

「あいつは、東北だからね、瀬戸内海のことはなにも知らないに等しい」

「じゃあ、誰がいいんですか。茨城県の太平洋沿岸で生まれて、鹿島行方《なめがた》という荒磯に育ったみたいな奴はいないんですか。志田義教《しだよしのり》を浮島にしばしば訪れ、『いずれ擾《じょう》乱《らん》が起こったら俺は海でひと暴れしてやんよ。俺だったら小舟で外国へ渡ることだって可能』と嘯いてたみたいな奴いないんですか」

「えーと、そんな奴、いたっけな。あー、ひとりだけいるわ。たったいま思い出した。おーい、片岡君」

「まーた、俺っすか」

「なんで、俺ばっかりなんすか。たまには弁慶とかにもやらしゃいいじゃないですか」など、ブツブツいいながらも私の命令に逆らったら海に落とされるので仕方ない、片岡は小袖、そして直垂を脱ぎ捨てて、くるくると裸になった。というのは、袖がヒラヒラし、裾がボワボワして邪魔になるからで、ひとつ間違えば荒れ狂う海に放りだされるかも知れない命懸けの仕事をする場合、こうした些細なことが命取りになることがある。

といってもちろん赤の裸ではなく褌《ふんどし》は締めている訳だが、片岡は、これを二重にして締めた。

そのうえで片岡は、髪をお団子にまとめていたゴムというか、紐を外して、お団子を潰して平たくし、これを首の後ろに押しつけたうえで、帽子をぐっと深く被って、鉢巻きを強く締めて、帽子と髪を額、首筋に結わえ付けた。

なんでそんなことをするかというと、帽子が風に飛んで、髪の毛がさんばらになって、仕事がやりにくくなるのを防止するためだが、というと、いまの人は、そんなんだったら最初から帽子、脱いじゃえばいいじゃないか。なんでわざわざそんな面倒くさいことをするのか、と疑問に思うだろう。

けれどもあの頃はそうで、満足な大人の男は人前ではけっして頭を露出せず、もし露出したとしたらそれは死ぬほど格好悪い恥辱だった。どれくらい格好悪いかをいまの感じでいうと、そうさな、ブリーフ姿より、もっと格好悪い、陰茎丸出し、くらいな感じのかっこ悪さだった。

部下は指揮官に命を預けていて、命令ひとつで命を的に突撃する。その指揮官がそんな恥ずかしいことになっていたらどうなるか。「あんな、下半身丸出しの變態性慾者に命令されたくない」と外方《そっぽ》を向くに決まっている。

そうならないために片岡は帽子を毛髪とともに鉢巻きで縛り付けたのだ。

その姿を見て私は、やはり片岡を選んでよかった、と思っていた。なぜなら咄嗟にそういうことを考えてこれだけの準備をしかも大して時間をかけず済ませることができるのはやはり片岡だからで、これがそこいらの、勇気があるというより、勇気しかないような兵卒だったら、なんの準備もしないで勇み立ち、「よっしゃー、いってこましたらー」と気合いをかけて帆柱に抱きつき、「ああああああっ、滑るううううっ」とか絶叫して、一瞬で海に投げ出されて見えなくなるに決まっている。

或いは、もう少し慎重な性格の奴だったらもっと準備が必要だということに気がつくだろう。しかし、あの状況のなかで手早くあれだけの身支度を調えるというのはもはやそれ自体が手練の技で、普通はああはできず、アイガー北壁で鍋料理の準備をするくらいには手間取り、そんなことをしているうちに船そのものが転覆してしまう。

という訳で、有能な片岡は二重にした褌に刃先の鋭い薙鎌をぶっ差し、尻をブリブリさせながら、物にしがみついて反吐を吐きつつ吹き飛ばされないようにしている奴らに、「どけこら、うわっ、ゲロ、踏んでもおたやんけ。キショク悪っ。雨で洗お」など言いながら、両手両足を広げて太い帆柱の横木に手をかけた。

とはいうものの、弁慶でも抱えきれないほど太い帆柱で、高さは二十メートル以上、というのはいまそこいらに立っている電柱が十メートルちょっとだから、その倍の高さということで、おっそろしい高さである。

しかも対岸の六甲山地から半分、雪みたいな雨が風に乗って吹き付けてくるから、これが附着して、表面が銀箔でコーティングしたみたいに凍っていて、冷たいし、滑るし、登るとかそういう問題でない感じになってしまっている。

これにはさすがの片岡もめげてしまって、柱に抱きついたまま、なにも考えられなくなった、バカで巨大ながま蛙みたいになって硬直してしまっていた。

これではどうにもならず、このままでは後十五分くらいで船が沈む。そこで私は、

「馬鹿っ、元気を出せ」

と大声で言った。

覚えておられるだろうか。これはそう、土佐坊が私方を襲撃したときに喜三太に注入した気合いと同じ気合いを注入したのである。これは二十万の軍勢に注入する大将軍の気合いで、当時この気合い（いま風の言い方をすればカリスマ）を持つのは私か頼朝公だけで、喜三太のときもそうだったが、マックス二十万人分の気合いをただの一人に注入するのだから、その効果は絶大で、蝦蟇《がま》のようになって無表情で硬直していた片岡の顔がみるみる紅潮し、筋肉に力が漲って、片岡は尻をモクモク動かし、烈しく柱に腰を打ち付け、もの凄い、まるで柱を地中に押し下げるような腕の力を発揮し、「あぎゃあ、死んだるうっ」と喚きながら三メートルかそこらをスルスルと登り、

何度かは滑り落ちたりはしたが、なんとか四分の一くらいのところまで登った。

と、そのとき、船全体が箱なりするような、まるで地響きのような、どーーーーーっ、という重低音が響いた。

「なんじゃ、こりゃあっ」

と訝るうち、浜の方から、ごおおおおおおおっ、という重低音が近づいてくる。

「操舵手っ、後ろからえげつない突風がきましたぞ。前方の波濤を避けつつ、後方の風をそらしなさいっ」

と言い終わらないうちに、まるで砲撃のような風、どーん、と船にぶつかり、船は吹き飛ぶように走った。

そしてそのとき、船のどこかから、ぐわあああん、ぐわあああん、と明らかに致命的な損傷が起きた、みたいな感じの音が二回響いて、乗員全員が一斉に悲鳴をあげた。もしかしたら私もあげたかも。覚えてないけど。

全員が恐慌状態に陥っていた。私はもはやこれまでと覚悟の臍《ほぞ》を固めた。片岡はどうなったのだろう。多分、海に落ちただろう、と思っていた。

そのとき、「南無阿弥陀仏」というとてつもない聲が響いた。ごおおおおおおおおっ、という風の音をかき消すほどの太い、豊かな声だった。私は西の彼方を拝んだ。

阿弥陀如来が来てくださったと思ったからだ。

　それで見ると少し離れたところに阿弥陀如来がおらっしゃった。噫《ああ》ありがたきことだ。私は随分苦労してきた。人も殺した。女も姦った。菊門もやられた。家も燃やした。策謀はあまり巡らさなかったが大将軍として万骨を枯らし、宝剣神璽を海に沈めるということもやった。けれどもそれももう終わる。私は死ぬる。次はなにに生まれ変わろうかな。鳩とか意外に楽しいのかな。南無阿弥陀仏。南無阿弥陀仏。と随喜の涙を流して、そして、あれ？　と思った。

　南無阿弥陀仏というのは、たしか、阿弥陀仏に帰依し奉る、という意味だったはずだ。それを阿弥陀様本人が言うのはどうも変で、そんな、勘違いして自我を肥大させた挙げ句、自分を称えるイベントを企画して、知り合いに声を掛けたら全員に断られた自称アーチストの兄ちゃん、みたいなことを阿弥陀ともあろう人がするだろうか、と思ったのである。

　それで改めてじっくり見ると阿弥陀様のお顔が、常識では考えられないくらいに不細工で、ありがた味というものがまったくない。

　もしかしてパチモン？　そう思ってさらにじっくり見ると、なんということであろうか、船縁に仁王立ちに立っているのは武蔵坊弁慶その人であった。

「まぎらわしいんじゃ、ぼけっ」

そう言う私を無視して弁慶は今一度、

「南無阿弥陀仏」

と唱えた。そのあまりの大音声に私の耳が壊れたのだろうか、それとも弁慶の祈りの力だったのだろうか、わからない、わからないが、そのとき風の音が一瞬やんだ。

そしてその次の瞬間、もの凄い風の音が蘇り、それに混じって、ぼきっ、という音がしたかと思ったら、頂点の滑車の下、六メートルのところで折れた帆柱が後方に吹き飛ぶのが見えた。

「ぎゃっほほい」

「どめくさっ」

一同がおめいた。後方に吹き飛ばされた帆と帆柱が海中に没した。船は浮いた。浮いて押し出されるように前に走った。そしてそのとき、折れて三分の二ほどになった帆柱から、猫のようにクルクル回転しながら飛び降りてくる者があった。

片岡であった。

華麗に回転しながら舞い降りてきた片岡は船の梁のようなところに着地すると同時に、腰に差した薙鎌を抜いて大上段に振りかぶり、ピンと張った八本のもやい綱を、ざんっ、一閃のうちに断ち切った。

これによって船は取りあえず、転覆・沈没の危機を脱した。船は一晩中、浪と風に揉まれた。折れた柱が一晩中、右に左になびいて、何人かはこれにぶつかって暗い海に落ちた。

片岡の超人的・アニメヒーロー的働き、弁慶の祈りのパワー。そして様々の偶然によって危機を脱し、とりあえず明るくなるまで持ちこたえることができた。昨夜からの風も収まっていた。

しかし全員、ひどい有り様で、まるでジェイソンに性的虐待を受けたゾンビのようになっていた。けれどもまあ風がやんだのだから動ける者だけでなんとか船を操って讃岐《さぬき》に渡ろう。そうすれば、こちらは西国の総追捕使ってことで、どうとでも再起を図ることができる。

人間はどんなときでも希望を捨ててはならない。人は逆境のときこそその真価が問われるのだ。

そう思って気分を高めていると弁慶が来て言った。

「昨日はお疲れさまでした」

「お疲れ、お疲れ。いやー、君もよくやってくれた。まさかあそこで祈りのパワーが出るとはね、驚きました。はっきり言って。さすが比叡山で修行しただけのことはある。あれ考えるとやはり鞍馬は格下ですね。帆柱、折る奴は鞍馬にはいない。向こういってもその調子で頑張ってください。取りあえず甲板のゲロ掃除から始めてもらえますか」

「いや、あのゲロ掃除はいいんですけどね、また、ちょっとやばい感じなんですよ」

「なにが」

「また、風が吹いてきてるんっすよ」

「マジか」

言われてみると確かに風が吹き始めていた。

「またか。しかし、この風を追い風に受けて走ればいい感じかも」

「でも、昨日の風とは性質の違う風かもしれないんで、ちょっと訊いてみます。航海長、ちょっといいですか」

弁慶はそう言って航海長に声を掛けた。五十がらみの品の良さそうな男だった。名前は……、忘れた。

「なんでしょうか」

「これはどういう性質の風でしょうか」

「昨日と同じ風にて候」

「なるほど。じゃあ、あれありますよね？　あの、補助の柱と補助の帆、あれを張ってください。少しでも前へ進んで遅れを取り戻したい」

そう言うと、向こうから片岡が肘を曲げて両脇を締め、馬手《めて》は額に弓手《ゆんで》は顎に当て、やや俯き加減で、向こうへ遠ざかっていくようでありながら、こちらへ近づいてくるという奇妙な足取りで近づいて来て言った。

「恐れながら申し上げます」

「申し上げるのはよいが、君はなにをやっているのだ。それは何式の礼法だ」

「あいや、こは作法に非ズ。踊りにござる」

「なるほど、一見、前に進んでいるように見せかけて後ろに進んでいる、って、それ真横から見ないと意味ないよ」

「あ、そうか。これは粗忽《そこつ》。すみません。昨日のクルクル回転しながら飛び降りて綱を斬ったのが、非常に評判がよかったものですから」

「だったらクルクル回転しながら飛んでくればいいじゃない」

「いえ。同じことばかりやってると飽きられますし、第一、それでは芸が上達しません。やはり常に新機軸を打ち出してないと」

「芸人か」

「だもんですから、いまちょっとやってみたのです。題して月面歩き。あれからずっと研究を重ねておりました」

「元気か？　てめえ、元気か？　つうか、なんか言うことあってきたんじゃないの」

「あ、そうだ。忘れてた。というのは余の儀ではなくて、いま航海長、昨日と同じ風だって言いましたよね、なにを仰い鱒やら海老やら。発言するときはよく見て発言してくださいね。よく考えてから発言してください。昨日の風は北からの風でした。けれども、これは東南の風ですよ。ってことは風下は摂津《せっつ》の国。つうことはどういうことかというと、私たちは来た方向に押し流されていて目的地は逆ということになるんですよ、論理的に考えまして」

ということはこの風を順風と受けて走ってはならない、ということで、私はそれを聞いてイラッとした。

というのは折角、航海長がポジティヴな意見を言っているのに、わざわざ脇から月面歩きしながら出てきてネガティヴな意見を言うってなんなんだよ、と思ったのである。

そのとき私は、いったいこの片岡は私を誰だと思っているのか、と思った。

大将軍というものは気象をコントロールしてなんぼの世界である。勿論、気象はコントロールできるモノではないが、星に祈ることによってある程度それはできたし、古今の大海戦で勝利した将軍というものは、ほぼ間違いなく気象をコントロールしてきたし、それができない場合は、気象を読んでそれを味方に付けて勝っていた。

っていうか、かく言う私がそうで、実は書かれていることもいないこともあるが、私は霧や雨、風向、潮流というものを常に読んで戦っていた。それは勿論、宗盛君たちも読んでいたのかも知れないが、私はその何十倍、何百倍もの精度で読んでいた。だから勝った。

つまり結果を出してるんですね。だから逆算して考えると、この風だって逆風であるわけはない、なぜなら気象は私に味方しているのだから、ってことにどうしてもなってしまう。

というと、しかしいま現在の風向きすら分からないのはどういうこと？　と子供のような理屈で幼稚な論戦を挑んでくる人があるかもしれないから一応、言っておくと、あのね、私はそういういちいちの細かい読みはしない訳。つまり、知らない土地に行って、「あ、あそこのファミマのとこ右に行った細い一通の先に最大料金六百円のコインパあるよ」みたいなことを言っているのではなく、天を味方に付けるのが私の仕事だ、と言っている。

だから鷲尾十郎なんかが道案内するわけ。わかるでしょ、そんなことといちいち言わなくても。というか多くの人はわかっている。

それでもなお、論破されたのが口惜しいのか、「でもでもでも」と言い募ってくる人がある。そいつは言う。

「だったら昨日、なんであんな風、吹いたの？　気象を味方に付けたんじゃなかったの」と。

バカなことを。あのねぇ、なにから説明すればいいのかなあ、つまりね、天が味方と言ってもね、天には天の都合というものがあるわけ。あなただってそうでしょ、日頃から仲良くしていて仲間だと思っている人に頼まれたからといって、なんでもするわけではないでしょ。ちょっとパン買ってきてって頼まれても親の法事とかあったらそっちを優先するでしょ。天だって同じことでね、こっちにはいちいち言えない事情っていうものがあるわけ。だからあのときはどうしても風を吹かさなければならなかったのよ。だから逆から言うと、私だからなんとか命は助かったけど、普通だったらもう十秒ぐらいで全員、死んでたとも言えるわけ。

ということでそんな天がまあなんとか顔を立ててくれる程度には天が味方している私に対して、片岡がトンチンカンなことを言うのに私は苛ついたということだった。しかし苛ついていても仕方がないので私は冷静を装って言った。

「やはりこういう場合はこのあたりの事情に詳しい、地元の者の意見を採用すべきだろう。片岡君は確かに格好いいし、気象にも操船にも詳しいけれども、いかんせん、地元ではない。それに比べて航海長は地元民だ。間違いないっしょ。補助の帆をあげましょう」

生暖かい風を受けて帆走する。生きるということはこんなことなのだろう。片岡、弁慶。女たち。みんなそれぞれの生を生きている。佐藤も。名もなき男たちも。躍動のままにまに殺し殺される。そもさん説破《せっぱ》。そんな瞬間のやりとりが戦場ならば、ここも戦場、そこも戦場。命はいつだって流動している。悔いなんてある訳がない。ただ、訳もなくブルブル震え、躍動するだけなのさ。それが証拠に、ほら、すっかり明るくなった。

と、思ったら私たちの船は見たこともない干潟にいた。向こうの方に砂浜、そしてその先に松林があり、構築物があった。

ならばとりあえず上陸して態勢を整えたいところ、そこで周囲に、「潮はどうですか」と問うたところ、「私はあまり塩辛いのは好きじゃないですね」と答えた者があったので取りあえず斬り殺した。

そうしたらみんな真面目になって、すぐに引き潮だということがわかり、また、もう少し日が昇れば潮も満ちてくるということがわかったので、じゃあそれまで待ちましょう、ということになって待機していたところ、陸で緊急事態であることを知らせるサイレンが鳴り響いた。

というといまでいう防災無線のごときを想起するだろうが、もちろん当時、そんなものはなく、カーンカーンカーンカーン、と甲高い鐘の音が鳴り響いたのである。

「なんかなってあっせ。変があったんとちゃいますか」

「変てなにさ」

「だから地震とか津波とか大水とか、そうしたものですがな」

「あ、やばいやばい。やっと助かったのに。早く高台へ逃げましょう」

「って、おまえら、なにをアホなこと言うとんね、儂らのこと知らしとんにゃがな」

「えええええっ？　っていうことは敵さん？」

「そやがな」

「あかん。早よ逃げんと」

「って、結局、逃げんのかいっ」

と、烏滸沙汰《おこのさた》をきわめた議論を展開する狼狽《うろた》え者が船中に続出したが、それが早計な議論であるのはいうまでもない。

なんとなれば鐘を打ったからといって、それが敵であるかどうかはすぐにはわからないからで、考えてもご覧なさい、こちらからしたら急に鐘が鳴り響いて吃驚《びっくり》したかもしれないが、向こうからしてみたら、夜が明けたら突然、巨大な戦艦がすぐそこに停泊しているのだから、そりゃあ、鐘くらい打つでしょう。

だってもしそいつらが侵略の意図を持って上陸してきたら、下手をしたら鏖《みなごろし》になってしまう訳だからね。とりあえず、鐘を打って警戒を呼びかける。

つまり我々にとって相手が敵か味方かわからぬのと同じように、向こうも我々が敵か味方か判断しかねているのだ。

実はこれは戦場ではよくあること、しかし、深刻な問題であった。なぜなら敵に対して友好的な態度、弓矢とか持たないで酒持って、「いやー、どもども」など言って入っていったら瞬間的に全滅させられるし、反対に向こうが友好的であるにもかかわらず、喧嘩腰で乗り込んでいった場合、普通にしていたらその土地に確実に築くことができたはずの戦略拠点をむざむざと失うことになるからである。

というのはでも別に戦場でなくてもよくあることで、予め自分に対して敵意を抱いている相手に、それと知らず親しくしてしまい、弱みを握られてひどい目に遭ったり、実は自分に好意を抱いている相手の、その好意に気がつかぬどころか、敵意を抱いていると勘違いして攻撃してしまい、敵を増やしてしまった、なんてことが多い。

しかもそのことに気がつけばまだマシで、それに気がつかぬまま同様の行為を繰り返し、半月を見ながら、「なんか人生うまくいかないなー」と呟いて涙を流している人は少なくないように思う。

ただまあそれで直ちに命をとられることはないのだが、戦場の場合、それが生死を分けるので、遭遇した未知の相手が何者であるのか。敵なのか。それとも味方なのか、を見極めるのはきわめて重要なのである。

そしてそれはただ見極めればよいという訳ではなく、相手より先にこれを見極めるということが必須条件になってくる。

というのは相手が友好的だった場合はよいが、相手が敵だった場合、先に察知されて先に攻撃を開始されたら、とりあえず防御から戦闘を始めなければならず、これは戦術的にわざとやっているのでない限り、マイナスからの出発になり、そうなると勝つのはまず難しいからである。

要するに先手必勝ということで、最初にバチコーンとかましてしまえば大抵は勝てる。かまされたら負ける。だから負けないためには先に攻撃しなければならず、そのためには相手より先に相手が敵か味方かを判別しなければならない、とこういう理屈である。

なので私は一喝した。

「うろたえるな。見苦しい。鐘を打ったから敵と決まった訳でないでしょう。味方の可能性だってある。騒いだ人は殺します」

そう言うと周りは静かになった。半分は殺されるのが嫌だったからだが、半分はなるほどその通りと思ったからに違いなく、このバランスが大将軍にとって重要だと私は思う。

静かになった人々のなかから佐藤が進み出ていった。

「あの、喋っていいですか」

「どうぞ」

「敵と決まった訳ではない。でも味方かどうかもわからない訳ですが、私たちはどうすればよいでしょうかね」

「とりあえず、ここがどこかわかったら大体はわかるんじゃないでしょうかね」

と言ったのは堀景光《かげみつ》だった。堀が続けて言った。

「ここが四国のどこかだったら味方でしょう。しかし近畿地方の沿岸部だったら敵である可能性が高いと思います」

「仰る通りだな。どっちだろう。航海長の言う通りだったらここは四国のどこかだろうけど」

「でも、片岡説が正しければ摂津国ということになりますけどね」

「うーん、でもそれはねぇんじゃね？　航海長は地元だから。やっぱ地元の人の意見は間違いないでしょう」

「まあ、そうだな。じゃあ、友好的な、友愛みたいなことを前面に押し出していきましょうか」

　そう言う堀に私は言った。

「待て。それは早計だ」

「なぜでしょうか」

「四国と雖もすべて味方とは限らないからだ。四国にも鎌倉殿御代官が多数居るし、平家に心を寄せて私を恨んでいる者もいる。闇雲な友愛路線は危険だ」

「なるほどねぇ。じゃあ、どうすればいいんでしょうか」

「物見を放てばよいのではないですかねぇ」

「物見と申しますと？」

「物見というのは斥候のことです」

「斥候と申しますと？」

「偵察部隊のことだよ」

「偵察、なんだろう？　ぜんぜん意味がわからない。聞いたことがない。スルメのことですか？」

「スルメを放ってどうするんだよ。つか、自分が偵察に出されるのが嫌だからといってとぼけるのもいい加減にしろ。これ以上、ふざけたら、わかるな」

「殺すんですよね。わかりました。すみませんでした。では、ご命令ください。誰が物見に参ればよいでしょうか。私でしょうか。堀は自分で言うのもなにですが、あまり向いていない気がいたしますが」

「うるさい。ちょっと待て。ええっと、誰に行ってもらおうかな」

　そう言うと一同、緊張して息をのんだ。物見を命じられることを恐れているのか。それとも我こそは、とはやり立っているのだろうか。願わくは後者であってほしいものだ、そう念じつつ、

「じゃあ、片岡君」

　と言うと、一同はほっと安堵の溜息を漏らした。ここまでの経緯が経緯だけにみな弱気になっているのだ。そして片岡は、

「えええええっ？　まーた、俺っすか？　なんで俺ばっかなんすかね」

　と不満げに口を尖らせる。けれども実際のところ、片岡が一番、いい感じだったので仕方ない、

「まあ、そう言わずに行ってください。いまのところ一番頼りになるのは君なのだ。またナニしたら今度ナニするから」

　と、説得した。そうしたところ、口では文句を言いながら、選抜されたのが嬉しかったのだろうか、数人に手伝わせて下ろしたボートに船端から、クルクル回転しながら飛び降り、巧みにこれを操って浜に近づいていった。

　そのとき片岡は染めた革で逆三角形のステッチを施した簡易な鎧を着て太刀一本を腰に差していた。

片岡は難なく上陸した。浜辺には浜沿いに暮らす人たちが藻塩を焼くときに使う、情けない小屋が建ち並んでいて、なかに人がいるのは間違いなく、向こうから片岡が見えないはずはないのだが、難を恐れているのか、誰も出てこない。

その頑な、まるで自分を無視するかのような態度に片岡は傷ついた。

歓迎の宴を開いてくれとまでは言わないが挨拶くらいしたってよいのではないか。そんなに、そんなに忌み嫌わなくてもよいのではないのか。醇乎《じゅんこ》・醇朴《じゅんぼく》な漁村の方々、みたいな、ひるどき日本列島、みたいなそんなイメージを僕は持っていたのだが。夢がこわれました。

と片岡は傷つき、また、そっちがそういう態度を取るのであればこっちだって無視するだけだ。こっちから挨拶なんか絶対しない。なめんなよ、土民が。土民連れが。文句あったら打ちかかってこい。二秒で皆殺しにしたるわ、アホンダラ、と思いながら情けない小屋群の前を通り過ぎて行った。

しかし、その足取りは内心の強がりとは裏腹、まるでメンタルを病んだ本郷猛のようだった。さほどに片岡は傷ついていた。

片岡は百米ばかし進んだ。そうしたところ向こうの方に大きな丹塗りの鳥居が立っていた。鳥居までは僅かな上り勾配で、両側に松、鳥居の後ろは真っ青な空が広がっていた。生暖かい風が吹いて十一月だというのに片岡は僅かに汗ばんでいた。

鳥居までは意外に距離があった。そして片岡が見上げた鳥居は驚くほど巨大だった。見た感じ高さ七十米はありそうだった。

片岡は神秘に打たれつつ鳥居をくぐり、拝殿に進んだ。すべてが神さびていた。そしてやはり巨大だった。拝殿は間口が七百間、高さも七百丈くらいありそうだった。もうこうなると恐ろしいのかな。いや、そんなことはない。ありがたいことだ。片岡は自分にそう言い聞かせて神前に額《ぬか》ついて祈りを捧げ奉った。

どうかエブリシングちゃんとなりますやうに。なんなんですか最近の武士は。気合いないですよね。俺ばっかり行かされて。みなで力を合わせて、縦社会を復活させていきませうや。それ矛盾してねえか。しまつた。

って私は誰と話しているの？　と疑問に思って片岡は顔を上げた。したところ目の前に八十歳くらいの超老人が佇んでいた。

超老人は袖の長い服を着て杖を持っていた。長い鬚を生やしていたが柔和な感じで、先ほどの小屋の中から漂ってきた悪意のようなものはまったくなく、まずは他国のものであろうがなんであろうが分け隔てなく接する。そのうえで変な奴だったら距離を置くし、ちゃんとした奴だったら真心を持って応接する、みたいな感じがあった。

だから片岡はこの方だったらいろいろ教えてくださるのではないか、と脳内までも敬語になっていた。そんなことだから、ごく自然な感じで、実際に教え、案内を請うことができた。片岡は超老人に、「すみません。昨日の嵐でもう僕ら全然、方角がわからんくなってしまって。すみません。ここはなに国ですか。やはり讃岐国ですか」と問うた。

したところ超老人は、「ほほほ」と笑った。でもその笑みに蔑んだ感じはぜんぜんなかった。超老人は言った。

「国がわからんて、自分、いかついなあ」

「いかついすか」

「いかついよ。なに港かわからん言うんやったらわかるけど、なに国かわからんて、それ、いかついやろ」

「すんません」

「別に謝らんでもええけどな、けど、自分、気ぃつけた方がええで。ただでさえ二、三日前からこのへんやばいねんから」

「なんかあったんすか」

「あったやないよ。二、三日前からえらいことなっとったわ」

「なにがあったんですか」

「なんや知らんけど、九郎判官義経が昨日の晩、こっから出帆して四国の方、行きよったらしいわ。そやけど、えらい風吹いてもおて、『下手したらこの港に戻ってくんちゃん？　ほしたら戦争なんちゃん？』言うて、みんなびびって、『とりあえず行ける奴、行ってくれ』ちゅうことなって、ここらの地元のやばい奴で、手島《てしま》さんいう人と、後、上野《こうずけ》さんと小溝太郎《こみぞのたろう》さんっていう人がみんなに声かけて、むっちゃ物々しい感じなってるわ。やばいわ」

「マジですか、マジですか。人数って何人くらいですの？」

「陸に馬乗った奴が五百人くらいおるわ。ほんで船は三十艘くらいあるらしいわ。楯並べて、ほんで矢ぁ番えて来たらいつでも射てるようにしとおるらしいわ」

「マジですか。やばいですやん」

「そやからさっきからやばい言うてるやん。そやから自分も早よどっか行った方がええで。間違うて射たれるかも知れんから。ちゅうか自分、そんな恰好してるいうことは、もしかしたらそっち系の人ちゃうの？」

「いえいえいえいえいえいえいえいえ、違いますす違いますす違いますす違います。僕、淡路島なんです。釣りしてたら流されてしもて」

「釣りするのに鎧、着てんのおかしいやん」

「ああ、これはあの、あれですやん、鎧釣り」

「それ、なに？　鎧釣り？　聞いたことないわ」

「ええええっ？　知りません？　鎧釣り。鎧を着ることによって魚がけっこう集まってくるっていうやつ」

「無理矢理やなあ。自分、いかついなあ」

「え、ほんまですやん。そやから詳しいこと教えてくださいよ」

「ま、俺はどっちでもええねんけどな。ほな教えたるわ」

　超老人はそう言うと、

　　漁り火の昔の光仄見えて芦屋の里に飛ぶ蛍かな

とポエムを詠んだ。片岡は、うっ、ポエム、と思ったが、けれどもこれには深い意味が込められているはずだ、と思い直し、その意味を探った。

　昔の光が漁り火として微かに見えている。と思って見たら蛍やんかいさ。って意味かな。そしてそこは兵庫県芦屋市ってことか。

　そう思った片岡は、そうした情報をポエムでそれとなく教えてくれた超老人に感謝の気持ちを抱き、ならばそれに対して苦手ながら返歌をしなければならない、と考えた。

　というとこんな緊迫した状況でなにを雅なことやっとんねん、といまの人は思うかも知れないから言っておくと、当時、なにか詩を貰ったら必ず詩を返さなければならず、これをしないというのは非常に失礼というか、既読スルーの七百倍くらい鬼畜なことであった。

だから片岡は俯いて目を閉じ、こめかみを揉み揉み考えた。それで考えついたのがどんなポエムだったかは私にはわからないが、おそらく彼の詩の技量から類推すると、

兵庫なら俺はけっこうビビりますだってほんなら敵のなかやン

程度のものだっただろう。

片岡はその程度の歌を返そうとして顔を上げた。そして、こ、これはっ、と口走り、目をこすった。

いまのいままで目の前に居たはずの超老人が煙の如くに消滅していたからである。そして消えていたのは超老人ばかりではなかった。目の前に聳え立っていた社殿、振り返れば大鳥居もまた拭ったようにかき消えて、そこはただの砂丘であった。空の青さが片岡の目に染みた。海鳥の鳴き声が間抜けに響いた。

片岡は暫くの間、呆然とその場に立っていた。霊異と神威を全身に浴びて片岡はすっかり打ちのめされていた。もし片岡が現代の人であったなら、いま自分が見聞きし

たこと、体験したことに過剰な位置づけをして、そのまま会社を辞め、魂の修行の旅に出たに違いない。

けれども片岡は文治年間の武人であった。なのでそこまで霊異にも神威にも繊細ではなく、そんなことはまあ別に普通にあることで自分の身の上だけに特別に起こる／起こったことではないということを知っていた。

そして片岡はそれを、きわめて現実的に、乃ち、神仏は敵ではなく自分たちに味方している、と捉えた。

物見に出た自分が敵に発見されて殺されそうなのを見て取った神仏は、その前に自分の前に現れて敵の情勢を詳しく教えてくれた、と考えたのである。そしてそれは実際にその通りだった。

なんとなればこれは後に調べてわかったことだが片岡が超老人に出会ったその場所は、古の人が住吉の明神をいつき奉った場所であったからである。ルホホイ。

つうことは。そう。俺は疾く立ち戻ってこのことを報告する義務がある。いつまでもズクズクのスピリチュアルな感情に囚われていたらあかぬ。

そう思った片岡は直ちに立ち戻り、私に以上のことを報告した。

「なるほど。住吉の明神が私に味方しているということは、これはもう凄いことだ。

さっそく戦争をいたしましょう。そして勝ちましょう」

私はそう言って全軍を叱咤した。

「おげあ」

「ろけろおー」

全軍が勇み立った。

「そもそも海神である住吉の明神が味方してくださっているのに陸戦をするのはバカだ。海戦をいたしましょう。しかしこんな干潟では操船ができない。航海長、船を沖へ出してください」

そう命令を出すと航海長が言った。

「無理っすね」

「なぜだ」

「もはや潮がどんどん引いていってしまって、もう動けない状態です」

「あのさあ、そうなる前に言ってくんないかなあ」

「申し訳ありません」

「っていうかさあ、そもそも、君が風を読み違えたからこんなことになったのだ。あれは東南の風だった。ところが君は北風と言った。私はそれを信じて船を出した。そしたらこの様だ。なんで間違えたの？　君は熟練の航海士じゃなかったの」

「ええ、まあ熟練です」

「じゃあ、なんで？　熟練で地元。間違える要素がないじゃないですか」

「ああ、言うの忘れてました」

「なに」

「私は三重からきてるんですわ」

「はあ？」

「いや、だから私、三重の人間で、ここらの人間とちゃいますねん」

「先、言え、ドアホ」


って感じで船中では戦支度がまああな感じで進んでいたが、さあ、一方その頃、浜の方はどうなっていたかというと、陸は陸で大騒動になっていた。

ってていうのはそらそうだ。凶悪なヤンキーみたいな武士や酒ばっかり飲んでいる漁師、銭儲けが得意な坊主、美しく淫蕩な女たちが平和に暮らしている湊に、目が覚めたら船籍不明の不審な船舶、それもかつてみたことがないような巨大な軍船が停泊しているのだから驚くに決まっている。

とという訳で右に言ったような態勢を未明のうちに整え、日が高くなったところで、よっしゃ、ほんだら海上警備行動いてこまそかい、とはいうもののその実、戦をする気マンマンで完全武装の五百余騎、三十艘の小舟に分乗して、グングン沖へ漕ぎ出してきた。

引き潮で水深は浅い。浅いけれども船は小舟で船足が軽い、船頭はそれこそ地元のベテラン、あっ、と見る間に漕ぎ寄せて大船を取り囲んで、箭をつがえ、

「いてまえ」

「ヘゲタレがっ」

と罵り騒ぐ。

その様を見て伊勢義盛が堀景光に言った。

「まずいことになったんちゃいますか」

「なんでやいな」

「なんでやいなやあるかいや。完全に囲まれとるやないけ」

「あ、ほんまやの」

「ほんまやのや、あるかい。どなすんど」

「そらもう、があー、行くしかないやろ」

「よしゃ、ほだ、いこか」

と伊勢が言い、二人して船端へ走って行くので、私は慌ててこれをとどめた。

「両名、待ちなさい。なんですか、戦争前に手をつないで。ゲイのカップルですか。

ちょっと待ちなさい。君らいつから付き合ってるんですか。手を放して」

「はい、放しました。すんません。別に付き合ってないです」

「いい友達です」

「そんなことどうでもいいんですわ。っていうか、あのねぇ、君ら何年、戦争やってるんですか。こういうときは細かい手柄にこだわってたら駄目なんですよ。っていうか、戦略的に考えないと駄目なんです。いまこっちから攻撃したらどうなりますう？　後で、じゃあそもそもどっちが悪いんだ、ってなったときに向こうに口実与えちゃうんですよ。ただ、尋問しようと思っただけなのにいきなり撃ってきたからやむを得ず応戦しました、って言われるに決まってるんですよ。だから向こうもなかなか攻撃してこないでしょ。まあ、伝説の神将と言われる私の軍とわかっているからっていうのもありますけどね」

「なるほどね。じゃあ、まあ攻撃してきたら応戦しますか」

「そうね。それでじゃんじゃん敵を殺害して首を多数とって褒美を多数もらいましょう」

「だからそこなんですよ。戦略的に考えて欲しいのは」

　と私はさらに説明した。

「つまりそれって雑兵じゃないですか。意味ないんですよ。向こう数多いし、切りないでしょ。という場合はどうすればよいかわかりますよね」

「ええっと、向こうの幹部クラスを狙えばいいってことですかね」

「ザッツライトマスカラスネーク」

「誰がマスカラスネークやねん。わかりました。そういたしますれば幹部クラス、大将クラスの首級をガンガン狙っていきます。そしてガンガン褒美を……」

「その首級をガンガン、褒美をガンガンっていう発想、一回、やめてもらっていいですか？　だからそうじゃなくて、生け捕って欲しいんですよ」

「生け捕り、っていうと壇ノ浦のときの宗盛さん的な？」

「そうそう、あと中宮とかやったでしょ、殺さずに熊手で引っ掛けて引き上げるんです」

「そうすっとどうなりますかね」

「後でカードとして使えるじゃないですか」

「あ、なるほど。ほた、そういうことにいたしましょう」

　とようやっと納得した両名に、

「君たちはいちいち我が君に言ってもらわないとわからないのか、そんなことは戦場の常識じゃないか」

　と言った者があった。弁慶であった。

弁慶はそのうえで言った。

「やはりそういうことも含めて戦略をわかっているのは僕です。この戦闘は僕が指揮するしかないでしょう。こんな人たちに任せてたら大変なことになります」

「こんな人たちだって、ひどーい」

「ひどーい」

「ほらね、こんなひどーいとか言ってほっぺた膨らませてて戦争ができますでしょうか。できませんでしょ。ここはひとつ私こと武蔵坊弁慶ちゃんにご一任くださるのがベストな選択と存じ奉ります」

と、弁慶が言い終わらないうちに堀と伊勢の間を通って、

「ちょっ、ちょっとすんません。前へ通して貰えますか」

と言い進み出た者があった。片岡であった。

「お坊さん、ちょっといいですか」

「誰がお坊さんじゃ」

「え、あなた、お坊さんじゃないんですか?」

「いや、まあ、お坊さんだけど」

「ですよねぇ。お坊さんだったらあれじゃないですか、やっぱり先頭に立って人を殺しに行くのは私のような武者に任せて、お坊さんは後ろに控えて、死んだ人を弔って

あげてください。それがお坊さんというものでしょ。違いますか、お坊さん。ねぇ、お坊さん。聞こえてますう？　お坊さん。あ、このお坊さん、むっさ、不細工う」

「じゃかあっしゃ、あほんだら。お坊さんと泥棒とどっちが強いか一遍やったろか、こらあ」

「いいですね。是非やりましょうよ」

と、弁慶と片岡がやばい感じになって、誰か止めてくれないかなー、と思っていたらタイミングよく佐藤忠信が割って入ってくれた。

「まあまあまあまあまあまあまあまあまあまあまあまあまあまあ、待て。そんなこと言ってる場合じゃないですよ。君たちが先陣争いしている間に、ご覧なさい。敵の包囲がますます厳重になりつつあります。一刻も早く攻撃を開始しなければなりませんが、この二人のうちのどちらかに先陣を命じたら、命じられなかった方はこれを恨みに思い、後々まで尾を引きます。なのでここは私にお命じください。まずは敵の陣形を崩してご覧にいれます」

私は一瞬の間もおかず、

「あああ、ああああああっ、いま、ほんといま、君に命じようと思っていたところだ。ちょうどよかった。もう、あの、時間ないすから、準備は……、あ、大丈夫ですね。じゃあ、もうすぐ、出撃してください」

と言い、それで佐藤が先陣→矢合わせを担当することになり、片岡と弁慶が敵前で喧嘩するという不細工な事態を避けることができた。こんなくだらないことの集積。それが戦陣であり、かつうはまた人生である。

それでも片岡はなお、

「ええええええええっ、帆柱に登るとか、物見とか、目立たない割にはしんどい仕事ばっかりやらされて、ここぞという見せ場は佐藤ですか。納得いかないんですけど。納得いかないいんですけど。ああっ、なんか、胸苦しくなってきた。船底行っていいですか?」

など、顔面を紅潮させて言っていた。弁慶はその前に既に船底に行っていた。

佐藤はその片岡の肩に手を置き、

「大丈夫だよ。君にも活躍の場は必ず巡ってくる。待つんだ。自分を信じて!」

と耳元で囁いて出撃していった。

しかしそれにしたって。と呟いてみる。戦闘について語るなんて退屈なことさ。そして呟くことの愚劣さに思いいたる。呟く。粒焼く。音にすれば同じことだが意味が違うよ。そんなくだらない言辞を弄して上からものを言ってくる連中が相争う。それが戦闘なのさ。って私なんかは元暦年間から思っていたからね。

しかしそれにしたって、それも戦闘には違いない。戦闘はいまでも存在するし、存在した。ならば語るしかあるまい。

けれどなぜ退屈なのだろうか。いやさ、それを語ることが退屈なんじゃない。それを聞く多くの人も退屈じゃない。そうじゃなくて私が退屈なんだよ。なぜ？　ふっ。愚かなことを。じゃあそれも含めて語ってあげよう。それが、私、義経の物語さ。

って、当時からほぼ同じことを思っていた私は、舳先に立って揺れる佐藤忠信の背を眺めていた。

そのとき佐藤が、幾何学的なパターンを染め出した直垂に薄いグリーンのレザーでステッチしたアーマーを重ね、兜は敢えてチープなもの、刀も頑丈で実用的なもの、矢は斑の入ったブラックの羽根がついたのを二十四本ケースに差し、それとは別に宣戦布告用すなわち矢合わせの鏑矢《かぶらや》、すなわち射るとヒュルヒュル音の出る矢を二本、ケースの外側のホルダーに差し、シンプルだけど射出力の高い弓を手に持っていたのを鮮明に覚えている。

佐藤忠信。ゴテゴテと飾った武具や装束を、虚仮威し、と嫌う、武士らしい武士なのだろうか。或いはなにかと華美な私への言外の抗議だったのだろうか。だとしたらけっこう鬱陶しい男だ。

敵の武装船は射程距離内に漕ぎ寄せ、その先頭の船に乗っていた、猿が鎧兜を着た、みたいな首の細い小男が、屈強な佐藤にグングンにメンチを切って言った。

「そこの船に告ぐ。こちらは手島の冠者《かんじゃ》及びここにおらっしゃるは上野の判官、畏れ多くも鎌倉殿の御代官を務めるものであーる。君たちは義経の軍隊だろう。そしてこの浦に上陸しようとしているようだが、私たちは断固これを認めない。認めないだけではない。鎌倉殿御代官として君たちを掃討するつもりだ。わかったか。わかったらおとなしく死ね」

これを聞いた佐藤は驚愕した。いったいこの首の細い小男はなんの根拠があって、こんな偉そうにしているのか。なんで自分が反撃にあって死ぬ可能性に思いがいたらないのだろうか。田舎者過ぎて義経軍の強さを知らないのだろうか。それほどに無知？　それとも生まれついてのばか？　カジャグーグー？

驚き呆れ、また疑問に思いながらも相手が名乗ったので佐藤は、「ああ、そうですか、ちなみに僕は佐藤忠信というもので、こんな恰好をしておりますが実は……」と自己紹介を始めた。しかし、手島冠者と名乗った男は皆まで聞かずに立ち上がって矢をつがえ、

「俺の言葉は鎌倉殿のお言葉だっ。死ねっ」

と喚きながらひょうど射た。

負け犬の遠吠えのような音がして矢が飛び、船端にぶつかって海に落ちた。

「僕を狙ったんですねぇ。外れましたが」

佐藤がそう言う傍らで兵が馬鹿にして笑った。

「あのねぇ、弓なんてものはねぇ、的に当たってなんぼなんですよ。敵のど真ン中を射貫いてなんぼなんですよ。わかりませんか？　つまりこういうことですわ」

佐藤はそう言うと弓を満月のように引きしぼり、「俺と勝負やと、おちょくるな。千八百年早いんじゃや暈《ぼ》け」と怒鳴ると同時に撓めに撓めた力をひょうど解放した。

ヒュイーン。スペイシーなサウンドを響かせて矢が飛び、吸い込まれるように手島冠者の顔に突き刺さった。

かに見えたのだけれども突き刺さったのではなく、雁股《かりまた》といって、先端が二つに分かれた鏃《やじり》は首を貫通、というより骨もろともに首を引きちぎって、兜の後ろのビラビラに刺さり、勢いで首が千切れて飛んで海に落ちた。

首を失った胴体はその切り口から、噴水のように血液を噴出させ、暫くの間、クルクルしていたがやがて船端に崩れ落ちた。

無惨なことだったが戦争なので仕方がなかった。もう少し首が太かったらこんなことにはならなかった。まあ、それにしても死んではいたが。

普通、こんな腕前を見せられたら怖じ気づいて逃げるところだが、上野判官は、「言うとったらあかんど」と怒鳴った。

もちろん内心では、やばい、と思っていた。やられるかも、とも。しかし、上野判官は根底からのヤンキーで、舐められたら終わりだと思っていた。また、それなりの自信もあった。これまで上野判官は実力・実績では到底敵わないと思われる相手であっても気合いで圧倒することによって叩き潰してきたからである。

それで俺はのし上がってきた。そして鎌倉殿御代官にまで出世した。義経本人ならともかくその陪臣になど負けるわけがない。負けへんわ。誰にも負けへんわ。と愚考していたのである。

そしてその周りでは彼が率いる部下たちが、怖じ気づきながらもここで逃げたらどやされる、という恐怖からなんとかその場に踏みとどまり、上野判官はやってくれる、必ず一矢報いてくれる、と薄く信じて上野判官と佐藤忠信を交互に眺めていた。

その間、約五十ミーター。ギーイギーイ、と櫓《ろ》の軋む音。チャポーンチャポーンと沖つ白波。千鳥、鷗の声もして、無惨に静かな戦場風景。

敵味方の将兵の見守るなか、上野判官はわざと余裕をかました態度でケースから矢を抜き、つがえ、引き絞り、息をとめて狙いを定め、ひょうど放った。

ばっすーん。すべらぼっ。

矢は忠信の喉首に突き刺さり、ひゅーーーーー、と声にならぬ声を上げて忠信は船端に崩れ落ちる。

はずであった。ところが矢は大きく外れ、船端に立つ佐藤の左上を飛んでやがて海に、ポソン、と落ちた。

「ボール」

だれかが大声で言って、敵が笑った。味方が笑った。ルールルルルールー。今日もいい天気。

「ぜんぜんあかんやん。あのね、矢ァいうんはこうやって射るんですよ。よう見ときなさい」

佐藤はそう言うとケースから先端の尖った貫通力の高い矢を取り出し、完全には引き絞らずタイミングを窺った。

そして敵はおろか味方にも舐められ笑い物になった上野判官は焦りに焦っていた。このままだとこれまで頑張って創りあげてきた上野判官伝説が崩れ去ってしまう。そうしたら俺はこれまでのように生きていけない。栄光がなくなる。代官を解任され、しょうむない奴の走りとして生きていかねばならない。そんなことは嫌だ。絶対に嫌だ。そのためにはどうしたらよいか。もちろん、二の矢を放てばよい。それで仕留めればこっちの勝ちだ。

そう思って佐藤の様子を窺うと、ラッキー、彼はいまだ完全に弓を引き絞っていない。いまならいける。っていうか、いましかない。

そう思った上野判官はケースから矢を出してこれをつがえ、引き絞ろうとして左手が上、右手が下、という前が大きく開いた無防備な体勢になった。

佐藤忠信ほどの武者がこの瞬間を見逃す訳がない、素早く弓を引き絞り、ひょうど放つ、ギューン、と矢は飛んで、ぼっすーん、上野判官の左の脇の下に突き刺さって身体を貫通、右の脇の下に突き出た。

弓を取り落として、あぎゃあああっ、と絶叫した上野判官はクルクル回転しながら、どっぶーん、海へ転落して沈んでいった。

それを見届けた忠信は次の矢を番えた状態で私のところに来て、「こんな感じでいかがでしょうか」と言った。いかがもヘッタクレもなかった。彼は一分もしないうちに敵の大将をやっつけたのだ。私は言った。

「すごいね」

「ってことは」

「もちろん、君が勲功一番さ」

「そりゃどうも」

佐藤は照れた様子もなくそう言った。そのとき敵は私たちの船から遠ざかっていこうとしていた。

「遠ざかっていこうとしているね」

と傍らにいた片岡が言い、「そりゃそうさ。大将がやられたのだもの」と、弓を小脇に抱えて掌を上にして両手を広げ、下唇を突き出して言う佐藤に、

「なに言ってンだよ。君がやったんじゃないか」とぼくは続けて言った。

「まあね」

「まあね、か。余裕だな。君は十分に戦争を楽しんだようだな」

「もちろん」

「そしてそれは完璧なゲームだった」

「その通り」

「じゃあ、そこを退いてくれないか。僕も戦争がしたい」

「いいとも。幸運を祈るよ」

そう言って佐藤は船尾の方へ歩いて行った。後ろも振り返らずに。

下調べの苦労だけさせられて、一番の手柄を佐藤に攫《さら》われた片岡は待っている間に十分な準備を整えていたようだった。シンプルに決めていた佐藤との対比を強調しようとしたのか、片岡のホワイトを基調とした軍装はきわめて粋だった。

インナーは真っ白な直垂。ホワイトをベースにイエローの文様を染め出したレザーでステッチした鎧。兜はあえてかぶらずハットをかぶって、弓も塗ってないホワイトの弓。それは佐藤のような単にシンプルで簡略なコーデではなく、計算され尽くした

引き算の美学だった。片岡はそんな男だった。

そんな出で立ちの片岡は弓を小脇にかき込み、既に足元に用意してあった矢の収納ケースを、「よっとこらしょ」と両手で持ち上げ、足場板の上に、がさっ、と置いた。

傍らに居た者が問うた。

「それ、なんですの」

「これは矢だ」

「ああ、矢ァですか。なんや、大層に」

と、芝居がかった片岡の言動に日頃から批判的だった男は些かの軽侮の調子を込めて言った。片岡はそれを敏感に察知していたが、なにも言い返さず、黙って蓋を取り除けた。

「あんさんのことでっさかい、さぞかしカッコええ矢ァ、使いなはんにゃろなあ」

男はそんなことを言いながら、収納ケースを覗き込み、「こ、これは……」と言ったきり二の句が継げなかった。

ケースには、普通ではちょっと考えられないような矢が入っていたからである。

男が予測していたのは、羽根の部分とかにしゃらくさい色柄がついてはいるが、矢の機能としてはごく普通の矢であった。

ところがそれは、彼らの用語で言う「がんこ」「鳥貴族」といった貫通力や殺傷力を重視した一般的なものではなかった。普通の矢ではなかったのである。

どのように普通でなかったかというと、まずはあり得ないくらいぶっとく、つまり自重が重く、その重い矢を飛ばすため羽根もハードな仕様であったが、なによりも特徴的だったのが、その先端部の鏃で、直径が最大部で十二糎《センチ》、長さが十八糎もある円錐形だった。

男は目を剝いた。ただのファッション野郎とは言わないが、見た目重視で、なにかとチャラい片岡がこんな矢を使うとは思っていなかったからである。

男は、「うーん、凄絶だねぇ」と呻くように言うのがやっとだった。それに対して片岡は余裕綽々《しやくしやく》で、「さればば特殊の目的の矢です」と言い、それから矢を番えて臨戦態勢を整えている一同に言った。

「御覧の通りこれは特殊な矢で貫通力には劣る。人間を射てもあまり効果が期待できない。でも破壊力は凄い。これはそのために開発された矢なんだ。これで厚い盾を狙えば盾が割れる」

「それは驚きだ」

と誰かが言った。沖の千鳥が啼いた。片岡は続けた。

「そうだ、驚きだ。ところで西国の船は速力を重視して薄い木で造られている。その薄い木でできた船をこの破壊力抜群の矢で射たらどうなるかな」

「船の一部が損壊して浸水する」

「その通り」

片岡はあくまでも淡々と語った。一同は静かに聴いていた。

「そして船には多くの兵員が乗船していて吃水《きっすい》が深い。僕はその吃水線の十五糎ばかり下を狙うつもりだ。大穴が開き、浸水が始まる。大勢の兵員が慌てふためいて立ち騒ぎ、浸水はますます激しくなるだろう。やがて船は沈没してみんな水に沈んでしまう。セラヴィ。そうすると、これを見ていた他の船はどうするだろう？」

「逃げる。或いは……」

「或いは？」

「助けに行く」

「その通りだ。そこで君たちは僕に約束して欲しいんだ」

「なにをです？　なにを約束するのです？」

「助けに来た奴をみんなで一斉に射撃して欲しいんだ。できれば逃げる奴も。なぜ、って？　僕はひとりでも、ひとりでも多くの人間を射殺したい、と心の底から念願しているからさ」

「それは私たちも同じです。なぜなら」

「なぜなら？」

「戦争だからです」

「僕も同じ意見だ。わかり合えてうれしいよ」

片岡はそう言うと唐突に矢を射た（実際には唐突ではなかったのかも知れないが私にはそう見えた）。

ひょう。

矢が飛んだ。もの凄い矢が。矢は船腹を打ち砕いた。それから片岡は足場板に片膝をついて次々に射た。連射したのである。

ひょう。ひょう。ひょう。ひょう。ひょう。ひょう。ひょう。ひょう。ひょう。ひょう。

立て続けに十四、五本も射ただろうか、船腹は完全に打ち砕かれ、忽ちにして三艘が転覆した。多くの兵が溺れ死に、また射殺された。指揮官二名も死亡して、彼らは半泣きで撤退していった。手島冠者の遺骸は身内の者が苦労して回収していったようだったが、上野判官の死骸は波間に沈んだ。たまたまの状況でそうなったのだろうか。それとも日頃の行い？　まあ、どっちにしても奴らは逃げ去った。片岡は満足そうな笑みを浮かべ、それから噯《おくび》を洩らした。

そのとき私はある気配を感じて言った。

「武蔵坊君、居るかな」

「はい、なんでしょうか」

「あと、常陸坊海尊君、その辺に居ないかな」

「はい、なんでしょうか」

強いがうえにも強い二名を呼んだうえで私は言った。

「いやー、実に残念です」

「なにが残念なんですか。敵を撃退したじゃないですか」

「ほんまですよ。よかったじゃないですか」

と両名は口では言った。けれども私は両名が内心では私と同じように残念がっていることを知っていた。私は言った。

「だってそうじゃないですか。私はもっと戦争をしたかった。勝ち戦の小気味よさを味わいたかった。けれども敵は陸に撤退した。さすがに陸戦の準備は整ってないから、これを追撃することはできませんでしょ。まあ、でも、これってはっきり言って、確変に突入してるのに止めちゃう、みたいなことでしょ」

「意味が訣りません」

「私にも訣らないんだが、つまり宝の山に分け入って手ぶらで出てくるようなものだ、と言っているんですよ。あーあ、残念だなあ。こんなとき、すわこそ高名をと勘違いした新手が攻め寄せてこないかなあ、なんてつくづく思ってるところなんですけど、君たちはどう思いますか？」

　そう言って私はニヤニヤ笑った。そうしたところ弁慶は、

「本当ですねぇ。どっかの間抜け野郎が百騎ほど率いて、船五艘ほどで漕ぎ寄せてきてくれたら最高なんですけどねぇ」

　と言ってニヤニヤ笑った。

　永年、戦場を疾駆してきた私たちは、大物浦で義経軍と交戦中、という知らせを聞いて駆けつけたおっちょこちょいが私たちの強さも知らないで阿呆みたいな顔をして、阿呆みたいな兜かぶって調子に乗って攻め寄せてきたことを疾くに察知していた。

「言うてたらホンマにきよりましたわ」

「バカな奴らだなあ。死ぬのに」

　とせせら笑って、「じゃあ、今回は僕たちでやります」と海尊と弁慶が小舟を下ろして出撃していこうとするので、私は驚き呆れて言った。

「ちょっと待ちなさい」

「なんでしょうか」

「手勢はいらないの？」

「あんなアホ、僕らだけで十分ですよ」

そう言って元気に仲良く出撃していった。

私は佐藤と片岡のファッションについて語った。ならばやはりこのときの弁慶と海尊のコーディネートについても語っておかないと公平を欠く。なので語ると、二人ともインナーにはネイビーの直垂を着ていた。もしかしてペアルックだったのだろうか。だとしたら吐く。そのうえに弁慶は黒いレザーでステッチした鎧、海尊は黒い組紐でステッチした鎧を合わせていた。

二人の間で既に話が付いていたのか、操船に習熟して巧みな海尊は船尾に乗って櫂《かい》を手にし、弁慶は船首に立った。

その弁慶は弓を持っていなかった。なぜだ。離れたところにいる敵と交戦するのに弓は欠かせない。気持ちが逸るあまり手に取るのを忘れたのか。

そうではなかった。それは佐藤、片岡が既に弓でいいところを見せていたので同じことをやっても視聴者に鮮烈な印象を残せない、それならば自分は全然、別のことをやって目立ってやろう、という弁慶なりの計算であった。

だから弁慶は、弓は敢えて持たず、その代わりに四尺二寸という、通常だったら考えられない長さで、そのうえ巨大な鶴の飾りが付いている、という装飾的な太刀を佩き、もちろんそれは人目を引くための飾りで実戦向きではないので、それとは別に普通の刀を腰に差し、鉞、薙鎌、熊手、を小舟に投げ入れて、これはどんなときでも持っている、先端に鉄を埋め込んである、一丈二尺の木の棒、すなわち手鉾を手に持ち、ぽーんと小舟に飛び降りたのだった。

そして、「おーい、弓、忘れとんど、弓」と声を掛ける同僚に、

「くわつはつはつはつはつ。大事ない大事ない。あの船の固まっとるとこに、するっと入って行ったらええんですよ」

「敵のど真ン中やないかいな」

「そやさかい、ええにゃがな。そしたらこの熊手、これを敵の船の船端に引っ掛けーの、引き寄せーの、飛び乗りーの、どつーき回しーの、で一発っちゃ。まあ、見ていてご覧なさい」

そう言うと弁慶と海尊は、「カメラさん、この位置で大丈夫ですか」みたいな感じで映りを気にしながら小舟を漕ぎ出して行き、私たちは虚無的な瞳でこれを見送っていた。

一方、敵方の小溝太郎はこれを見て、あっれー、おかしいなあ、と思っていた。なぜなら、百も居る軍勢にたった二人が小舟に乗ってユラユラ近づいてくるからで、なにを考えているのだ。殺されにくるのも同然だ、と思ったからである。

どういうことだろう。考えた小溝太郎は、あ、そうかー、と膝を打った。小溝太郎は以下のように考えた。

はっきりいって小溝の太郎と言えば、この辺ではちょっとは名の知れた男である。向こうの軍勢のなかに近所で雇い入れた者があって、そいつが、「あ、ああああああっ、こ、小溝太郎が来た。あいつは凄く強いですううううっ」と言った。それを聞いた義経が、そんなに強いのだったらここは圧力一辺倒ではなく、対話路線に切り替えたらどうだろうか、と考えた。つまり、あの二名は対話のために派遣された平和の使者なのではないか。それが証拠に弓も持っていない。

ならば僕はどうすべきだろうか。ふふふ、簡単なことだ。友好的な態度を取って対話に応じると見せかけて相手を油断させ、油断しきったところで一気に滅ぼす。これしかねぇな。ふふふ。世の中というところは、セラヴィ、無情なところだ。

そんなことを考えた小溝太郎は周囲の者に言った。

「さあ、あの二人はどんな感じの人でしょうかね」

「見えませんか。もう大分、近くまできてますすけど」

「僕、最近、書類の見過ぎで目ぇかすむのよ。君、目ぇ、いい？」

「ムチャクチャいいですね」

「じゃあ、わかるでしょ。二人ともアレじゃない、弓持ってないよね。そこまでは僕も見えるんだけど」

「ええ、持ってませんね。棒、持ってるだけです。長い木の棒。けっこう凶悪な感じの棒です」

「棒くらいはいくらなんでも持つよね。敵のなかに行くわけだからね。でも、あれでしょう？　けっこう柔和なオーラ出してるんじゃないですか。対話したいなー、的な」

「いいえ、真逆ですね。どっちかっていうと、殺したいなー、みたいな」

「マジですか。おっかしいなー。いったいどんな人が来たのかなあ。けっこう背ぃ高いみたいだけど」

「高いですねぇ。七尺はありますね」

七尺と聞いて小溝太郎は目を剝いた。

「七尺ぅ？　アホ吐かせ。そんな奴いるか。いるとしたら武蔵坊弁慶か常陸坊海尊くらいのものだわ」

「その弁慶と海尊みたいです」

「パードン？」

「だから、あの小舟に乗って凄いオーラを発散しながらこっちに向かって来ているのは弁慶と海尊だ、とこう言っているのです」

「マジですか」

「マジです」

しをするなど、そして言った。

「そうですか。マジですか」

　そう言うと小溝太郎は暫時、小鳩が啼いたような顔をしたり、屈伸運動をするなど
「テッシュー」

　この声で全軍が船首を返し始めた。けれどもなかには様子のわからないものもいて、

「撤収、言うてはりまっせ」

「どういうこってっしゃろな。相手たったふたありやちゅやおまへんかいな」

「さよさよ。どないなってまんにゃろんにゃろね」

「どないもこないもおますかいな。えらいこってまね」

「あ、冠木はん、えらいこってなんだんね」

「どないなってまんねんな」

「あの、やってきたふたありというのが誰やと思いなはる」

「ちょっともわかりまへん」

「なんと、あの弁慶と海尊やちゅよりまんにゃがな」

「えええええっ？　あの弁慶と海尊でっか」

「そうだんにゃ。あの強いが上にも強い弁慶に海尊まで一緒に来よりましたんや。はよ、退却せんと命がいくつあっても足りまへんで」

「けど、こっちゃは百人からおりまんがな。それでもあきまへんか」

「一対千で勝ったことあるらしですわ」

「マジですか」

「マジです。そんな奴がふたありも来た。けんどこっちゃはたった百人ですわ」

「言うてる間に来よりまんが。早よ、逃げまお」

「そうしまお」

など言い合って、これも陸を目指して逃げて行く。これを見てとった弁慶は、

「卑劣な小溝太郎が我が正義の軍隊の姿を見て恐れ戦《おのの》いてこそこそ逃げていく姿は蛆虫にも劣る」

など言い挑発したが聞こえない振りをして逃げて行く。

しかし、小溝太郎はひとつ計算違いをしていた。それはムチャクチャに船を漕ぐのが上手な海尊の存在を計算に入れておらなかったという点で、「行ったれや、海尊」と弁慶に言われ海尊が本気で漕ぐと、船はまるでホバークラフトのように宙を飛んで進み、二秒くらいで敵の五艘の船舶のド真ンにいたった。

五艘が驚愕して揺れていた。

「やりぃ！」「ええやん、ええやん」

そう言って弁慶は熊手を敵の船の船端に引っ掛け、片手で難なくこれを引き寄せる

と、ゆらっ、と乗り移った。

船首近くであった。目の前になんということはない、名前もなにもない雑兵が居た。突然目の前に武蔵坊弁慶が現れ、もう虚脱したようになってしまって逃げることすらできず、ただただ立ち尽くし、涙と小便を垂れ流していた。

弁慶は雑兵の頭を片手で摑むと、ジャムの壜の蓋を開けるように、くい、と捻った。ごきっ、という音がして首がねじ切れ、雑兵はボロ雑巾のようになった。

小溝太郎を初めとする敵軍はその一部始終を黙って見ていた。

ただ波の音と千鳥の鳴き声だけが響いていた。

小舟の上から海尊が微笑んでこの光景を優しく見守っていた。

弁慶はねじ切れた首を海に抛《ほう》った。ポチャン、と音がした。と、同時に、ひいいいいいいいいっ、と誰かが悲鳴を上げ、それから後は大騒ぎになった。

「こわいいいいいっ、弁慶、こわいいいいいっ」「うわっうわっうわっうわっ、押すな、押すな」「こんなことになったのはおまえのせいだ」「チョンワチョンワ」

そんな風な大して意味のないことを喚き散らしながら船上を逃げ惑う輩はもはや兵士ではなく、したがって軍隊ではなかった。統率なく命令なく規律もないまま、ただただ自分が死にたくない、助かりたい、という一心で、泣き喚き、走り回っていた。

そんな人々を弁慶は情け容赦なく、棒で殴り、或いは、ラリアットを炸裂させ、或いはジャンピングニーをぶちかまして、大暴れに暴れ、船の上は忽ちにして千切れた首、はみ出た内臓、噴出する血のりで地獄のようなことになってしまった。そんな地獄で血と内臓を浴びて弁慶はケタケタ笑っている。海尊は微笑んで見守っている。

書写山のときとかもそうだが弁慶はときどきこんな風になってしまう。普通の戦争ができなくなってしまうのだ。私はまだ傍らにいた片岡に尋ねてみた。

「あれ、どう思う?」

「うーん。どうなんでしょうね。ちょっとやりすぎじゃないですかねぇ」

「だよねぇ。凄惨すぎるっていうか、あそこまでやっちゃうと私までキチガイだと思われる。止めさせた方がいいな」

「ですよね。じゃあ、ちょっと言いますね」

そう言って片岡は弁慶に声を掛けた。

というと、え、けっこう離れてると思うけど聞こえるの? と思われた方がいらっしゃるだろう。無理もない。普通は拡声器のようなものを使わないと聞こえない。けれども若い頃より戦場を疾駆してきた片岡の声は鍛えられてかなり大きくなっており、そう、ゼップトーキョー、くらいであればPAシステムなしでライブができるほどには大きかった。かつまた、風に声を乗せて遠くまで声を届かせる法を会得していたので、あれくらいな距離であれば、耳元で喋っている、くらいのクリアーな感じで声を届けることができた。凄い奴だ、と思う。

という訳で片岡はクリアーな声で弁慶に呼びかけた。

「弁慶君」

「なんだ」

と弁慶は生来の大音声で答えた。

「御主君の命令です。あまりにも無慈悲な鉄槌はやめてください、とのことです」

片岡に言われた弁慶は、

「関係ねぇ、ぶっ殺す。文句あるんだったら、片岡、てめぇもこっち来てやれよ。すっげ、楽しいから」

と言って、ぶん、手鉾を振り回した。頭蓋が六つ飛んで血が噴出した。「きゃあ、きゃあ、きゃあ、たのしー」そう言って弁慶は両頬にてのひらを当てて可愛く首を傾げ、膝頭をこすり合わせて内股でクニクニしていたかと思ったら次の瞬間、悪鬼のような表情を浮かべ、

「ごあああっ、殺すどおおおおっ」

と獅子吼《ししく》して人々を追い回した。

海尊はそんな弁慶を微笑んで見守っていた。

「だめです。いまの彼になにを言っても無駄です」

片岡は諦めたように言った。私は心の底から、メンドクセー、と思った。

弁慶は船首から船尾に向かって人々を追い詰めていった。泣き叫んでいたかと思ったら哄笑し、素手で人の首を引きちぎり全身に血を浴び、「カルシュームせんべえええええっ」と言いながら肋骨や腰骨を砕き、ときにはジャーマンスープレックスや雪崩式ブレーンバスターを披露しつつ、その合間に前をまくって陰部を露出、プロペラ、ふくろ、といった珍芸を披露するという弁慶の狂態に恐れ戦いた人々は先を争って逃げ、バランスを失った船は船尾から沈み始めた。

「うわうわうわ、来んな。沈没する」

と警告する者もあったが、それでも人は殺到、進退窮まって海に飛び込み、そのまま溺死する者も少なくなかった。船はますます沈み、弁慶の喚き声に、泣き叫ぶ声、錯乱してゲラゲラ笑う者の声が混ざって叫喚地獄みたいなことになっていた。

そして船は確実に沈んでいった。しかしこんなときだけなぜかくも冷静なのだろうか、もしかしたら完全に正気なのだろうか、弁慶は絶妙のタイミングで、ひらっ、と隣の船に飛び移った。弁慶以外の乗員で生き残った者は全員が海中に没した。

飛び移った船でも同様の振る舞いに及んで、全員を殺害して船は海中に沈め、三艘目に取りかかろうとしたときには、もはや陸に逃げてしまっていたので、しょうがない、海尊が待つ小舟に飛び移った。海尊は弁慶に、「素敵だったわ」と言い、弁慶はそっぽを向いて、「たいしたことないよ」と照れてみせた。

まあ、そんなことで多少やり過ぎの感はあったが勝ち戦は勝ち戦で、あれくらい脅かしておけば軍を返してくることもなかろうし、かつまた、一方的に見えて向こうも武士、かなりの抵抗を実はしていたらしく、こちらにも矢傷を負った者が十六名、のど首・真っ向を射貫かれるなど致命傷を負って息絶えている者が八名も居て、しかし怪我人はともかく、あの程度の戦で戦死者を出したとなると、今後の評判にかかわっていろいろやりにくくなるので、仕方ない、死んだ人は沖に捨てにいかせた。鮫さんが食べてくれるといいな、とか言いながら。

それで水や食糧も必要だし、船の修理も必要だったので、とりあえず陽が落ちるのを待ち上陸した。あたりでもっとも立派な家を選び、事情を話して宿所として使わせていただいた。その家の人が話をしてくれて、将兵も宿を借りた。けっして快く貸してくれた訳ではないが、もしもっと嫌な態度を取っていたら、こっちも疲れて苛苛しているので、殺す感じになっていただろうが、そうならなかっただけでもよかったなあ、って。

でもその分、金銀は十分に遣わして向こうの収支としては黒字になったはず。でも感謝もされずどことなく不服そうなのは、こっちを都落ちした軍勢と見くびっているからだろう。

そんなことにならないために全員が着飾って、女たちも連れてきたわけだが、私たちは難船とそれに続く戦闘で私以外のものは見苦しい姿だし、女を見せびらかすような状況でもなかった。

そして明日になったら当然、新たな敵が来てまた戦闘になる。もちろん私は勝つがその先の展望が見えなかった。とりあえずは西国に渡るということだったが、そのためには船を修理しなければならない。ところがその段取りがつかない。そしてまた兵粮がない。金銀財宝はあったが金銀を食うわけにはいかない。

そこで私は瞬間的に考えた。そして瞬間的に決断した。

とりあえず、当面、いても邪魔になるだけの女たちを京都に帰らせることにしたのである。私としては選りすぐった女たちであり別れるのは悲しく切なかったし、女たちも私と離れたくない、などいろいろ言っていたが、その声のなかに幾分かの喜色、ノリで出立したが実際には化粧品や着替えにも不自由する旅からやっと解放される、みたいな調子がまじっていることはいて、私はなんとも言えぬ気持ちになった。こんな気持ちになったのは久しぶりだった。そんなだったらさっさと帰れ、ぼけっ、という気持ちっていうか。といって、でもヤンキーが攫った女を山に捨てて行くみたいな感じで、「勝手に帰れ」という訳にはいかぬので、例えば平時忠の娘は、一応、私の正妻みたいなものだったが、これには駿河次郎、久我大臣とこのお嬢には喜三太って感じで強いがうえにも強い奴を護衛に付け、「絶対の絶にちゃんと送り届けろよ」と厳命した。もちろんその他の女も間違いのないように送付した。

そのことで弁慶とかはむっさ喜んだ。「あー、もー、精神的にすっげぇ楽になった」と嘯いて。別にあいつが精神的に追い詰まる必要はどこにもないはずだが。

さあ、それで身軽になったのだが静だけはどこにもやらず、側に置いた。いちおういろんなことは言ったが結局の理由は愛欲で、私は静だけは離したくなかった。父は母を捨てて逃げたが私は静を離さなかった。それが結果的によかったのか悪かったのかを、いま現在の私の立場から振り返って言うことはできない。そして誰にも言わせたくない。だから私はこんなことをいまだに言っている。後付けでしたり顔、の奴を私が許すわけがない。言っておく、おまえらの地獄行は実は確定している。私はそれを知っている。はは、おもろ。

ってなにの話だったたか。

そう、静だけを残して女をみんな親元や親戚の所へ帰した、という話だった。それからまた乗船して、ユルユル進み、大阪の天満というところに到着して、それで気が付くと兵も逃亡して数がかなり減ってしまっていたから住吉神社の津守長盛《つもりながもり》を頼り南へ潜行、一晩泊めて貰って、でもずっといるとやばいし、戦争もまだできる感じではなかったので、暗峠《くらがり》を生駒越えして奈良県に至り、宇陀《うだ》郡の岸岡《きしのおか》ってところの親戚の家に潜伏した。

といってそこで、「やっぱ田舎はいいよね。自然があるし、なにより新鮮な魚介類が楽しめる」とかいってノンビリ暮らしていた訳ではなく、っていうか山奥だから魚介とかいう話ではなくて、山のルートを辿って、方々に調略・諜報活動をしていた。っていうのは私自身も鞍馬出身だし、弁慶にしろなんにしろ山伏をけっこうやっていたので、その辺のルートや人脈はもうメチャクチャクチャあった訳。だから単に落人、逃亡者として官憲の目に怯えて逃げ隠れしていたわけではなくて、私は積極的に情報を得て、今後の活動に備えており、はっきり言って京都や鎌倉の情勢を完全に掌握していたし、一部の人とは連絡を取って今後のことも相談していた。つまり私はまだ十分すぎるほど勢威を保っていた。まあ、兄にとってはそれが脅威で怖くて怖くて仕方なく、ますます躍起になって私を処分したくなるわけだけれども。他にやることも実はあったのだけれども。

で、だからかな、ある日、私が久しぶりにやってみるかな、と思い、早業をやってみたら、表面上はずっと居て欲しい、と言い、サインください、とか言ってるくせに、蔭ではメンドクセーと言い、早くどっか行かねぇかなと言い、また、いっそ密告しねえ、とか言っていて傷ついた。それでもうなんか嫌になってしまって、この村、燃やそうかな、とか思っていると、情報が入った。

それによると、北条四郎時政って奴。こいつには鎌倉で何回か顔を合わせたことがあるが人当たりが極度によくて、それがかえってなんか裏あんじゃないの、こいつ、みたいな感じがする奴だった、いま思えば。こいつが、伊賀、伊勢、って、私が苦労して人間関係作ってきたところだ、で人と資金を集めて、こっちへ押し寄せ、私を滅ぼすべく準備中、らしい。

それがここの人に広まると、そういうことなら私の味方をして殺されるよりは、先に私を殺して首級を差し出して褒美を貰った方がよい、と判断するに違いなく、もちろん私はそれを事前に察知してここの人を皆殺しにすることになり、まあ、燃やそうかな、と思ったくらいだから別にいいのだが、一応よくしてくれてるし、こっちから先にやったら後味悪い感じになるような気がして。

それでしょうがない、蒙塵《もうじん》ってことになって、「じゃあ、俺、行くわ」つったらみんな泣いてくれた。

という訳で私はもうかなり寒い文治元年十二月十四日の早朝に岸岡を出て、どこに行く、ってそれは先から決めてある、吉野に向かった。

吉野。古代から政治的敗者は吉野に行く。だから君も吉野に行ったんだろ、マジでわかるよって、じゃかあっしゃ、あほんだら。私は戦略的に吉野を選んだんだよ。ぼけがっ。吉野に行けば情報はもっと集まる。山岳ルートを縦横に巡ることができる。熊野も近い。だから行った。逃げたとか落ちたとかいうことではない。

なんついながら吉野に向かった。十二月のいかにも十二月の雪って感じの雪がチラチラ降ってた。当たり前か。

五

いつの頃だったか、山の上の邸宅に隠れ住んでいたとき。買い物に出掛けようと思って、さむっ、と思う。そして家のなかですらこんな寒いのだから、外はもっと寒いだろうと思ってダウンジャケットを着込んでtaxiに乗って町まで下って行ったら。人々は軽快な春の装いでショッピングを楽しんでおり、不細工な、まるでミシュランマンみたいなダウンを着ている者などただの一人もなく、私は大汗をかいて恥じていた。

あんな山奥に住んでいるからこんな恥をかく。この人たちは「こいつどこの山奥から出てきたんや。チベットか」と思っているに違いない。ああ、悲しいことだ。山に隠れるのは悲しいことだ、と思い、そのとき、「あれ? 前にもこんなことあったな」と思ったが、暑さでなにも考えられなくてそれぎりになった。

それをいま思い出した。

文治元年十二月十四日のあの日だった。西国に渡ろうとして吹き返され、大物浦で合戦、津守・墨江から岸岡、そして吉野に赴いた日のことだった。

最初はチラチラだった雪がどか雪になって、山を飛ぶように走る私ですらちょっと面倒くさい道行きになり、しかも静を連れていたからなかなか道がはかどらない。あのとき、ああ、山は嫌だ。雪降って足冷たいし、暗いし、誰もいてないし、店もないし、って情けなく思ったのだった。

それでも止まっていると死ぬから、苦労しながら急な坂道、岩や倒木でグシャグシャになっているところ、切り立った渓谷とかを通過して、吉野の山に取り付いて、つづら折りの急坂を登り、尾根伝いに歩いて峠を二つ越え、ちょっとだけ平たくなって、傍らに巨巌、杉の古木が一本、にゅうと生えているところ、山伏が行をすることになっているところにたどり着いた。

ちょっと平たいので多くの人が平衡を保った状態でしゃがんだり腰をかけたりすることができる。山を歩いていて、けっこう疲れている。そんなところにたどり着いたら人はどうするだろうか。休憩するに決まっている。というか、休憩しない奴がいたとしたら頭がどうかしている。

ところが弁慶はその頭がどうかしている奴だったらしく、そんな休憩に最適な地点

（後に聞いたところによると杉の壇というらしい）で休憩しないで、先頭に立ってガンガン登っていく。私は慌てて声を掛けた。

「おい、武蔵坊君。ちょっと待ちたまえ」

「なんです」

そう言いながら弁慶はガンガン進み、余の者も先頭の弁慶がそうしてガンガン行くものだから半泣きでこれに追随していく。しょうがない、もう一度言った。

「いやいやいやいやいやいや、だからとにかく一回、止まりなさい」

「マジすか」

そう言った弁慶は、じゃあしょうがないから止まるけど、用があるんだったら早く言ってくださいね、と言ってるみたいな、いかにも不承不承、みたいな表情をその不細工な顔に浮かべて立ち止まり、ふて腐れたような、崩れたような口調で言った。

「なんなんすか。早く言ってもらっていいすか。早く行った方がいいんで」

「あのさあ、早く早く、ってそんな早く行ったってしょうがないでしょ」

「けど、追手とか来るかもしんないじゃないすか。そうすっとまた戦争ですよ。いいんすか。戦争、いいんすか。なによりも避けなければならないのが戦争なのに」

「いや、それはいましたくないけどね。とにかくみんな君ほど体力があるわけじゃないんだよ。静だっている。わかるだろう」

「あああっ、そうですよね。そうでしたね。忘れてました。静さんやばいっすよね、雪降って。休みましょう、休みましょう。おおおおおおおおおおおおおいっ、みんな、休憩だあああああっ」

「大きな声を出さないでください。大阪まで聞こえます」

「あ、あああああっ、俺、声、おっきっすよね、すみません。俺、向こういってます。静さん、すみませんでした」

　弁慶はそう言って、杉の根方で休憩している片岡の方へ歩んでいった。そこでなにかぼそぼそ話し始めた。ときおりはこちらを指さして笑ったりなんかしている。気になるので、顕官になって酒ばかり飲んでいたときはやらなくなっていたし、やろうとしてもできる気がしなかったが、最近また少しずつやり始めた早業で聞いてみると、

「もうはっきり言って無理じゃね？」

　と聞き捨てならぬことを言っていた。言われた片岡は雪の上に膝をつき、両手で雪を掬って丸めて遊んでいた。片岡は雪玉を投げ、鶴がタニシを食っているような顔で言った。

「大丈夫なんじゃない？　これがあと一尺積もったらやべーけど」

「ちげーよ。雪の話じゃねぇよ」

「じゃあ、なに？」

「だからあの人のことだよ」

「あの人、御主君のこと」

「そうそうそう。もうはっきり言ってさあ、先ないと思うんだよね」

「そんなことねぇだろ。なんだかんだいって御曹司じゃん？　日本国中どこ行ったって御主君の味方する勢力あるよ」

「それは俺もそう思うよ」

「じゃあ、いいじゃん」

「いや、そうじゃなくてさあ、静さんだよ」

「へ？」

「いや、だからさあ、俺、四国行きのときから、なんでこれから戦争になるのに女連れてくの？　って疑問だったんだよ。で聞いたらいろんなこと言うんだけど、結局、自分がやりたいだけじゃん？　それってどうなんだろう、って。俺ら死ぬ思いで戦ってさあ、片岡君なんて帆柱に登らされたりした訳じゃん？　それでてめぇは女とやってんのかよ、って」

「確かに」

「でしょ？　そう思ったらなんかもう急に冷めたっていうか、もうこの御主君のお守りは嫌だ、っていうか、御主君はいいけど、なんで俺らが女のために苦労すんの？

なんかちがくない？　みたいなもう気持ちなんだよね。はっきり言ってさあ」

「はっきり言ってなに？」

「俺らくらいのスキルあったらさあ、どこ行っても仕事あるよね」

「まあ、食いっぱぐれはないだろうね」

「食いっぱぐれ、どころじゃないよ。けっこう所領とかもらって、地頭とかなって儲けてるよ」

「だよね。僕でも一対百くらいで戦えるし、弁慶君だったら一対千だしね。千人分のギャラ貰って当然だ」

「ですよね。だったらもうさー、逃げた方がよくなくない？」

「マジですか」

「だって、もしこの先、吉野でなんらかの戦闘になってだよ、流れ矢とかに当たって死んだら死に損じゃん」

「まあなー。でも俺らに勝つ奴いるかなー」

「いないけどさー、でもなんかむかつくじゃん。むかつかねえ？　静」

「まあ、でもさあ、ここで逃げたらさあ、御主君を捨てて逃げた奴、って一生、言われる訳じゃん？　それってつらくね？」

「うんまあ、つらいっていうか、就職には不利だね」

「それに下手すると死んだ後まで言われる可能性もある訳よ」

「それ嫌だよね」

「だったらもう見なかったことにして我慢するしかねんじゃね？」

「そっかー、うざいなあ。じゃあもう死のうかなあ」

「それもひとつの見識だよね」


精神が苦しくてそれ以上聞いていられなくなった。エゴサーチをしてムチャクチャになったみたいな。私は激しく混乱し、激しく動揺した。私は、私たちは普通の君臣関係ではなく、もっと深いところで結びついた魂の共同体だと信じていた。

それがどうだろう？　再就職先での評判とかを気にしているのだ。こいつらは。こいつらの方は。みんながそんなに静を憎んでいたとは知らなかった。となると私はどうすればよいのか。ここはむかつくが、こいつらの意向に沿って静を親元に帰すしかない。なぜなら、私には当面こいつらがどうしても必要だからである。愛欲に溺れて、情を断ち切れないようでは駄目だ。大将軍はタフでなければならない。慈悲慈愛などという寝言を言っている暇は私にはない。

自らにそう言い聞かせることによって私は内心の動揺を鎮め、混乱を終熄せしめた。そして弁慶を呼んだ。弁慶は心のなかにふくらし粉が入っているみたいな顔でやってきた。他の者も聞き耳を立てている。静は離れたところでぐったりしていた。数人が静の世話をしていた。私はそっちをチラと見た。静かと目が合ったような気がしたので慌てて目をそらし、弁慶とその他の者に言った。

「まあ、君たちの意見を知らなかったわけではない。けれども、やはりこの世のすべては縁を契機にして成り立っている。事物はすべてこの縁によって生起する。だから縁というものは非常に大事だし、縁というものに人間はどうしても縛られる。しかしだ、私のような立場の人間はこの縁に縛られてばかりもいられない。ときには縁を断ちきり、時局を収拾しなければならぬときがある。なんでそんなことに今まで、今の今まで気がつかなかったのか。自分のことながら不思議でならない。しかし私は覚醒した。私は静を親元に帰そうと思う。諸君、これをどう思う？　可哀想だと思うか？　それともここは武将らしく非情に徹した方がよいと思うか？」

　今の今まで再就職の話をしていた、そんな気配をまったく見せない厳粛な顔、厳粛な声で弁慶は言った。

「立派な決断です。大変、立派な決断です。それでこそ私たちが死後も変わらぬ忠誠を誓った、三世の契りを結んだ御大将です。私はそうするように進言しようと考えていましたが、私から申し上げることではないと思い黙っておりました。そうしたところ、ご自身から仰った。普通の人間にできることではありません。やはり御大将は神です。私たちの、朝廷の、人民大衆の神なのです。すごい。あり得ない。さあ、早くしましょう。早くしないと日が暮れてしまいます」

「え、早く、ってなにをするのですか。出発するってことですか」

「違いますよ。日が落ちる前に静さんを下山させんとあかんでしょ、と言っているのです」

　弁慶がそう言うのを聞いて私は耳を疑った。なにを犬の寝小便のようなことを言っているのか。もちろん静と別れるとは言った。言ったがいますぐとは言っていない。なんといっても深い深い縁で結ばれた仲である。そこらのええ加減なカップルがワイン飲んで夜景見て、「私たち、別れましょう」「そうしよう」とか言ってあっさり別れる、みたいな別れ方ができる訳がなく、最低で三日三晩、いっやー、やっぱり一週間くらいは別れを惜しんで二人きりで過ごす時間が、どうしても必要になってくる。私は慌てて、

「いや、そうじゃなくてね……」

　と説明しようとした。ところが、みんなそんなに静を嫌っていたのだろうか、私が静を下山させると知った途端、将兵、みな歓喜を爆発させ、「やったー」と声を上げ、或いは抱き合い、或いは涙を流して喜んだ。そして、「御大将、ご決断ありがとうございます」「ご決断、感謝いたします」「ご決断、素晴らしかったです」「ご決断に魂

を射貫かれました」など言いながら私を拝んでくる。拝んで土下座する。土下座した状態のまま、ズルズル近づいて来て、「ありがとうございます。ありがとうございます」と伏し拝み、なかには失禁して雪を溶かす者すらあり。「なにもいますぐ帰すわけではない」とは言い出せない空気になってしまった。

それでついつい、「じゃあ、だれか静を京都まで確実に届けてくれる人ありませんか」と言ってしまった。

そうしたらもうみんな喜んでいるから、みんなとてもポジティヴな感じで相談を始め、侍二名、付き人三名が一瞬で選出されてしまった。

侍二名はちょっとアホっぽい顔をしていた。でも付き人は賢そうだった。

こういうときはあまり気合いを注入しない方がよい。そこで、

「じゃあ、すみませんけど、よろしくお願いします。難しい役目を引き受けてくれて感謝します。頑張って間違いなく届けてください。送り届けたらあなたがたの任務は終了です。戻ってくる必要はありません。もちろんそれなりの報酬は渡しますので、それを持参金にして再就職するなり、或いは土地を購入して帰農するなり、好きにしてくださってけっこうです」

と言ったら、アホもかしこも厳粛な顔つきになった。

私は静の所へ行った。

静は既になにかを感得しているようだった。だから、「まあ、そういうことだ。達者で暮らせ」と言えばそれでわかっただろう。けれども私は言葉を尽くしたかった。理解を得たかった。雪はやんでいた。私は静を間近に見て言った。

「嫌いになったのではない」

静は私を見返した。静はこのうえなく美しかった。静は言った。

「じゃあ、なんで……」

説明しようとして驚いた。私はなんらの説得的な言葉を持たなかった。私は行き先が見えないまま喋った。

「嫌いな訳がない。嫌いだったらそもそも連れてこない。もちろん、他の女も連れてきた。でもそれは前も言ったかも知れないがやはり地元対策とか、そういうことがあったのだ。でも君は違う。君だけは違う。嘘、って、嘘じゃないよー。だって、そうでしょ、大物浦でみんな帰したじゃん。でも、君だけは帰さなかった。なんでかわかる？　えええええっ？　わかんない？　愛してっからに決まってんじゃん。っていうかさあ、あのとき君を帰さなかったことで僕がどれだけみんなの批判浴びたかわかる？　わかんないでしょ？　はっきり言ってねぇ、あんな、女、連れ歩いてるような大将の下じゃ戦えねぇよ、みたいなことをね、雰囲気だけじゃない、もうはっきり口に出して言う、みたいな感じになっていたんだよ。そのときの、それを聞いたときの僕のつらさわかる？　それでも僕は君を捨てなかった。だって愛してるから」

とそこまで喋って静を見た。静の瞳から一掬《いっきく》の涙がこぼれ落ちた。静はなにも言わなかった。しかし涙は雄弁だった。静はなにも言わないままに激しく訴えていた。その身体の熱さが伝わってきた。私は静の髪に触れて言った。

「そうやって君は、でも結局は私を捨てるんでしょ、と言外に言う。違うんだよ。僕の立場ってものをね、少しは考えてくれてもいいでしょ、って言ってるの。誰も部下が居なくなって雪のなかで二人でどうするの？　死ぬの？　まあそれもいいかも知れないけど、あっ、でもね、はっきり言いましょうか。言いますよ。それはね、僕だって君と死ぬならいいよ。死にたいよ。でも、これはいま気が付いたんだけど神佛が許さないんです。いやいやいやいや自殺を禁じてるとかそういうことじゃなくて、ここはね、この場所はね、あの偉大な、蔵王権現の化身・役行者様が開かれた霊山でござあしてね、まあ、はっきりいって女人禁制な訳。そこへ自分の煩悩っていうか、執着っていうか、愛慾っていうか、有り体に言ってしまえば性欲の命ずるまま君を連れてきたわけでね、これはもうなんて言うのか、冥罰っていうのは避けられない。避けようがない。だからいまからでも遅くはない、すぐに京都のママのところに帰ってて。絶対、迎えに行くから。いつ？　って、そうだなあ、わかんないけど年明けて春には行くわ。っていうか、俺も春になってマジ駄目だったら出家するし。それでまだ僕を見捨てないで居てくれるんだったら、ね？　一緒に出家しよ。一緒にお経、読も。そしたら死ぬまで一緒じゃん。つか、死んでも一緒じゃん」

　言い終わらぬうちに、ついに堪えきれなくなった静は声を放って泣き始めた。私は静を抱きしめた。何度も抱いた細い肩が震えていた。さらに強く抱きしめた。もはや私も涙を堪えきれなかった。

　私にぴったりと身を寄せたまま静は言った。

「じゃあ。殺して」

　全身の力が脱けた。


　つくづく思う。人間は首尾一貫しようとして滅ぶ、と。人間は根底に於いて首尾一貫しないものだ。人の心は瞬間的に変わるし、瞬間的に明滅している。治承三年の秋に清盛さんは院と揉めた。私はあれで政治的な流れが変わったようにいまは思うが、清盛さんは院の首尾一貫せぬ態度に怒ったのだろうけれども、その根底には怒りがある。首尾一貫しないことに対する怒りも所詮は怒りで、怒りは感情だから、それも烈しい感情だから首も尾もない。それをわかったうえで首尾一貫を道具として用いなければ政治的に敗北する。

　静は、脱力してそんなことを考えていた私に泣きながら言った。

「私を船に乗せてくれたのは私を愛していたから。いえ、他の人のことなどどうでもいいのです。でもいまは連れていかないという。これは愛がなくなったということでしょう。それは仕方のないことだと思います。でもね、いまこんなこと言うの、どうかと思うけど、言わない方がいいかも、と思うけど……」

そう言って静は言葉を切った。私は言った。

「いいよ、言って。頼むから言って」

「私、妊娠してるのよ」

「マジか」

「マジです」

「なんとか秘密裏に出産する訳にはいかぬのか。隠し子的な感じで」

「私とあなたの関係はもはや公的なものです。そして人の口に戸は閉てられません。京都の出先機関も鎌倉もあなたと私の間に子供が生まれたことを知るでしょう。そうしたらどうなるでしょうか。言うまでもありません。殺されます。いいえ。間違いありません。その子が成人したらどれほど面倒なことになるかあなたが一番よく知っているでしょ。そしてあなたのお兄さんも。だって本人なのですもの。女だったら？　それ寺に入れたら？　関係ないでしょうね。あなただって寺に入っていたんでしょ。それに関東の人は非情と聞いています。ただちに殺されるでしょう。目の前でそんな酷いことが行われるのを見るくらいだったら、いま美しい思い出だけを抱いて死んだ方が増しです。だからいまのうちに殺してください。面倒くさい私が死ねばあなたも自由に活動できるし、私もその方が楽、ふたりとも楽になれるのです。だから、ねぇ、殺して。お願い、殺して。できればあなたの手で」

そう言って静は私にすがりついて嗚咽した。静の息と体温が伝わってきた。私の心は揺れて乱れて、首尾一貫しなくなった。感情が噴き上がってきたが言葉にならず私はただ、「違う、そうではない。違うのだ。でもどうにもならぬのだ」と言って泣くしかなかった。

そんななか、一瞬、冷静になったのは、侍どものなかにもらい泣きをする者があったということである。私は、ええええ？　と思った。だってそうだろう、そもそもこいつらが、「静、うぜぇ」「女、連れ歩いてるような大将の下で戦争できっかよ」など文句を言うから静を京に帰すことにした。そしたらこんだ、可哀想だ、とか言って泣いて、いったいどっちなんだと言いたくなる。というのはこれまた首尾一貫せぬ人間の心で、つまりはいるうちは憎むがいなくなったら急に同情するって奴だろう。

酒癖が悪く酔うと人に絡み、がため仕事も失い手元不如意、周囲から金を借りては踏み倒し、自暴自棄になって暴れ散らしている、みたいな奴は、来たら居留守を使うし、連絡が入っても返信せず、申し合わしたようにシカトする。そしてみんなで悪口を言う。被害者の会、などといって陰で笑い物にする、みたいな扱いを受ける。ところがそいつがついに身罷ったとなると急に、「芯はいい奴だった」とか「あれで非凡な才能があった」とか「連絡をくれたら助けてやったのに。残念だ」などと、生きているときは口が裂けても言わなかったことを言う。

なぜなら、もはや迷惑をかけられる心配がないからである。

一瞬でそのことがわかり、くっそう、ふざけた奴らだ。と怒りがこみ上げた。すると不思議なことに私のなかに、とはいうものの静には京に戻って貰わないとこの先、困ったことになる、という実際的な考えが浮かんで、私は静の説得にかかった。例えば私は持ち物のなかから手鏡を持ってこさせ、これを静に手渡して言った。

「これを持っていってくれ。これは私が朝な夕な顔を映して髪を整えた鏡だ。つまり私の顔の感じがこの鏡のなかに染みこんでいるみたいな、私から揮発した私分のようなものがこの鏡に吸収されてるみたいな、そんな鏡だ。単なる物質ではない、私の、ある意味、分身のような鏡だ。つまりは形代《かたしろ》ってやつだ。さ、これを持っていってくれ。私だと思って。さ」

それは咄嗟の行動ではあったが、けっして口から出るに任せて言ったのではなかった。私は本当にそう思って言っていた。静は受け取って胸に抱きしめて泣きじゃくった。泣きじゃくってきれぎれの呼吸のなかで、

見るとてもうれしくもなし増鏡《ますかがみ》恋しき人の影を留めねば
(大意:鏡なんか意味ねぇよ。映ってんのあいつじゃねぇから)

と歌った。私はそんなこと言うな、と思った。せっかく鏡やったのに。と思った。けれども行ってもらわないと困るので、「自分はおまえを合理的に割り切って処遇しているのではない。私だってつらいのだ」と言い、そして今度は日々使っている枕を手渡し、

急げども行きもやられず草枕静に馴れしこころならひに
(大意:おまえがいなくなったから、さあ、行くか。と急にサバサバして行くという訳ではない。なぜなら一緒に旅したおまえの存在がいつまでも消えずに私のなかに残るから)

と歌った。静はまだ抱きついて泣き止まない。そしたらもう自分自身、別れたくなくて悲しいのと早く行って欲しくて苛苛する気持ちが同時にあふれてきて、わけがわからず次から次に財宝を持ってこさせ、「私の思い出にこれも持っていけ。これも思

い出。それにこれも持っていけ。これもじゃ。これもじゃ。ああああああっ、もう、これも持っていけやっ」

と怒鳴って静の周囲に積み上げさせた。

そのなかには空恐ろしいような、ことによると一国の命運を左右するような珍宝も多くあった。

なかでも一際えげつない珍宝は鼓《つづみ》で、シェルはローズウッド、ヘッドはシープスキン、ラグにはホワイト、グリーン、パープルをまだらに組んだ緒を使った、激烈によい鼓だった。というと「まあ、よいかもしらんがけっこう普通やん」と言う人があるかも知れないが、この鼓には死んでまうくらいに素晴らしい来歴があった。どんな来歴かというと、こんなことを言ってしまってよいのだろうか、これを私が秘蔵していたのは実はこれは、白河院がこの世を治めておられたとき、法住寺の一番えらいお坊さんが唐から持って帰ってきたふたつの重宝のうちのひとつだった。うちひとつは「名曲《めいぎよく》」と名付けられた琵琶、もうひとつがその鼓で「初音《はつね》」という名前がついていた。まあはっきり言ってベタな名前で、名前を聞いて小馬鹿にする人もあるかも知れないが実際は二度と手に入らない、いまオークションに出たら軽く八百億くらいの値がつく宝物なので、当然の如く内裏の奥の奥に大事に大事にしまってあった。けれども「名曲」は、あの保元の合戦のドシャメシャのときに負けた側の崇徳院の家にあったので、なんちゅうもったないことだろう、御所と一緒に焼けてしまった。まあもちろん戦争中のことで公家の人が「あのー、なかに大事な琵琶があるんですけど」とか言ってきたとしても私たち武士としては、「なにを気楽なことを言ってるんですか。死ぬか生きるかの瀬戸際ですよ。命と琵琶とどっちが大事なんですか。邪魔だから下がっててください」と言うしかない。

ところが「初音」は焼けなかった。なぜかというと白河院が讃岐守正盛《まさもり》、というのは清盛さんのお爺さんなのだが、この人に賜って、その後、息子の忠盛《ただもり》に伝領されてた、つまり平家がもらって平家の宝物になっていたからである。

それがなぜ私の手元にあるかというと、その後、誰がどう管理してたのか、あの凄惨な屋島の合戦の際、価値がわからない関東武者に分捕られるくらいだったらいっそ海に沈めてしまえ、と思ったのか、或いは誤って取り落としたのか、戦終わって後、船端に立って死骸や残骸の浮かぶ波静かな瀬戸内海を虚ろな気持ちで眺めていたら、ゆかしい鼓がプカプカ浮かんで漂っていて、私は教養とかけっこうあったからすぐに尋常の鼓ではないな、とわかって、伊勢三郎に言って熊手で引き上げさせたらあれで、「間違いありません。音に聞く『初音』です」ということになって、これが梶原君とかだったらネコババするかもしれないが、もちろん私はそんなことはせず、所定の手続きに則りこれを鎌倉に送り、鎌倉は調べて記録したところ、後白河院庁から「返還されたし」と連絡が来て、そう言われたら返さないわけにはいかないし、別に鼓なんていらないから鎌倉は京都に贈り、平家追討して京都に戻った際、褒美として院より私に賜ったのである。

つまりこれは珍宝であるだけでなく、私にとっては最後にひとつだけ残った栄光の日々の証で、どんなことがあってもこれだけは持っていよう。そしてもう一度、栄光に返り咲いたときはこれを構え、ポン、と鳴らそう。とそう考えていた鼓なのである。私は誰にも言わなかった自分の思いを明かしたうえで鼓に銅拍子を添えて手渡し、「いつか、いつか必ず一緒にこれを、ポン、と鳴らそう」とまで言ったのだが、静は、「ああ、そうなのね」と言っただけで鼓に対して興味を持たないで、また泣き崩れ、「別れたくない。離れたくない」と言うばかりだった。

そんなことでその日は野営。翌日も野営。しかしいつまでも手を取り合って泣いているわけにはいかない。なんとなればいつまで経っても静と離れない私を見て弁慶を筆頭に、初めのうちはもらい泣きとかしていた奴らまでもが明らかに苛立って「あーあ、俺らいつまで雪のなかで待ってなあかんねやろ」とか、「こんな奴の下で働いているのかと思ったら情けなくなってきた。死のうかな」とか、「殺せばいいじゃん、逆に」とか言っているのがはっきり聞こえてきて、このままでは大半の部下に離反されるのは間違いなかったからである。

もうこうなったら無理矢理にでも決断するしかない。そう思った私はわざと乱暴に静を押しのけて立ち上がり、静の方を見ないようにして、

「よし、じゃあ行きましょう。静に随う人は、さあ、こっち行ってください。そうそうそう、君たちだな、さあ、早く行け。なに？　荷物？　ああ、ならばほれ、君たち、小荷駄運びの君たち、こっち回ってくれる？　じゃあ、私たちは行くぞ。もう寒いし、暗いし、早く行こう。早くしろ。早くしない奴は斬る」

と言い、後も見ないで歩み始めた。そうしたところ背後に静の、「待って。一瞬だけ、待って」と言う声が聞こえた。私は立ち止まった。静は私の背中に抱きつき、肩に顔を埋めて言った。

「一分だけ。一分だけ、こうさせて」

私の心がグズグズに溶けた。

一分が経った。静は私から離れて言った。

「ありがとう。気持ちの整理がついた訳じゃないけど。まだ、混乱してるけど、わかった。あなたは武将だもんね。天下とる人だもんね。私なんか構ってる場合じゃないよね。わかった。私、京、帰るね。じゃあね、さよなら。元気でね」

暫くして振り返ると静はもう歩き始めていた。その後ろ影を見やるうち、もう一生、

死ぬまで静に会えないのだ、という事実が初めて実感として私の心に迫ってきた。

京か鎌倉で静は殺される。いや、まさか女は殺さないだろう。ということは静は生き延びる。生き延びたらあんな美しい女を世の中の男がほうっておく訳がないから静は誰か他の男に抱かれるのだろう。

いやん、いやん。それはいやん。

だったら殺された方がよいのか。

それも嫌だ。生きてほしい。生きて私と会ってほしい。

子供も殺されないでほしい。

そんな訳のわからない気持ちが頭のなかに渦巻いてグチャグチャになって、気が付くと私は声を出していた。

「待ってくれ。一分だけ待ってくれ」

静が立ち止まった。私は駆け寄って背後から抱きしめ、そして言った。

「一分だけ、こうさせてくれ」

静は向き直った。私は静を抱きしめた。静は私を抱きしめた。

一分を三十秒過ぎた。私は静に言った。

「ありがとう。気が済んだ訳じゃないけど。はっきり言ってギンギンだけど。でも行くよ。これからは戦闘になる。もちろん京都も危険だけど連れて行けばもっと危険だ。

生きていればきっとまた会える。じゃあ、くれぐれも気をつけて」

そう言って私は踵を返し、全軍に進発を命じた。私は前方の峰を仰いで歩き始めた。暫く歩くと後ろから、「待って。一分だけ待って」という静の声が聞こえたので立ち止まった。

「一分だけこうさせて」

「いいとも」

「じゃあ、行きます」

「待ってくれ、一分だけ待ってくれないか」

「いいですよ」

「じゃあ、行こう」

「待って」

これを四十回繰り返したところ、さすがにみんな切れ始めたので、仕方なく呼び止めるのはやめて進み、それでも三歩行く度に立ち止まり振り返り、手を振り涙を流し、するものだからちっとも前に進まない。

それでも少しずつは進んでいたのだろう、気が付くと谷を隔てた向こう側に静の一行が小さく見えて、もう少しで山の陰に隠れ見えなくなる、そこで声を限り、のンど破れよとばかりに大声でその名を呼び、向こうも立ち止まってなにか言っているらしいのはわかるのだけれども、その声は聞こえず、返ってくるのは山彦ばかり、気が付くと静は見えなくなっていた。悲しかった。

さあ、その後、静はどうなっただろうか。事後的に知ったことを語るなれば、私の姿が見えなくなると静はまた悲嘆に沈み、なかなか道中が捗らない。しかしいつまでも雪のなかに立っている訳にもいかぬので付き従った者が、

「いやー、もう、絶対大丈夫ですよ。僕、実は一ノ谷からずっと従軍してるんですけど、はっきり言って何回も何回も、もう駄目や、全滅や、と思いました。けど大将はその都度、神秘的な力を発揮して勝ってました。今回だって、一見、負けてるように見えますけど、僕、実はこれ作戦なんじゃないかな、と疑ってるんですよ。だから、僕の感じだと、そうですねぇ、春先には大軍率いて京都に入ってくるんじゃないかな、みたいな感じするんですよ。そしたらまた会えるじゃないですかあ」

とか、

「京都、帰ったら、すごいあれですよね、服とかすごい売ってますよね。いまどんな柄、流行ってるんでしょうね。ああ、あと、あれじゃないですか。海、荒れたときに化粧品とか全部、ほってしもたでしょ。ほんで苦労してはったやん？　京都帰ったら、もう全部、買えますよね」

とか、

「僕、グミ持ってるんですけど要りません?」

など言ってさまざまに機嫌を取り、またなだめすかして歩かせようとしたのだが、静がそんなだから道中が捗らない。それでもなんとか峠を三つ四つ越して下った頃、そんなことですっかり嫌気が差してしまったひとりの侍がもうひとりの侍に小声で言った。

「かっつん」

「なんや、徳さん」

「これ、どーなんやろ」

「どう、と申しますと?」

「いや、だからさ、ああ、ちょっとみんなも聞いてくれる」

とそう言ってこの徳さんと呼ばれた侍は静の近くにいた雑色三名も呼んで言った。

「もう、大分、麓の近くまで、来ましたかいな」

ひとりの雑色が答えた。

「そうすね。もう大分、来たんと違いますかね。知らんけど」

「ああ、そうか。ほしたら、あのー、僕、思うんですけどね」

「なんぞいや」

「結局、あれじゃないですか、結局、俺らは静さん付きってていうことになったたってていうことですよね。そっすよね、かっつん」

「そや」

「ということはですよ、まあ、今後は僕らはあれですよね、静さんの世話をして生きていくっていうことになるんですよね、かっつん」

「そやがな。そう命令されたがな」

「その場合のギャラ的なものはどっから出るんですかね」

「それは徳さん、おまえかて見てたやろ、義経さんが仰山、金銀財宝渡しなはったがな。あれを儂らで運用してその運用益からギャラが出んにゃがな」

「なるほど。金融経済ちゅやつか。けど僕は武士なんでそういうの苦手やねん。かっつん得意？」

「儂もあんまり知らんけど、この雑色君たちがけっこう詳しいのよ。なあ、そやんなあ」

「ええ、けっこう儲け出まっせ。知り合いにそういうノウハウ持ってる人も仰山いてますし、投資を募ってる奴もいてますよってに」

「なるほど、そら頼もしいなあ。しゃあけどや。結局、儂ら土地やんか。勲功挙げて、土地もろて、それで一族が繁栄していくっていうビジネスモデルやんかあ。かっつん、

「それは徳さん、おまえ、義経さんがこの後、勢い盛り返して、捲土重来《けんどちょうらい》ちゅうんかいな、もっかい京都来たときに、和子様を抱いた静さんが出迎える。そしたらどうなる？　そう、まあようこの戦乱のなか無事で生きてててくれたとなる。ほしたら静さんが、『それというのも徳さんやかっつんが守ってくれたお蔭。どうか褒美をやったっておくれやす』と言う。ほしたら大将が、『よう守ってくれた。もうムチャクチャ恩賞あげちゃう。行きたい国あったら言って。掛け合って、国司か現地スタッフどっちでも好きな方になれるようにしてあげるよ』となる。官位を貰って子孫繁栄する、とまあ、こういうシナリオですら」

「ですら、て、どこの人間やねん。ま、まあまあ、でもそれはかっちゃん、あれやろ、義経さんが勢いを盛り返したら、ちゅう、いわば仮定の話やろ」

「まあ、そういうこっちゃね」

「けど実際のとこどうなんでしょうね。もちろん静さんへの愛情があるっていうのはあの別れるときの体たらく見たらわかるけど、本人が、そんだけ好きな女と別れて逃げなあかんほど追い詰まってるっていうことでしょ。あの著名な義経さんですらそんな有り様という情勢のなかで僕らみたいな名も無き徳さん、かっちゃんが果たして無事、鎌倉や六波羅の追及を逃れて生き延びられますかね」

「難しいでしょうね。しかもあんな目立つ美女連れてたら……」

「僕ら怪しいですよー、って幟旗《のぼりばた》立てて歩いてるようなもんですよ」

「本当にその通りですね。じゃあ、どうしたらいいでしょうかね」

「さあ、相談っていうのはそこですよ。なんやかんや言うて、もう大分、麓の近くまで降りてきましたやろ。置いていっても自分で逃げられる思いますねん。ほな、もうここに置いていって、儂らだけで逃げたらどうですやろ。その方が助かる確率高いんとちゃうかと思うんやけど、どやろかかっつん」

と持ちかけられた方の侍が激昂して言った。

「徳さん、おまえ、なんちゅこと言うね。俺らは武士やど。武士がなんで飯食えるか知ってるか。自分の命、懸けて責任を果たすからやど。いまやったら自分が死んででも静さんを京都に送り届けるからやど。それをばおまえ、もう麓も近いからここに棄てていこ、て、おまえようそんな無責任なことが言えたなあ。徳さん、俺はそんなことは絶対にそんなことは……」

「すまん。俺が悪かった。反対やねんな」

「賛成や」

「がくっ。って口で言うてもうたわ」

と本来、責任観念が強いはずの侍がそんな有り様なので使われ者の雑色がこれに反対するわけもなく、ではそうしようではないか、ということになって徳さんが言った。

「ほな、俺、静さんに言いに行ってくるわ」

「なにをいや」

「なにをいやておまえ、人の話なに聞いとんね。ここに置いて行きますんで後は自力で京都まで行ってくださいや、ちゅいにくに決まってるやんか」

「あほか。そなこと言うたら、置いて行かんといとくれやす、ちゅてついてくるやろがい」

「あ、そうか」

「それにやな、そなしたら、この仰山の金銀財宝、全部、置いて行かなあかんちゅことになるけど、それでええと思うか」

「そらあかんわ」

「あかんやろ。けど、ほなどないすんねん」

「どないするもこないするもあるかいな、だまして置いて行くねやないかい」

「だまして？」

「そやがな」

「この雪のなかにほかしていく？」

「そやがな」

「わっるー、わっるー」

「じゃかあっしゃ。ほな、おまえが言いに行けや」

「すまん、すまん。俺、口はあかんねん。人前でうまいこと喋られへんねん。口だけはほんまあかんねん」

「ほうか、やっぱり武芸の方が得意やねんな」

「武芸はもっとあかんねん」

「なんやねん、それ。ほな、とにかく儂がだましてくるさかい、待っとけ」

そう言って侍は静の方へ近づいていった。

そのとき静は大木の根方に立って僉議の終わるのを待っていた。もちろん静は信じ切っていて、彼らが自分を棄てていく相談をしているなんて夢にも思わない、どうやってみんなで無事に京都まで辿り着くかの相談をしていると思っている。

その静に近づいて来た武士（徳さん）が言った。

「いや、どうも、ちゅうか、立ってたら疲れますでしょ。ささささ、おいっ、スタッフ、それ、そうそれ持ってきて。この熊の敷皮、敷いて座ってください」

「ありがとう。でももう行くんでしょ。寒いし、早く行きましょうよ」

「え、それなんでございますけどね。もう、あれちゃいます？　疲れはったんと違います？」

「ええ」

「ほしたらですね、実はいまもかっつんらとその話をしてたんでふけどね、この麓にですねぇ、十一面観音様の祀ったあるお堂がございましてね、そこの館長と僕らけっこう仲いいんですよ。だからそこへ行ってね、とりあえず明日まで休ませてもらって、明日になったら彼らの知り合いで敵の手の回ってない寺か堂まで送ってもらって、また紹介してもらってってことにすれば安全に京都までいけると思うんですよー」

「なるほど。わかりました。でも、疑うわけじゃないけどその館長のところに既に六波羅の手が回ってるってことはありませんか」

「さすがは静さん。そうです。もちろん信用できる男ですが、やはり武力で脅されたら従わないわけにはいきませんからね。なんで、ちょっとここで待っててください。え、僕らが先に行って敵の手が回ってないかどうか確認してきます。それで大丈夫ってわかったら迎えに来ます。もちろんこれは危険な任務です。でも大丈夫。僕らは武士です。なによりも名誉を重んじる武士です。きっとやり遂げて見せます。なので僕らを信じて待っててください。すぐ戻ってきますんで」

そう言われて静はもちろんこれを信じ、熊の敷皮に座った。敷皮は暖かかった。静は荷物を背負う五名に向かって言った。

「できるだけ早く戻ってきてね。ひとりでいるの不安だから」

雑色の一人が振り返り、
「まかしておいてください」
と言って笑った。爽やかな笑顔だった。雑色は重い櫃《ひつ》を二人掛かりで運び、一人は背中に重そうな笈《おい》を負っていた。そのなかには私が静に与えた財宝がぎっしり詰まっていた。彼らは雪のなかを見る間に遠ざかって行った。ひとときやんでいた雪がまたちらつき始めていた。

これらの話を私は直接に聞いたわけではない。そしてまた早業で見たわけでもない。いまからする話は後日に聞いた話をまとめた話である。私は静の話を聞く度に狂人のようになった。それを見て周りはみんな引いていた。いまも思い出すと狂人のようになる。町にさまよい出て、訳のわからぬことを喚き散らしたり暴れたりしたことも二度三度。なのでいまはそうならないよう淡々と話す。

静は熊の敷皮に座ってかっつんたちが帰ってくるのを待っていた。ところが帰ってくるはずがない。そのうち日が暮れてくる。ますます不安になってくる。けれども帰ってくる訳はなく、ついに我慢できなくなって当て所もないまま歩き始めた。どれだけ不安だっただろうか。心細かっただろうか。寒かっただろうか。腹も減っていただろう。それを思うと腹が立って仕方ない。くっそう、なにがかっつんだ、ふざけやがって。といまでも思う。殺すぞ、ぼけ。と思う。けれども当人はもうとっくに死んでいるのでどうしようもない。でもどこかで子孫に会ったらえらい目に遭わしてやろうとは思っている。

というのはまあよい。いまは静の話に専念しよう。静は兎に角人の影を探して歩いた。そうして助けを乞おうと思った。けれども十二月の日暮れの山中に人が出歩いているわけはなく、吹き渡る風と木立を不気味に照らす月の光に静の精神は追い詰まっていくばかりだった。

そんなことで恐ろしさと心細さに追い立てられるようにムチャクチャに歩くうち、いつの間にか静は麓ではなく尾根のコブのようなところにいたった。人影はさらにない。静は声を限りに叫んだ。

「誰かあっ、誰かいませんかああああっ」

そうしたところ、谷底でこれに答える者があったような気がした。そこで谷底に向かって、

「誰かいるのですかー」

と、叫ぶと、あぎゃあんあんあんあんあんあん、とくぐもった声にディレイがかかってなにを言っているかはわからないが人声であることは間違いないよう。この人に助けて貰おうと谷へ向かって下って行くのだけれども、下って行っておかしいと思うのは

あたりのどこにも、誰かがそこに居るのなら必ずあるはずの人が通った跡がないということで、これにいたって、誰も通っていない雪に足を埋めた静は、さきほどの人声が、自らの呼び声の谷に響いた谺であったことを悟って絶望する。

なんと無駄な体力を使ってしまったことか！

そう思って悲しみにくれていると、人の悲しみ嘆くような声が幽かに聞こえてくる。え？　誰かいるの？　そんなわけはない。もしかして幻聴？　私は気がおかしくなってしまったの？　そう思って耳を澄ますと果たしてそれは降り積もった雪の下を流れるせせらぎの音で、聞き入るうちにマジで人の声に聞こえてきて、聞くまいとしても耳に入ってくる。

「やめてー。本当に頭おかしくなりそう」

静は両手で耳をふさいで、とにかくその音から逃れたい一心でまた峰をさして上っていく。

そんな風にして雪中、上ったり下りたりしている間に、履いていた沓はいつの間にか脱げてしまい両足とも素足、刈り株や突き出た木の枝を踏んでしまって傷だらけ血だらけとなって、静の通った跡はそこだけ朱に染まっていた。かぶっていた笠は風に吹き飛ばされ、袖口はぐしょぐしょに濡れてじっとり重く、袂のあたりにはあろうことか小さな氷柱《つらら》が垂れ下がっていた。裾のあたりは完全に凍結してバリバリに固まり、氷の甲冑みたいなことになって歩きにくいこと夥しく、けれども止まると死ぬのでその日は一晩中、山の中を彷徨っていた。

私と別れたのが十二月十六日の昼。置き去りにされたのがその日の夕。そして夜通し歩き回り、明けて十七日も暮れ方まで誰にも出会わぬままさすらった。いま思っても涙が零れるほど哀れで可哀想な姿である。

しかし静はなぜそこまでして歩き回ったのだろうか。しかもそのとき静は普通の身体ではなかった。というか普通の身体でもこんな状況に陥ったらもっと早い段階で低体温症になって死んでいたはずだ。けれども静は死なずに、そして死のうとせずに歩き通した。

それを可能としたのは恐らくは、もはや神変と言ってよいほどの意志の力であろうと思われるが、なにが静をそうさせたのであろうか。それは恐らく……。そう、もう一度、私に会いたい。一目でよいから私に会い、死ぬなら私の手にかかって殺されたい。それまでは死ぬわけにはいかない、と強く念じていたからに違いない。なぜそう断言できるかと言えば。

私も同じことを考えていたからである。

ということで静は執念で、もう普通なら疾くに死んでいる状態で、雪のなか、まだそんな遠くに行っていないはずの私に出会うことを期待しながら、或いはまた、自分を棄てた者どもに出会うかもしれない、と思いながらまた暮れかかる山中をいきあたりばったりに歩いていた。そうしたところ。

どこをどう歩いたのだろうか。まったくわからないが、ひょっと人の通う道に出た。宇陀に通じる道だった。しかし方角がまったくわからない静はなんとなく日の傾く方角に向かって歩き始めた。そうして暫く行くと、右手の谷底に灯りが見えた。炭焼き小屋だろうか。この季節にまさか蛍ということはないでしょうけど。そんなことを思いながら進んで行くと、道は山裾を巻いてその谷の方に下っていて、ついに下りきると巨大な堂の裏手にぽっと出た。これこそが金峯山寺《きんぷせんじ》蔵王堂であった。

けれどもそんなことも静はわからない。わからないまま表に回って行くと、蔵王堂の御縁日であったらしく、南大門のあたりから堂の前の広場にかけて大勢の信者さんたちが詰めかけていて、御堂の脇で湯を貰ったり、焚き火に当たらせてもらって暫く身体を温めるなどした後、なんか手伝いみたいなことをしていた人に、「すみません、ここはなんというお寺でしょうか」と問うとその人は驚いたような顔をして、「吉野のお山ですがな」と言い、そしてまじまじと静の顔を見てまた驚いた様子だった。

そんなことも知らないでここにいるのか、と思ったのであろうし、そしてまた静の美しさに驚愕したのであろうが、静はここが吉野の山と知り、相手がそうして非常に驚いているのに気がつかないくらいにうれしく思った。

なぜかというと神の加護を感じ、仏の存在をありありと感じたからである。なんでってそらそうだろう、普通、死ぬでしょう、みたいな状況のなかなぜか生き延びて、歩いているうちに尊い吉野山の蔵王堂に辿り着き、そしてその日がたまたま蔵王堂の御縁日だったのだ。こんなことが偶然にある得るわけはない。やはりそれは蔵王権現様のお導き、すなわち必然であって、神仏は私を見捨てていない。それどころか救ってくださっている、と静の身からしたら思うに決まっている。

ということで静はマジで礼拝《らいはい》したくなった。それで参詣人に交じって蔵王堂に向かっていったのだけれども奥の方は人が一杯で通勤ラッシュみたいな感じになって、おめきながら突きあっている人も多かった。「無理」と思った静は入り口の辺にいて、それでも寺の人が勤行を行っている間は、後から後から押し寄せてきては奥に奥に行こうとする人に圧迫されて苦しくてならず、片隅に布をかぶって倒れ伏していたためちゃんと拝むことができなかった。人々はそんな静さえ踏みつけにしてゾンビのように蠢いていた。

「祈ろうと思って来たのにこれじゃ意味ない」

と静は不満に思っただろう。そしてなんで私がこんなクズ人間と一緒に祈らなければならないのか。ふざけるな章魚《たこ》。と思った。

だろうか。いや、そんなことは思わなかった。と信じたい。

そんなことをするうちに勤行が終わる。終わったら全体的に少し落ち着くというか、終わった感が漂い、それまではとにかく御堂のなか、なかにはいったら奥を目指していた群衆も正面の広場に出て行くなどして少しくつろいで、ようやっと本格的に祈ることができるようになった静は起き上がって目を閉じ、仏の名前を声に出して唱え、頭に仏の姿を映像として思い浮かべ、皮膚でその実体を感じつつ、心に仏を浮かび上がらせる努力を続けた。

そうして仏が静の心に現れ始めたその頃、広場ではイベントの第二部が始まっていた。

というのは、これはいまでも神社なんかではよくやっているし、お寺さんでもやるところがあるが、芸の奉納というやつで、神に酒や食べ物とともに舞いとか歌とかを捧げ、宴会的なことをやって楽しんでいただく。

神事というとなんとなく厳粛なイメージがあって、宴会というといまの人には違和感があるかも知れないが私たちのときはけっこうそんな感じで、はっきり言えばかなりゲシャゲシャ、いまの感じにたとえるとショーパブみたいな感じだった。要するにお客さん＝神さんに喜んで貰うためにみんなが自分の得意な芸を捧げたのである。

そんななかもっとも一般的だったのは馴子舞《なれこまい》というダンスで、特に決まった形式があるわけではないが、これは誰にでもできるアホみたいなダンスで、コジュケイのように首をすくめたり、ヘドバンをしたりしながら、小便を極度に我慢している人のような感じで足踏みをしたり、内股でうしろに退いたり、その場で回転したりする、みたいな踊りだったように記憶する。或いはまったく違うことをやっている人もあり、でもそれを見てみんなが、「あ、馴子舞だ」と普通に思っていたから、まあ捧げてるっぽい感じがあったらなんでもよかったのかもしれない。いずれにしろみんながやりたくなる楽しい踊りであることには違いなく、いま復活させたらけっこう受けるのではないかと私は秘かに思っている。

って訳でみんながやってたのがその馴子舞であったが、しかし祈りに没頭し、名号を称え仏の姿を祈念し続けていた静は、そのがやがやした気配に心を乱されることはなかった。せいぜい、ルホホ、馴子舞、と意識の隅の隅で思っただけである。ところが。やはりこれだけ人が集まっているとなかには腕に覚えのある連中も相当数交じっていたとみえ、そのうちそうした素人に交じって猿楽舞を披露披瀝するものや、白拍子舞を奉納する玄人が現れた。

もちろんプロ中のプロである静がこれに気が付かぬ訳はなく、祈りモードに入った脳のなかに残存する現実的な意識で、「おっ、これはプロだな」と認識した。「これは近江《おうみ》の猿楽舞だな。はーん、こっち伊勢か」などとも。

そう思った瞬間、朧気ながらに像を結び、はだえにその気配を感じつつあった神仏が忽ちにして遠ざかって行って、静かは慌てて祈りに集中しようとしたがもう遅い、仏が戻ってくるどころか、諸芸を披露する諸人のざわめきが一際うるさく感じられてちっとも集中できない。

そこで静はいったん祈りを諦め、祈る形こそ崩さぬものの意識は音楽とダンスの方に向けて、どんなことをやっているのかを確認した。しかし。

ぜんぜん駄目だった。もちろん一般の群衆は突如現れた玄人集団の細かいところまで神経の行き届いたダンスや完全にコントロールされて自在自由に駆け上がり駆け下る旋律に惜しみない拍手と声援を送っていたし、寺の人たちも「今日はいい感じだね」とか言っていた。

けれども静の目と耳にはそれは絶望的に鈍くさい、時代遅れの芸にみえた。声はうわずっているし、ことさらな表現が田舎くさく、でも当人が自信満々な分、見ていて恥ずかしく、極度に痛かったのである。

だから静が瞬間的に、舞いたい、と思ったのは、自分が出て行って目立ちたいとか称賛されたいからではなく偏《ひとえ》に神仏に対して申し訳ない、こんなしょうむない素人芸を奉納されたら逆にご迷惑だろう、神仏の方も。と思うからだった。

しかしはっきり言ってそれは無理な相談だった。っていうのはそらそうだ、いま静がこの場に出て行って踊るということは、和歌山県御坊市の中学の校内ダンスコンクール会場にヴァーツラフ・ニジンスキーが突如現れて踊るに均しかった。逃亡中の指名手配犯の身の上でもちろんそんな目立つことができるわけがない。そこで静は雑念を振り払い、いま一度祈りに意識を集中した。けれども気が付くと静はこんなことを祈っていた。

「蔵王権現様。あんな踊りで本当にすみません。あれでも一応、プロってことになってるんでお許しください。本当は私が舞えば一番よいのですが、いまちょっとできなくって。だからあの、蔵王権現様。私を京都に無事に帰らせてくださいませ。あと、どうしようもなくなって離れればなれになっちゃったあの人ともう一度会えるようにしてください。お願いします。マジで。そしたら次は母と一緒に来ます。実は母のダンス、私よりすごいくらいなんです。だからそのときはもう二人で踊っちゃいます。なので、右のこと、本当に本当によろしくお願いします」

静はそんなことを真剣に祈っていた。だからこれだけのことを祈るのに十分、いやもしかしたら十八分くらいかかったのかも知れなかった。その間にあらかたの群衆は蔵王堂から退出してしまっていた。その結果、静はただひとり蔵王堂のド正面に拝跪して祈りを捧げている人となっていた。つまりちょっと考えられないくらいの若い超美人がたった一人で誰もいない堂で祈りを捧げていたということになり、若い寺のスタッフがこれに注目しない訳がない。ひとりのスタッフが隣のスタッフに囁いた。

「ちょっとあの人、やばくないですか？」

「やばいっすよね。もしかして都の芸能人？」

「かもね」

「おまえ、声掛けて来いよ」

「無理。美人過ぎて無理。つか、おまえ行ってこいよ」

「俺も無理」

若いスタッフがそんなことを言い合ってはしゃいでいると後ろから幹部クラスの老僧が来て言った。

「これ、なにを騒いでおりますのじゃ」

「あ、やばい。すんません。いや、あの、ちょっと雀が天ぷらを盗み食いしておったものですから、えらいこっちゃなあ、言うてまして」

「なにを言う。違いますやろ。そなたらはあそこで祈っておられるお女中が美しいでそのようにふざけなさるのじゃろ」

「さすがは老師。なにもかもお見通しですね。すみません。実はその通りでして」

「そなたらときたら、ちょっと美しいご婦人がみえてござったらじきにその体たらく。それでも仏の弟子ですか？　嘆かわしい」

「すみません」

「わかったらそれでよろしい」

そう言って老師は静の方に向かって数珠を揉みながら歩み始めた。それを見た若いスタッフが言った。

「老師、どちらへ」

「うん。ちょっとナンパしてくる」

そう言った老師の衣の、股間のところが不自然に盛り上がっていた。

静はちょっと前から自分が好奇・好色の視線にさらされていることに気が付いていて、そろそろ立ち去った方がよいだろうと思っていたが急に立ち去ると変なのでスタッフが行ったら行こうと考えていた。ところが股間を膨らませた老師が近づいてきて、「やだな」と思っているところへ老師が話しかけた。

「彼女、踊りとかやってるよね」

そのわざとらしい、無理に若ぶった話し方に静は嘔吐したくなった。私を誰だと思っているの、とも。けれども耐えて答えた。

「別に。やってない」

「うっそー、ぜってー、やってるっしょ。見せてよ。マジマジ。ねぇえ、見せてよー。

お願いお願い」

そう言って拝む動作をする老僧を心の底から軽蔑しつつ静は言った。

「なんで私があなたのために踊らなきゃいけないの。意味わかんない。つか、踊れないし」

その軽蔑している感じが伝わったのか、老僧は拝むのをやめて言った。

「そういうことを仰るのは非常に残念です。また、蔵王権現様は恐るべきパワーをお持ちです。真剣に願えばどんな夢も実現します。この権現様は現世の罪・穢れを消し去ってくださる能力をお持ちです。そんな凄い、この世の方ではない方が別の形態をとってこの世にたまたま現れてくださっているのはなんのためだとお思いか？　そう。人々を救うためです。そうしてせっかく救ってくださると仰ってくださっているその御前で感謝の芸能を奉納しない、というのはどういうことでしょうかね。理解できませんね。さっき申し上げたようにこの権現は二重の働きを持っている。権現においてはすべてが二乗される。したがって奉納しないというネガティヴなものも二乗される。けれども。下手だろうがなんだろうが、真心を籠めて奉納すれば、そのポジティヴな部分も二乗される。これはこの年をとった僧が言っているのではない。私、乃ち権現が申しておるのだから、君はよろしくそれと聴きなさい」

と言う僧の口調がすっかり改まっていた。股間の膨らみもいつしか平らになっていた。

静は戦慄した。もしかしたらいま自分の目の前に立っているのは蔵王権現様？　だとすれば。いまこの国で並ぶもののない超一流のシンガーでありダンサーであるのにもかかわらず、「つか、踊りとか知らねーし」など言ってすっとぼけた自分の偽りは先刻お見通しということになる。とりあえず歌だけでも奉納しないとどえらいことになるに違いない。

幸いにして此処は田舎。私の芸術的な舞台を見に来たことがあるようなまともな人間はどうやらいそうにない。とにかく歌おう。そうしないと大変なことになる。

そう考えた静は、「わかりました。私、歌います」と老僧（と見せかけて中味は蔵王権現）に言って立ち上がった。

静はぴたりとセンターに立った。というか静の立ったところがセンターになった。よしんば仮に静がその場の隅っこ、柱の根際に立ったとしてもそこがセンターになっただろうと思われた。それほどにピタッと決まった立ち姿だった。

静はなんの前触れもなく歌い始めた。

よく、情感をこめて歌う、なんていうがそんなものではなく声そのものが情であった。その場に居た人々はその情に全身を包まれるように感じた。それはこの世のものとは思えぬ快楽であったが、その快楽は同時に苦痛でもあるようだった。人々は疼痛のような快感に悶えた。どの人ももうすこしで気がおかしくなりそうだった。ところがその寸前でなぜか涙が零れて、人々は快美過ぎて発狂するのを免れた。時間が失せ、個我が消えた。意味と音が合一して美しくうねっていた。吐息と溜息が充満した。そして大半が床に倒れて悶え始めてようやっと静の歌は終わった。

その終わりあたりの詞章は以下の如くであった。

嫌と思って別れても
後に残るは恋しさばかり
泣いて別れたあの人の
面影などて忘らりょか

親と別れてかなしかろ
子に別れてはなおかなし
されどあたしはながながし
独り寐る夜がげにかなし

そして静はそれまでは玄人らしく感情を抑制して歌っていたのが、その部分にいたると急に身の内から溢れ出る感情を抑制できなくなり、涙声になって歌えなくなり、ショールをかぶってその場に蹲ってしまった。

それを見た聴衆も、荒い修行を積んだ仏弟子であるのにもかかわらず意味なく同調して倒れたまま号泣、暫くの間、みんなが涙にくれていた。

そのうちようやっと立ち直った一人が隣で嗚咽している同僚に言った。

「いっやー、すごかったですねえ」

「ええ、ええ。なんかもう、俺、涙とまらなくて」

「俺もですよ。しかしあれですよね。こんないい女にあんなこと言わす男ってどんな奴なんだろうね」

「そらよっぽどいい男なのでしょうね」

「羨ましいよね。アンドむかつくよね。そしてぶち殺したいよね」

「笑って言うな。怖いから」

「あと、あれですよね」

「なんですか」

「歌手であれほどの美人って珍しいですよね」

「そんなことないでしょう。歌手でも美人いるでしょう」

「いや、そんなことない。俺、けっこう芸能人の知り合い多いのよ。そしたらやっぱね、歌手は綺麗な人、少ないよ」

「そうかなあ。けっこう綺麗な人多いと思うけどなあ」

「まあ、舞台は遠目やからね。けど俺なんか楽屋で見てるからな。けっこうえぐいよ。もちろんそこそこ綺麗な人もおるにはおるけど、そういう人は大概、歌の方がもひとつでね」

「ああ、そんなもんですか」

「そんなもんですよ。けどその段、あの人は凄いやないかいな。歌は超一流やし、顔は超超美人やし、それにおまえなんじゃいな、もう色気がえげつない。ふるいつきたくなるっていうか、見てると頭おかしなってきまへんか」

「なってくるなってくる。もう、なんか、もうなんか後先考えんと、ぶわーっ、走っていて抱きつきたなりますわ」

「ほな、そうせいや」

「いや、さすがにそらまずいからしませんけど、それにしても誰なんでしょうね、あの美人。どこのどなたなんでしょうか。まあ芸能人であることには違いないんでしょうけど」

　と寺のスタッフが思うのは、今日の如くにマスメディアが発達していなかった当時としては当たり前のことだがそこへ一人の男が話に割って入った。

「俺、知ってるわ」

「おお、法眼《ほうげん》君、君知ってるの？」

「知ってる知ってる。な、おまえな、あの人のことも知らいで、『俺は芸能界に知り合い多い』とか言うなっちゅうねん」

「えらいすんません」

「それにやなあ、ホンマに業界の人間やったら歌手は不細工とか言えへんちゅうねん。なんでておまえ、そらそうやないかい、明日、楽屋で会うかも知れへんのに、そんなことうかうか言われへんやろがい。そういうとこがトーシロの証拠やっちゅうねん」

「ほんますんません。謝るから教えてくれ、あの人は誰や」

「ほんなら教えたるさかい、よう聞いとけ。あの人は、おまえらも名前くらい聞いたことあるやろ、あの音に聞こえた静御前やないかい」

　その会話を聞いていた一同がざわめいた。

「静御前」「あの静御前」「あの静御前が当山に？」「あかん。ちんぽが爆発する」

囁き交わす声が薄暗い堂に響いた。そのなかには法眼を疑う声もあった。「ほんまかいな」「嘘ちゃうんか」「証拠あんのんか」云々。それを聞きつけた法眼が言った。

「いま、証拠あんか、言うた奴おったけど、おらなあ、静の顔、前に見て知っとんねん。いつて、おまえ、一年程前に、ちょっとも雨降らなんだ年あたやろがな」

「ああ、あたあた。えっらい旱《ひでり》やったがな」

「その年や。都でも三か月以上、一粒の雨もふらいでえらいこっちゃった。みんな困ってはるしほっとかれへんなあちゅうて法皇さんがお出ましになって雨乞いのご祈禱や。そんときに白拍子も百人くらい来て舞《も》おた。そんなかに静御前がおらいて、踊った途端、雨降りだしてその後、三日間雨やまいで、最後、洪水になったちゅうことあったやろ？」

「あったあった。ほいで日本一の院宣もろて」

「あんとき儂、京都行ってたやろ」

「行ってた行ってた」

「あんとき儂、雨乞い会場で警備のバイトしとってん。ほんで静の顔見てん。ほんで知ってんねん」

　という法眼の説明を聞いた上はこれを疑う理由はなく、というか普通に考えればこれほどの美人が此の世に二人とあろうはずもなく、間違いなくいま歌った女性は静であろう、ということになった。

　そして。そう。捕縛された。当然の話だが、これほどの大寺に六波羅の手が回っていないわけはなく、かなり前から手配書が配られ、それらしきものは捕えて生かしたまま連行するか、または通報するようにと命令されていたのである。

じゃあ、さっき蔵王権現の言ったことは嘘だったのか、ということになるが、まあ神意は量りがたいものだから人間のロジックで嘘だと責めても意味が無い。だからすべての宗論には意味が無い、なんつうと怒られるか。まあ、私に怒ってもそれこそ意味が無いが。というのはまあいいが、もちろん静とてなにもせずにむざむざと捕まったわけではなく、職業柄、人の視線には敏感で、そうやって寺のスタッフが自分に注目していることに早い段階、というのは多くのものが自分の芸によってまだ昏倒している時点で、気が付き、その場を離れて群衆に紛れて寺域を脱出しようとした。けれども混雑しているから右に左に翻弄されてなかなか前に進めない。ようやっと静が門のあたりに辿り着いたときには、関係者用の通路を通ってやってきた警備担当スタッフが検問を始めていた。

一瞬早くそれに気が付き、取りあえず引き返そうと向きを変えた静の目の前に二人の僧が立っていた。うち一人が言った。

「静さんですね。我々と一緒に来ていただけますか」

静は坊舎に拘引されて尋問を受けた。地位の低い若い法師たちは絶世の美女、自分たちにはけっして手が届かない芸能人が罪人として捕えられて土間に座らされ、自分たちは正義の立場からこれを尋問している、というそのシチュエーションに興奮し、目を血走らせ、涎を垂らして、「なにをしてでも白状させる。そのためだったら俺は戒律を破ってもかまわない。そんなことをすれば地獄に堕ちるが正義のためだから仕方がない」など言って息を荒くしていた。

それを聞いた静は凌辱されると確信し、自殺も考えたが思いとどまった。子供のことを考えたからだった。それで静はこれまでの経緯をありのままに述べた。述べて泣いた。ある衆徒はこれに深く同情し、またある衆徒はさらに興奮した。供述を終えた静は寺の上級スタッフに手厚く保護された。

というのは当たり前の話で、静はこの後、京都に護送され、本格的な取り調べを受けるわけだが、その際、「金峯山寺のスタッフに凌辱されました」と供述したら寺はどうなるだろうか。もちろん厳しい処分を受けるだろうし、政治的に難しい立場に追い込まれる人も出てきて、この後の情勢が寺にとって厳しいものになるのは間違いない。だから当然の処置として静を手厚く保護したのだった。

翌朝、静は馬で京都に送られた。その際、その担当者は、「このような手厚い保護はすべて宗徒の情け、仏の慈悲ですからね。それを忘れないでくださいね。金峯山寺では丁重に扱われたと言ってくださいね」と何度も言ったという。

そのことを静はなんと聞いたか。とまれ、私と別れた静はこのようにして捕縛され、京都に送られ、そしてその後の人生を生きたのだ。

解説　みんなちがって、みんなめんどくさい

高野秀行

私は以前からの町田康作品のファンであり、ときに腹筋がちぎれそうなほど笑い転げ、ときに迂闊《うかつ》にも涙にむせびながら小説やエッセイや人生相談などを読んできた。だから、五年前、『ギケイキ　千年の流転』の単行本が出たときもすぐに買って読んだ。

帯のコピーが「平家、マジでいってこます！」だし、初っ端から平清盛が義経の母である常盤御前に懸想《けそう》して、「この女とやれんねやったら先のことなんかはどうでもいいいですよ。ううっ。やりてぇ」と言ったとか、炸裂する町田節に飯とか吹き出しながら読んでいたが、やがて、笑っている場合じゃないなと気づいた。

あまりにも中世（だいたい平安時代末期〜信長・秀吉の時代）の武士の世界がリアルに描かれている！と思ったからだ。その頃、私は中世を舞台にした歴史小説を受けつけなくなっていた。登場する武士たちが主従関係や武士の作法などにキッチリしすぎ

ているのである。武士道みたいな倫理が確立されたのは武士がサラリーマン化した江戸時代中期以降のことであると聞くし、それまでの武士はもっと荒くれで、ヤンキーや暴力団に近い存在だったんじゃないかと思えてならなかった。喋り方だって「〜でござる」なんて言ってないだろう。その点、『ギケイキ』は一見、デタラメのようだが、私が漠然とイメージする中世の武士像にめちゃくちゃリアルに迫っているように感じたのだ。

しかし、なにぶん私は素人。早速、事の真偽を確かめるべく、歴史業界の有力者である友人の清水克行・明治大学教授（日本中世史専攻）に「『ギケイキ』をすぐ読まれたし」と早馬を飛ばした。もっと正確に言えば、当時、私と清水さんはある雑誌上で「読書会」を催していた。「辺境」と「歴史」をテーマに、互いに気になった本を持ち寄ってあーだこーだと感想を述べ合うというものだ。それまでは歴史学者や言語学者といった研究者の本、もしくは『将門記』やイブン・バットゥータの『大旅行記』など、本物の古典しか取り上げていなかったのに、突然、町田さんのパンク歴史小説を俎上《そじょう》にあげてしまった。

読書会は白熱した。嬉しいことに、清水さんは「いっやー、この小説、中世のスピリットっちゅうのをむっさ汲《く》み取ってますよねえ」と言ってくれた。いや、もうちょっと学術的な言い方だったかもしれないが、そんな感じであった。

『ギケイキ』は「現代の義経」が語り部となり、当時（中世）の風俗習慣を読者に向かって懇切丁寧に説明してくれる。専門家である清水さんが魅了されたのもそこだった。

例えば、義経が当時の人々のことを「寄る辺のない、がために剛直な、自分の身内が辱めを受けたらそれを自分の恥辱と考えて復讐にいく、みたいな素朴な人間」とさり気なく述べる箇所。清水教授によれば、「現代語を使いながら中世人の心性を非常に適確に説明している」という。

あるいは弁慶が書写山で大暴れをして寺が焼失し、院と書写山で所領の帰属について揉める場面。現代の義経が「あの頃の土地所有は複雑でひとつの土地にいろんなレベルで利権を有する者がいて、現地スタッフもそれに対応していろんな系統に分かれていたので一片の命令書で直ちに事態が動くわけではなかった」と説明するのについて、清水教授は「こんなに適切に荘園制の解説ができるとは、義経、すごいなと思います（笑）」とこれまたべた褒めであった。

要するに一流の歴史家から見ても、『ギケイキ』には中世人の心性と中世社会の仕組みがひじょうに鋭く描かれているのが判明したわけで、私は深く安堵し納得した。これでより深く町田康流パンク歴史ワールドに浸れるというものだ（詳しくはその読書会が収録された拙著『辺境の怪書、歴史の驚書、ハードボイルド読書合戦』をご参照いただきたい)。

さて、『ギケイキ② 奈落への飛翔』、つまり本書である。驚いたことに、義経が兄・頼朝に感動の面会を果たした直後、一瞬で話は平家滅亡後に飛ぶ。え、一ノ谷の合戦は？ あの断崖絶壁を馬で駆け下りたシーンは？ 屋島の嵐の中、たった五艘の舟で漕ぎだし敵の大艦隊を殲滅させたミラクルは？ ない。全然ない。いきなり義経は頼朝に疎《うと》まれ、命を狙われている。

これは原作の『義経記』がそうなのである。『義経記』というのは成立したのが室町時代の初期だと言われている。その頃には『平家物語』などで源平合戦が一般常識になっていたから、あえて表舞台に立つ前の義経と、表舞台から姿を消したあとの義経が『義経記』という物語に集約されていったらしい。つまり『裏・平家物語』とか『源平合戦スピンオフ』といった感じだろうか。ほとんど記録に残っていないことばかりなので、著者はやりたい放題である。著者と言っても多くの庶民が語り伝えた(創作した)物語が流れ集まって形づくられたらしい。つまりもとの『義経記』からして、時の王朝やら幕府やら仏教やらといったエスタブリッシュメントとは無縁でアナーキーな生成物なのである。

『ギケイキ』はそのリメイクというかリミックスバージョン。中世のアナーキーに現代のアナーキーをぶっこんでいるから尋常でない。時空を超えたパンクな世界が炸裂する。

頼朝からの刺客・土佐坊正尊軍団が奇襲をかけてきた場面では、下人（末端の従業員）である喜三太が弁慶を「店長」と呼び、援軍を呼ぶよう命じられて「現在応戦中ですが大変、混雑しております。レジ応援、お願いします」と叫ぶ場面など何度読んでも笑ってしまう。鎧武者たちの合戦とお昼時のコンビニが脳内でスパークする。しかもこのコンビニ店員の若者がむっちゃ強いのである。まあ、でも異常に仕事ができるコンビニバイトの若者っているよなと変に納得しそうにもなる。

いっぽう、一見目立たないが、私が好きなのは「クフ」の冒険譚である。義経の愛人である静に命じられ、下女が土佐坊正尊の宿舎を単身、探りに行くのだ。実は私の見るかぎり、クフは唯一、町田さんが創作した登場人物であり、それゆえ「クフ」という妙な名前がつけられているらしい。歴史では女性が何をしたかなど記録にほとんど残されない。ましてや合戦において女性が果たした役割など本家の義経記ですら取り上げていない。それを町田さんは愛情をこめて丁寧に語る。「創作」なのだが、おにぎりを握るシーンなどあまりにリアルすぎてとても創作とは思えない。まるで自分がタイムスリップして、土佐坊正尊の宿舎に潜入しているかのような気持ちになる。他の作家は絶対に書かない、でも歴史小説の王道としか言いようのない醍醐味がここにある。

そしてそして、忘れちゃいけない、我らが弁慶。『ギケイキ①』ではTwitterの裏垢で陰湿なつぶやき作戦を実行するなど「メンヘラの豪傑」という新たなキャラを歴史小説界に打ち立てたこの男は、今回も随所でやってくれている。土佐坊正尊との戦いでは超新星バイト・喜三太に遅れをとったことを義経に知らされるやいなや機嫌を損ねて、

「へー、そうなんだ。じゃあ、来ない方がよかったのかな、あたし」と口を尖らせて俯き、両手を腰の後ろで組んで、爪先で地面をホジホジするなどし始めた。私は心の底から、めんどくせっ、と思った（後略）

義経が慌てて宥《なだ》めて「喜三太の顔は自分好みじゃない」なんて言うと、弁慶はたちまち機嫌を直し、鉄砕棒を振り回して舞踊のようなことをする。でも、今度は喜三太が「御大将、俺の顔、嫌いなんすか」と言いだし、義経曰く「私は面倒くさくて死にそうだった」。

メンヘラは永遠に不滅です！　しかもちょっと前まで単なるバイトだった喜三太まで、すぐにつけあがってめんどくさい奴になっているし。しかし、ここにもとの『義経記』にはない、町田康著『ギケイキ』の本質を見る思いがする。

『ギケイキ』の世界では人の命がおそろしく軽い。むかつくとか言って他人をすぐに殺してしまう。油断するとすぐに殺されてしまう。にもかかわらず、本書を読んでつくづく思うのは、生きていくことのめんどくささだ。

義経軍は時代最強武将の弁慶を筆頭に、スーパースナイパーの佐藤忠信、海の猛者・片岡経春、一人で凶暴投石軍団に斬り込む江田源三、超新星バイトの喜三太など、一騎当千の強者が綺羅星のように集まる、まるでレアル・マドリードかFCバルセロナみたいな最強軍団だ。なのに、それを率いる義経監督には苦労が絶えない。スター選手たちの顔色を常に窺っていなければいけないからだ。だいたい、義経は頼朝総監督の代理としてチームを任され、奇跡の優勝をなしとげたのに、「おまえ、活躍しすぎ」と頼朝に疎まれたのだからめんどくさすぎる。「監督なんか辞めてセブ島でパンナコッタ食ってた方がいい」と思いたくなる。でも超めんどくさいことに、義経監督には「辞める」という選択肢がない。辞める＝死だからだ。

義経側だけではない。土佐坊正尊だって、頼朝にハメられて義経討ちという無理難題を押しつけられたのだし、クフが潜入した正尊の宿舎でも女たちと男たちが主につまらないプライドからめんどくさいことを言ったりやったりしている。

にもかかわらず、誰もが生きたがっている。一般の歴史小説の登場人物のように、潔く死を選ぶなんて人間はいない。死んでしまった方がよほど楽なように思えても、往生際わるく生きながらえようとする。

考えてみれば、もともと町田さんはデビュー以来、一貫して「生きることのめんどくささ」について書いてきた作家だ。なぜ生きるのがめんどくさいかというと、人間はみな、自意識をもっており、自意識が本人と他人の両方を苛《さいな》むのである。しかも人間は他の人間なしには生きていくことはできず、日々、他人の自意識と自分の自意識のぶつかり合いに明け暮れる宿命にある。少なくとも町田康作品を読んでいくとそうとしか思えない。

町田さんは『ギケイキ①』刊行時の著者インタビューで「人間の世には正義も悪もないと思っています」と語っているが、裏を返せば、善悪はなくても生きるめんどくささは中世だろうが現代だろうが時代を問わず同じように人間の世に存在するということだろう。

でも、他人が被《こうむ》るめんどくささはなぜか、とても面白く愉快だ。そうだよねーと共感してしまうというか。それこそ人生の滋味というか。みんなちがって、みんなめんどくさい。いや、そんなことを義経は言ってないけど、そんな気がしてならないのである。


（ノンフィクション作家）

本書は二〇一八年七月、小社より単行本として刊行されました。

初出
「文藝」二〇一五年秋季号〜二〇一八年夏季号

ギケイキ② 奈落《ならく》への飛翔《ひしょう》

二〇二一年 八 月一〇日 初版印刷
二〇二一年 八 月二〇日 初版発行

著 者 町田《まちだ》康《こう》
発行者 小野寺優
発行所 株式会社河出書房新社
〒一五一-〇〇五一
東京都渋谷区千駄ヶ谷二-三二-二
電話〇三-三四〇四-八六一一（編集）
〇三-三四〇四-一二〇一（営業）
https://www.kawade.co.jp/

ロゴ・表紙デザイン 粟津潔
本文フォーマット 佐々木暁
印刷・製本 中央精版印刷株式会社

Printed in Japan ISBN978-4-309-41832-2

ギケイキ

町田康　41612-0

はは、生まれた瞬間からの逃亡、流浪――千年の時を超え、現代に生きる源義経が、自らの物語を語り出す。古典『義経記』が超絶文体で甦る、激烈に滑稽で悲痛な超娯楽大作小説、ここに開幕。

この世のメドレー

町田康　41552-9

生死を乗りこえ超然の高みに達した「余」を、ひとりの小癪な若者が破滅の旅へ誘う。若者は神の遣いか、悪魔の遣いか。『どつぼ超然』の続編となる傑作長篇。

どつぼ超然

町田康　41534-5

余という一人称には、すべてを乗りこえていて問題にしない感じがある。これでいこう――爆発する自意識。海辺の温泉町を舞台に、人間として、超然者として「成長してゆく」余の姿を活写した傑作長編。

王国

中村文則　41360-0

お前は運命を信じるか？　――社会的要人の弱みを人工的に作る女、ユリカ。ある日、彼女は出会ってしまった、最悪の男に。世界中で翻訳・絶賛されたベストセラー『掏摸』の兄妹編！

グローバライズ

木下古栗　41671-7

極限まで研ぎ澄まされた文体と緻密な描写、文学的技巧を尽くして爆発的瞬間を描く――加速する現代に屹立する十二篇。単行本版に加筆・修正を加え、最初期の短篇「犯罪捜査」の改作を加えた完全版。

現代語訳 義経記

高木卓〔訳〕　40727-2

源義経の生涯を描いた室町時代の軍記物語を、独文学者にして芥川賞を辞退した作家・高木卓の名訳で読む。武人の義経ではなく、落武者として平泉で落命する判官説話が軸になった特異な作品。

著訳者名の後の数字はISBNコードです。頭に「978-4-309」を付け、お近くの書店にてご注文下さい。